Los Reyes Inmortales.

El Tormento del Amanecer.

José Rodrigo Saltó Sáenz

A Moisés Sáenz Fernández... Brynn.

Prólogo.

La noche de las tormentas le llamaron, no había mejor manera de nombrar aquel momento, después de todo lo único que había antes de esa noche... era caos.

El mundo nació, sin explicación y sin ceremonia, y con él nacieron los titanes de piedra, seres de un tamaño inmensurable que rondaban por todas las tierras y mares, algunos dicen que incluso en los cielos había titanes. Durante eras el caos reinó fomentado por los titanes, su pesado andar causaba terremotos y erupciones que cubrían los cielos con cenizas, su hablar era lento y el eco de su voz levantaba los vientos hasta erosionar montañas y ocasionar tempestades; el mundo era un lugar oscuro y terrible, un momento podía ser tan caliente como lava y al siguiente un invierno de hielo y ceniza lo cobijaba por eternidades.

Sin embargo, dentro de este caos los titanes vivían en paz, los conceptos del espacio y del tiempo no existían para ellos, no había un arriba o un abajo, un ayer o un mañana, no necesitaban comer, beber o dormir, y rara vez hablaban entre ellos. El mundo pudo haber seguido sumergido en el caos hasta el final de los tiempos, pero el reinado de los titanes estaba contado.

Una noche, como cualquier otra, comenzó a llover, pero esta lluvia era diferente, las gotas se sentían pesadas y calientes, los rugientes truenos se mezclaban con las voces de los titanes y los relámpagos caían sobre ellos raspándoles la piel de piedra. La lluvia se transformó en una tormenta que cubrió cada espacio del mundo, por más que quisieron huir, los gigantes no hallaban escondite ante tal tempestad. Por primera vez en eras los gigantes corrían, y con cada paso el mundo temblaba, sus gritos de desesperación se escuchaban incluso en las profundidades del océano; si los titanes del mar y del cielo sufrieron igual no lo sé, algunos cuentan que los titanes comenzaron a gritar cuando vieron caer del cielo a sus hermanos, pero quizá es solo un mito.

En la conmoción los titanes comenzaron a chocar entre sí, y por primera vez desde que aparecieron en el mundo, sintieron furia, y miedo, y desesperación, y todas las emociones que habían permanecido dormidas e inertes dentro de ellos por tantos eones. Comenzaron a despedazarse los unos a los otros, culpándose mutuamente por la desgracia que caía sobre ellos, cada golpe desquebrajaba la piedra, los pedazos de piel caían sobre la tierra y los mares provocando marejadas y terremotos que los hacían perder el equilibrio, los que caían muertos eran pisoteados por los vivos, pero algunos caían aún con vida en sus cuerpos, tan solo sin piernas o brazos que los levantaran. Poco a poco todos los titanes fueron cayendo... hasta que solo quedó uno. Un último titán sin brazos tambaleándose entre los cuerpos deshechos e inertes de sus hermanos, el cuerpo le pesaba, la fuerza de sus piernas lo traicionaba, y el sonido de la incesante tormenta que había acabado con todo lo que alguna vez conoció lo había llevado hasta el límite de la cordura. Antes de morir o de volverse completamente loco, rugió hacia los cielos como jamás ningún otro titán había rugido antes, y el eco de su voz dispersó las nubes acabando así con la tormenta.

En su rugido se fue el último soplo de vida que le quedaba, sus rodillas perdieron la fuerza y cayó sobre los cadáveres de su especie. Ahora el mundo se encontraba en paz, no más terremotos, marejadas o ventiscas provocados por la existencia de titanes, los volcanes se habían apagado y la ceniza que cubría los cielos se dispersó con el rugido del titán, así fue como del caos provocado por los titanes de piedra nació el orden.

Los días y las noches pasaron y el mundo comenzó a sanar, las plantas y los mares cubrieron a los cuerpos de los titanes, y de entre los agujeros y cavernas comenzaron a salir las bestias que hoy conocemos, de las profundidades de los mares brotaron los peces, y desde las cimas más altas comenzaron a verse aves rondar.

De entre los restos de los titanes que aún se encontraban descubiertos brotaron cuatro sombras que trataban de esconderse de la luz del sol, sin embargo brotaron durante el día, y los rayos del sol las envolvieron dándoles forma, voz y nombre.

La primera sombra tomó la forma de un hombre alto, muy alto, fornido como el más poderoso de los guerreros, su cuerpo estaba cubierto por pelo, y su rostro estaba oculto detrás de una espesa barba café y una melena que le llegaba a la espalda. Con sus poderosas manos tomó parte de la piel del titán que le había dado vida y moldeó la piedra en una corona, nombrándose a sí mismo Andros el primogénito, señor del Sol y de los cielos.

La segunda sombra tomó la forma de una bella mujer, de piel pálida y cabellos blancos, con los ojos tan azules como el mar y los labios rojos como pétalos. Al verse rodeada de animales sintió la necesidad de protegerlos, y se nombró a sí misma Alithia, reina de las bestias y la naturaleza.

La tercer sombra tomó forma de un hombre joven y apuesto, sin embargo cuando la luz lo tocó para transformarlo, este se encontraba sobre el mar en forma de sombra, al verse hecho hombre cayó en las profundidades del mar y no se volvió a saber de él. Algunos le llaman Madrwardyl "la sombra de las profundidades", otros tan solo le llaman Adwyl, el señor de los mares.

La última sombra no supo qué escoger al momento de ser tocada por la luz del sol, así que tomó una forma en constante cambio, por momentos era una bella mujer, tan solo para transformarse después en un hombre tosco y de rasgos severos. Una parte de esta dualidad amaba lo que veía, un mundo lleno de luz y vida, la otra añoraba la oscuridad y tranquilidad de vivir dentro de las cavernas del titán. Ambos tomaron el nombre de Azermis, señores del abismo.

Y fue así como los cuatro dioses del mundo nacieron y comenzaron a formar el mundo a su imagen y semejanza. Andros edificó hermosas ciudades y palacios, que si bien permanecían vacíos, le endulzaban la vista y hacían crecer su ego. Alithia cubrió una gran cantidad del mundo con bosques y selvas que le permitieran a sus adoradas bestias vivir en paz, Adwyl permanece a la fecha en las profundidades, algunos marinos que han sobrevivido a hundimientos y naufragios mencionan haber visto increíbles ciudades sumergidas en el mar, pero nadie puede asegurarlo, y por último Azermis hizo del abismo debajo de la tierra su reino, se dice que la mitad de su reino es hermoso, emulando las bellezas de la superficie, y la otra mitad es oscura y vacía, como las entrañas del titán del que nació.

Los dioses llamaron al mundo Armoria, y al ver su creación y sentirse satisfechos, desaparecieron de sus ciudades y bosques para descansar, olvidando en su sueño algo muy importante, un hogar desatendido es propenso a cambios, y conforme las eras pasaron la tierra se fue erosionando y los ríos secando, dejando al descubierto la antigua piel de los titanes muertos. Cientos de sombras escaparon de los cadáveres y corrieron libres por Armoria, sin embargo estas sombras nacieron de noche, y fue la luz de la luna la que les dio forma, transformándolos en criaturas pequeñas y débiles que buscaron refugio en las ciudades construidas por Andros, y sustento en los bosques de Alithia. Estas sombras fueron los hombres.

Con el paso del tiempo, y sin ninguna consecuencia, los hombres hicieron suyas la ciudad de los dioses y comenzaron a domesticar a las bestias de los bosques de Alithia; crearon grandes naves que podían atravesar los mares de Adwyl, y desafiaban al reino de Azermis haciendo la guerra entre ellos. El caos poco a poco comenzaba a reinar una vez más sobre las tierras de Armoria, y fue justamente este caos lo que hizo que los dioses regresaran de su exilio.

Pero ya era demasiado tarde, los hombres se habían multiplicado y expandido, cubriendo cada espacio de Armoria, sus ciudades eran grandes y bellas, sus armas poderosas, y su falta de juicio y exceso de ego los hacía enemigos poderosos. Los dioses temían generar un enfrentamiento con los hombres, ya que sabían que esto provocaría el caos, pero no sabían qué consecuencias traería, ¿invocarían otra tormenta? ¿despertarían a los titanes? ¿acabarían con el mundo? Ninguna de estas preguntas tenía respuesta, y el miedo a la incertidumbre crecía en los corazones de los dioses.

Finalmente, y después de mucho deliberar, Andros encontró la solución que necesitaban; desde que habían regresado de su exilio el señor del Sol y de los cielos había estudiado cuidadosamente a estas criaturas que se hacían llamar hombres, y determinó que aquellos que habitaban en el norte, los mismos que habían tomado como suya la primera ciudad creada por Andros, eran más fuertes, rápidos, listos y prudentes; quizá si estos hombres reinaran sobre los demás en el nombre de los dioses, el caos acabaría sin necesidad de un enfrentamiento entre los dos bandos. Sin embargo su fuerza y habilidades superiores no serían suficientes para dominar al resto, así que Andros bajó desde los cielos hasta las tierras de los hombres del norte, y escogió a cuatro campeones que serían sus generales y comandarían a los hombres en la guerra contra los de su especie.

Nadie sabe cuál fue su criterio para escoger a los cuatro campeones, algunos dicen que fue por sus habilidades en el combate, que eran los cuatro mejores guerreros de toda la raza de los hombres, otros hablan del fuego en sus corazones, un fuego que le hizo recordar al dios los primeros rayos del sol que lo habían transformado... y otros, como yo, pensamos que tan solo fue un acto al azar.

Estos cuatro campeones reunieron grandes ejércitos que dominaron a los demás hombres en el nombre de los dioses, y una vez que la guerra había terminado, los campeones escogieron a un hombre como Rey y a una mujer como Reina, dejándolos a cargo de la raza de los hombres de Armoria, gobernando sobre todos los reinos y ciudades del mundo desde la ciudad de Andromeca, la ciudad de los dioses. Una vez que el mundo estuvo en paz, Andros reclamó a sus campeones dejando que el mundo de los hombres se gobernara a sí mismo, y repartiendo a sus generales entre los demás dioses para que fueran su conexión con el mundo de los hombres. Así Andros escogió a Yllithien como su campeón, un guerrero excepcional con corazón de oro, un verdadero servidor de la luz y maestro de las espadas, su poderoso brazo izquierdo empuñaba a la mítica espada Luxorian, "luz del amanecer", entregada a él por el mismísimo Andros. Alithia recibió a Kermak, el caballero de la rosa, un guerrero de una fuerza inmensurable y una belleza indescriptible, su armadura estaba cubierta de hermosos relieves de rosas que brillaban con la luz del sol, Kermak era un maestro de la lanza y el venablo, y portaba a la imparable Exelis "Rayo de sol", que se dice podía penetrar cualquier escudo. Lancel fue enviado al lugar donde se hundió Adwyl al ser transformado, como un guardián de su imperio... o de su tumba, nadie sabe describir a la perfección a Lancel, algunos dicen que es un ser hecho de agua de mar, otros hablan de un caballero con la armadura oxidada por la sal, hay quienes incluso creen que fue sacrificado a las profundidades como tributo a Adwyl, quizá la única manera de saberlo sería visitando el sagrado lugar del hundimiento, pero pocos lo intentan y aún menos regresan. Por último a Azermis, señores del abismo, se les fue entregado Zephiro, un guerrero encapuchado, famoso por su agilidad y habilidad para moverse entre las sombras, un asesino preciso y mortífero del cual ningún hombre o bestia podía escapar, portaba dos espadas pequeñas tan negras como la noche, las Sodoliin, "Mensajeras de las sombras". Y así, con sus campeones para mantener al mundo de los hombres controlado, y con una dinastía de reyes escogidos por los mismos mensajeros de los dioses, el mundo comenzó a vivir en paz y lo dioses volvieron a desaparecer.

Y así fue durante miles de años, hasta el día en que los hombres descubrieron la maldición, se dice que fue un campesino, cuyo nombre se ha perdido en la historia, el primero en darse cuenta del terror que se avecinaba al estar guardando la cosecha del día en su granero y tropezarse con las semillas del suelo, cuando despertó notó un dolor insoportable en su pecho, había caído sobre uno de sus trinches y este atravesaba su pecho de extremo a extremo; le dolía... pero no había muerto. Al retirarse él mismo el trinche, notó como la sangre abandonaba su cuerpo por borbotones, pero no moría, al principio la alegría lo invadió y corrió a su casa para contarle la buenas nuevas a su familia, pero al pasar los días y notar que la herida no cerraba, lo que en algún momento fueron risas ahora era llanto, después de varios años el granjero aún vivía, en un estado constante de putrefacción, con un hoyo en el pecho que ya no supuraba, mas nunca cerró.

Los hombres habían sido bendecidos con la inmortalidad, sin fanfarrias ni ceremonia habían recibido este don, quién se los había entregado a la fecha es un misterio. Sin embargo este don era una terrible maldición disfrazada, si bien no podías enfermar o envejecer después de cierta edad, tu cuerpo podía morir si era envenenado o resultaba herido de gravedad, el cuerpo moría... pero tú no. La única manera de morir era envolviendo tu cuerpo en llamas que pudieran consumir tus huesos hasta volverlos cenizas.

Los reyes de Andromeca vieron esta atropellada inmortalidad como un don de los dioses y prohibieron el fuego en sus palacios para alejar a la muerte de sus puertas, utilizaron todos los recursos a su alcance obligando a los magos y sacerdotes, brujas e ingenieros, a encontrar una luz que no quemase; Brizenger le llamaron al nuevo elemento exclusivo de la nobleza. Y en su locura los reyes decretaron que todo aquel que fuera herido de muerte, envenenado o en un estado de putrefacción indigno de las bellas ciudades de los hombres, sería expulsado a los bosques del Este. Y así fue como todo aquel herido lo suficiente como para mostrar señales de muerte en su cuerpo fue exiliado a los bosques del Este, volviéndolo un lugar de putrefacción, miedo, tristeza y perpetua agonía.

Al ver la deplorable condición de los hombres que habitaban sus bosques, Alithia sintió compasión por ellos y, tratando de enmendar el mal que sufrían, sacrificó su cuerpo con la intensión de liberarlos de la carga de la inmortalidad. Pero algo salió mal, Alithia no pudo controlar el peso de su sacrificio y su energía se disparó sin control por todas sus tierras, transformando a bestias y hombres por igual en horrendas criaturas y demonios, deformidades nacidas de una maldición y del poder incontrolable de una diosa. Y fue así como Armoria quedó dividido al día de hoy; al norte Andromeca reina sobre todas las tierras de Armoria, al Este los bosques grises se infestan cada día más de los hombres no muertos, al centro y al sur las ciudades de los hombres crecen y se fortalecen, y al oeste el abismo ha detenido su corrupción, nadie sabe por qué los demonios han dejado de aparecer, pero todos damos gracias a los dioses, sin embargo la oscuridad permanece, y quizá el daño de Alithia decida cruzar la barrera del oeste para infestar el reino de los hombres.

Miles de años han pasado desde que la maldición y los demonios aparecieron en Armoria, algunos dicen que los días en que regresará la luz se acercan, otros, como yo, creemos que los dioses han abandonado al hombre a su suerte, y que depende de ellos lidiar con la maldición y los demonios, quizá de entre ellos nazca un campeón como en eras pasadas, que los unifique y lleve a la salvación, pero después de tantos milenios de agonía la esperanza de conocer a tal campeón ha desaparecido, los viejos mensajeros de los dioses se han ido, Yllithien, Kermak, Lancel y Zephiro... ahora tan solo un recuerdo en los cuentos para niños, ¿qué fue de ellos? ¿por qué nunca trataron de ayudar a los hombres? ¿habrán muerto? No lo sé, después de todo, quién soy yo para saber las respuestas a estas preguntas, tan solo soy una anciana que ha vivido demasiado, una bruja para algunos, una loca para otros, solo yo sé quién soy, y ni eso importa.

I

La Ciudad de los Dioses.

El sol se colaba entre las cortinas blancas de la habitación de Riquel, los rayos de luz acariciaban suavemente las cobijas desatendidas de la cama y, poco a poco, tocaron los cuerpos de las dos mujeres que dormían junto a él; la ropa de las doncellas se encontraba desperdigada por toda la habitación, vestidos sobre el buró de madera tallada, un hermoso chal de seda tapaba el reflejo en el gigantesco espejo frente a la cama, un par de sandalias debajo de una mesa de noche y otro sobre el candelabro, sin embargo la armadura de Riquel se encontraba perfectamente montada sobre el busto de madera a un lado de la cama.

Los rayos del sol continuaron su camino sobre la cama hasta llegar a los ojos cerrados de Riquel, quemando ligeramente sus parpados provocándole un modesto malestar que amenazaba con despertarlo de su sueño. Su cuerpo desnudo y esculpido luchaba por mantenerse dormido mientras el abrazo de las doncellas lo cobijaba del frío.

De pronto un fuerte golpe a la puerta alarmó a las mujeres- ¡Levántate asno, hasta acá puedo oler el perfume de mujer!- Las doncellas se levantaron de un salto y comenzaron a vestirse- Hey... esperen- murmuró Riquel entre sueños- ¿A dónde creen que van?- las mujeres hicieron caso omiso y siguieron vistiéndose frenéticamente.

-¡Riquel! Te juro por mi espada que si no abres la puerta la destrozaré y te arrastraré del pene hasta la ceremonia.

-¿Qué ceremonia? ¿De qué demonios hablas?

-¡La ceremonia del Rey, maldito estúpido!

-Del Rey...- murmuró Riquel aún entre sueños-... ¡Del Rey!- el joven guerrero se levantó de un salto, con los cabellos enmarañados y el miembro despierto. Las doncellas lo miraron sonrojadas, no por lo que veían, sino por los recuerdos que este les traía.- ¡Maldita sea! ¡Por qué no me despertaste!

-¡¿Qué demonios crees que estoy haciendo, estúpido?! ¡Apúrate! Aún tenemos tiempo.

Riquel miró frenético a su alrededor y clavando su mirada en las sonrojadas doncellas se acercó a ellas, y en el tono más dulce que su angustia le permitió, suplicó- Señoritas, sé que ayer en la noche cuando entraron a esta habitación lo último que pasó por sus mentes fue despertar de esta manera tan insolente, y por eso me disculpo, sin embargo necesito pedirles un último favor antes de que se escabullan de la habitación-, ambas doncellas miraban perplejas al bello caballero- necesito que me ayuden a poner la armadura, ¿pueden ayudarme?- las mujeres asintieron con la cabeza sin poder pronunciar palabra- ¡Manos a la obra!- Riquel palmeó el hombro de las doncellas y se abalanzó sobre su armadura. Comenzó a arrancar cada parte y a arrojárselas a las doncellas- Tú, la pelirroja, ayúdame con las botas, y tú, la castaña, con el peto-. Dijo esto mientras se ponía las ropas de seda.

-Voy a contar hasta diez, si no abres la puerta para cuando haya terminado...

-¡Ya voy!-gritó Riquel interrumpiendo a la voz detrás de la puerta- un poco más apretado el peto, por favor y, esa bota es la izquierda, mi querida doncella, va en el otro pie.

-Cuatro, tres, dos...- un puño de plata se abalanzaba contra la espesa puerta de madera cuando esta abrió de golpe.

-¡Ves! Te dije que ya estaba listo- Riquel volteó hacia las dos mujeres en su habitación- cierren la puerta después de irse, ¡gracias por la ayuda!- el puño de plata tomó al caballero por el hombro y lo arrastró fuera de la habitación hacia el pasillo.

-¡¿Has perdido la cabeza?! De entre todos los días de tu existencia decides quedarte dormido hoy ¡hoy!

-Tranquilo hermano, todavía tenemos tiempo, aún no escucho las trompetas.

-No tienes vergüenza, ¡vámonos!- ambos avanzaron por el pasillo a paso ligero, dejando a las dos doncellas apenadas y perplejas en el cuarto de Riquel.

El caballero de la armadura de plata era Brynn, el hermano mayor de Riquel y general de la guardia real, su fama era conocida por todo Armoria, le llamaban "Brynn, el lobo incorrupto", en todos sus años al servicio del Rey jamás había sido herido en batalla, ni siquiera un rasguño, volviéndolo un ser digno de admiración e incluso veneración. Su armadura de plata siempre estaba reluciente y en perfectas condiciones, y su espada era temida en todo el reino, la poderosa Fergorn "colmillo de lobo". Caminaba junto a su hermano cargando bajo su brazo izquierdo el casco de su armadura, un casco hermoso e imponente que emulaba la cabeza de un lobo. Brynn... el caballero más temido y amado de Armoria después del mítico Yllithien.

Riquel desentonaba por completo con su hermano, era más bajo que él, su cabello era largo y enmarañado, rara vez se rasuraba, su belleza era tosca mientras que Brynn era un caballero elegante, de cabello corto y piel de seda; lo único que los unía físicamente eran sus ojos azules, tan azules que algunos juraban que brillaban en la oscuridad. La armadura de Riquel era color dorado y su casco emulaba la cabeza de un león, portaba en su espalda la lanza Exereas "rugido del viento", una lanza de su tamaño, dorada y con hermosas incrustaciones de joyas. Riquel era el Capitán de las fuerzas del Rey.

Caminaban en silencio hasta que Brynn habló sin voltear la mirada a su hermano- Así que... una pelirroja y una castaña... ¿acaso eran la hijas del herrero?- Riquel miró a su hermano que permanecía con la vista al frente.- Sí...- contestó con pena. Hubo un momento de silencio incómodo entre ambos antes de que Brynn hablara nuevamente- ¿Y recuerdas sus nombres?

-No puedes recordar algo que nunca preguntaste- de nuevo el silencio se hizo entre ellos, seguido de las carcajadas de ambos al unísono.

-Nunca vas a cambiar querido hermano, poco a poco te haces fama entre las paredes de este castillo.

-Aprendí del mejor- contestó Riquel y ambos sonrieron.

-¿Escuchas eso?- preguntó Brynn frenándose en seco.

-¡Las trompetas!- exclamó Riquel- ¡Está por comenzar la ceremonia!

Los dos hermanos corrieron haciendo sonar sus armaduras por todo el castillo. El sonido de las trompetas cada vez era más fuerte, y conforme se acercaban a la gran explanada aumentaba el clamor de la gente.

-¡No puedo creer que vayamos a llegar tarde! ¡Qué deshonra!- exclamó Brynn. La luz del sol penetraba con toda su fuerza en el pasillo, el gran umbral era una mancha blanca que cegaba a los hermanos mientras corrían hacia ella, poco a poco sombras y siluetas comenzaron a hacerse visibles detrás de la luz, una gran multitud aparentaba estar reunida del otro lado del umbral.

Los dos hermanos atravesaron la luz cubriéndose el rostro del sol, con miedo y pena miraron a su alrededor preparados para enfrentar las miradas juiciosas de todos los miembros de la corte, la Reina, la princesa y, ante todo, la del Rey.

Sin embargo las trompetas aún sonaban invocando a su Rey, todo Andromeca se había reunido alrededor de la gran explanada, una multitud incontable de personas se encontraba en las escaleras que conectaban al palacio con la ciudad, y la sombra de la muchedumbre se extendía por todos los pasillos y calles aledañas a la escalera.

Los hermanos miraron a su alrededor y sus ojos fueron encontrados por los de la Reina; temiendo su desaprobación agacharon la cabeza, sin embargo esta los tomó gentilmente del hombro y acercando su rostro entre el de los caballeros, les susurró- Corren con suerte, mis niños, su Rey aún no ha llegado-. Al alejarse pudieron ver la sonrisa maternal en el rostro de la Reina, ambos sintieron alivio ante las palabras de la Reina de Armoria.

Una habitación gigante se bañaba con los rayos de luz que entraban por la cúpula de cristal sobre ella, el techo parecía inalcanzable y en toda su circunferencia se erguían imponentes estatuas de reyes de antaño.

Frente a una de las estatuas se encontraba el Rey, un hombre alto y fornido, con una espesa barba café y cabello a los hombros, su corona era alta y tosca desentonando por completo con la hermosa armadura blanca y la capa roja de terciopelo.

El Rey parecía inmerso en sus pensamientos observando fijamente a la estatua, poco a poco levantó su mano y comenzó a acercarse para tocar los pies de la estatua.

-¿Piensas llegar tarde a tu celebración?- una dulce voz sonó detrás de él haciéndolo despertar de su trance. El Rey bajó la cabeza, cerró los ojos y sonrió.

-Desde pequeña has sabido escabullirte entre las sombras, Cassandra, me pregunto si será un don de los dioses, o una maldición para asustar a tu padre.

La delicada mano de Cassandra tocó la espalda de su padre- No para asustarlo... para protegerlo-. Cassandra abrazó por la espalda a su padre.

-¡Ven! Vamos a llegar tarde- la hermosa princesa tomó de la mano al Rey y trató de jalarlo hacia la puerta, pero el Rey permanecía inamovible.

-Los campeones de los dioses escogieron a mis ancestros para reinar Armoria, para reinar todo lo que toca el sol, lo que mojan los mares, lo que ocultan las sombras, para morar en la ciudad creada por el mismo Señor del Sol, y cuidar de la raza de los hombres. Durante milenios nuestra sangre ha reinado en este palacio, y durante milenios hemos prosperado.

Cassandra miraba desconcertada a su padre.

-Mis ancestros eran mortales, muchos murieron en guerras, otros vivieron los años que sus cuerpos pudieron soportar, sin embargo todos encontraron la grandeza en su mortalidad, y yo que he sido bendecido con la vida eterna me pregunto ¿en todo este tiempo habré logrado estar a la altura de sus actos? ¿o me verán con desprecio desde el otro mundo? Como si fuera ajeno a su sangre, a su linaje, como el Rey que en una eternidad no supo qué hacer con su reino...

El silencio invadió la habitación, el Rey y la princesa permanecieron estoicos por unos momentos hasta que la mano de Cassandra apretó fuertemente la de su padre obligándolo a voltear a verla.

Los ojos del Rey observaron lo que parecía ser una visión de otro mundo, el rostro de Cassandra resplandecía con el sol y sus largos cabellos dorados flotaban con la tímida brisa que entraba a la habitación, su piel blanca la hacía ver como una estatua más, un retrato perpetuo de la belleza de la realeza, sus ojos rojos miraban fijamente a su padre, no con preocupación o tristeza, sino con un amor que se desbordaba sin poder entender a la perfección la agonía de gobernar eternamente a un mundo que no puede morir.

-Si nuestros ancestros te han de mirar, padre, será con la misma admiración que los primeros hombres sintieron ante los campeones de los dioses, será con el respeto de tener ante ellos al mejor Rey que Armoria ha tenido desde el inicio de los tiempos, a aquel que nació para librar a Andromeca de la locura de los no-muertos, y que ha librado a su gente de los horrores del oeste.

Ambos se miraron fijamente y una lágrima recorrió la mejilla del Rey perdiéndose entre su espesa barba.

-Pero hija, ¿qué hay de la gente del otro lado de las paredes de nuestra ciudad?- Cassandra tomó la otra mano de su padre y apretó ambas con fuerza.

-Ellos no están aquí para celebrarte...

Ambos abandonaron la habitación dejando atrás las juiciosas miradas de las estatuas de piedra.

Las trompetas resonaron sobre los gritos y vítores de la gente cuando el Rey atravesó el umbral de la puerta y salió a la gran explanada acompañado de la princesa Cassandra. La tierra bajo sus pies se sacudía y su armadura vibraba levemente ante tal recibimiento; la princesa soltó su mano para tomar su lugar junto a la Reina y el resto de la corte, Brynn y Riquel se encontraban justo del lado opuesto, en cuclillas y con el rostro agachado en señal de respeto ante su soberano.

El Rey observó a su pueblo con detenimiento mientras gritaban y celebraban su presencia, después su mirada recorrió el resto de la ciudad, al menos lo que sus ojos podían vislumbrar ya que la imponente Andromeca era interminable. Observó las hermosas casas y catedrales, los amplios pasillos y calles de mármol, las eternas estatuas, las fuentes y los jardines de diversos colores; toda la belleza de su ciudad lo abrumaba y lo hacía sonreír, hasta que sus ojos se toparon con la gigantesca muralla que rodeaba a la ciudad, aquella muralla que había sido puesta bajo su mandato y no por los dioses. Su semblante cambió y tuvo que desviar la mirada al cielo en busca del sol, sintió el calor en su rostro, la brisa del viento que se colaba entre los pliegues de su armadura, el olor de las flores que flotaba en el ambiente, por alguna razón esto le hizo estar en paz y regresar de su trance.

El Rey alzó la mano bruscamente y todos los asistentes guardaron silencio, las miradas de todo Andromeca estaban fijas en su soberano. El Rey avanzó un par de pasos, tomó aire, y con una voz firme y ronca se dirigió a su pueblo.

-¡Hijos de Armoria! ¡Hombres de Andromeca! Mi pueblo, mi gente… estamos reunidos no para celebrar a un hombre, ni a un linaje, sino para celebrar lo que hemos logrado juntos, para vanagloriarnos en este preciso momento y lugar por lo que somos. Los miro y los reconozco a todos; una bondad de la vida eterna es el tiempo, tiempo para verlos crecer y florecer en lo que son ahora- el Rey guardó silencio unos segundos mientras recorría con su mirada a la multitud, sus ojos se detuvieron en un hombre de cabello negro y barba grisácea, estaba acompañado de su esposa- ¡Tú! Te recuerdo bien, solías ser un panadero, y hoy ¡mírate!, vistiendo las mejores telas del reino y adornando a tu mujer con regalos de oro, o tú- dijo señalando a un hombre pelirrojo que se encontraba entre la multitud- solías ser un ayudante de herrero y ahora eres un hombre noble en toda la extensión de la palabra. La bendición de los dioses nos regaló la vida eterna, y con ella tiempo, tiempo para crecer, para prosperar, para ascender y trascender, ¡si los dioses nos vieran ahora estarían orgullosos!-. Todos los presentes se alzaron en vítores y gritos de felicitación.

- ¡Somos Andromeca! La ciudad de los dioses, la joya del reino de los hombres y protectores de Armoria. Hoy no me celebran a mí, hermanos míos, hoy se celebran a ustedes… yo los saludo- el Rey se arrodilló ante el público e hizo una reverencia. La muchedumbre enmudeció, incluso Brynn y Riquel se quedaron sin aliento; el sol brillaba sobre la armadura del Rey como si fuera un faro en medio de tanta gente, como si los dioses lo abrazaran con rayos de luz.

-¡Viva el Rey!- Exclamó Riquel arrodillándose y reverenciando al soberano.

-¡Viva!- exclamaron todos los presentes arrodillándose también. Todo Armoria permaneció arrodillada unos breves momentos, sin embargo Riquel notó entre la multitud la silueta de una persona aún de pie, una silueta que se acercaba con paso pesado hasta el frente de la muchedumbre; una silueta envuelta en ropajes y cubierta por una capucha.

-¡¿Y qué hay de tus hermanos del este?!- exclamó la figura encapuchada, con una voz terrible, ronca y cortada, tan grave que asustó a las aves en los tejados- ¡¿También celebramos a tus exiliados?! ¡¿También celebras a nosotros los malditos?! ¡¿También te arrodillas ante mí?!

La silueta desenvainó su espada, y con agilidad sobrehumana brincó hacia el Rey abalanzándose con furia. Sin embargo fue interceptado en pleno vuelo por Riquel, quien brincó para taclearlo y tirarlo al suelo.

-¡Insolente!- exclamó el caballero de oro, arrancándole la capucha dejando al descubierto un rostro en putrefacción, con la piel gris y pegada al hueso, llagas en la boca y los ojos sumidos y sin brillo.-¡Un no-muerto!- la muchedumbre gritó apanicada ante la presencia de un "no- muerto" en Andromeca.

Riquel tomó fuertemente su lanza y atravesó por la espalda al atacante. En ese instante otra figura encapuchada apareció sobre uno de los tejados y disparó una flecha blanca contra el Rey. Brynn corrió hacia él protegiéndolo con su cuerpo, la flecha rebotó sobre su armadura de plata, y en un movimiento casi instantáneo, Brynn arrojó al Rey contra sus soldados para que estos lo cubrieran, y aprovechando el impulso lanzó su espada por los cielos atravesando el rostro del arquero.

Pero el caos no había terminado, el ser que se encontraba atravesado por la lanza de Riquel comenzó a arrastrarse con todas sus fuerzas hacia el Rey, ante la mirada perpleja del caballero de oro, el atacante desgarraba su cuerpo a la mitad sin inmutarse, con la firme intención de alcanzar al soberano.

-¡¿Qué clase de hechicería es esta?!- exclamó Riquel tomado su lanza, preparado para dar un nuevo golpe al espectro, sin embargo fue detenido por la voz imperativa del Rey.

-¡Detente Riquel! ¡Guardias! Detengan a los atacantes.

Los guardias tomaron en brazos al lánguido cuerpo partido a la mitad del atacante, y trajeron arrastrando al arquero de la cara destrozada. Los guardias le entregaron a Brynn su espada, no sin antes limpiarla de la oscura y fétida sangre que la cubría.

El Rey le hizo ver a los guardias que se encontraba a salvo, y que no era necesaria su protección, se acercó a los atacantes y los miró con detenimiento; observó cómo sus cuerpos destrozados y putrefactos aún temblaban con fuerza tratando de librarse de los guardias que los sometían. Observó el rostro decrépito de aquel que había sido atravesado por la lanza de Riquel, y escuchaba los jadeos que expedía el rostro masacrado del arquero. Todo Andromeca permanecía en silencio.

-¡Hijos de Andromeca!- exclamó el Rey- Antes de encontrarme con sus miradas tuve un momento de duda y contemplación en la sala de mis ancestros, me preguntaba si las decisiones que había tomado como su Rey habían sido las correctas... ¡hoy los dioses comprueban que sí! La muralla que nos rodea nos protege de seres como estos, seres más allá de la vida y de la muerte, emisarios de la desdicha y la oscuridad. Dormidos en nuestra aparente seguridad hemos desatendido nuestras medidas de protección ¡y este es resultado!

-¡Saquen a esa basura de aquí!- exclamaba la gente- ¡Enciérrenlos en un calabozo para siempre! ¡Cuélguenlos en las paredes de la muralla como advertencia!

-¡Silencio!- exclamó el Rey- mis acciones son para proteger al pueblo de Andromeca, al reino de los hombres de Armoria, y no para infligir dolor y tormento innecesario en otros. Soy un Rey misericordioso, puedo ver en estos seres un dolor indescriptible, una agonía interminable, y al final del día... también soy su Rey.

El espectro del cuerpo dividido comenzó a ahogarse en su propia risa-... mi Rey... no has sido mi Rey en mucho tiempo...- las palabras salían de su fétida boca envueltas en sangre oscura y espesa.

-Hoy los dioses nos mandan un recordatorio de su don, de la importancia de cuidarlo y valorarlo, de utilizar la vida eterna como una bendición o padecer eternamente como un cadáver andante. Y hoy, ante este recordatorio de los dioses suplico la misericordia de Andromeca... ¡Prendan la hoguera!

Los murmullos se extendieron en segundos, la gran hoguera no había sido encendida en siglos. La Reina corrió rápidamente hacia su esposo cuestionándolo sobre su decisión, pero esta era inamovible, la hoguera sería prendida una vez más.

Los guardias buscaron en lo más profundo del palacio los barriles olvidados de brea, y vertieron su contenido sobre enormes pilas de madera que rodeaban una columna de mármol que había perdido su color blanco.

Los espectros fueron encadenados a la columna y bañados en brea.

-¡Que el reino de Azermis les abra sus puertas! Hoy termina su sufrimiento... aquí... en la ciudad de los dioses- El Rey tomó una esfera oscura de las manos de su hechicero de cabecera y la arrojó a la hoguera, de inmediato una marejada de llamas se elevó hacia los cielos aterrorizando a toda la ciudad, muchas generaciones habían pasado sin ver una sola flama, y esta tormenta de fuego era una visión espectral.

El cuerpo de los prisioneros fue envuelto por las llamas, sin embargo no emitieron sonido alguno, ni un grito, ni una maldición... nada. La ciudad se llenó con el olor a brea y madera quemada, pero había algo en el ambiente mucho más siniestro, un olor que tan solo los más viejos recordaban, entre ellos Brynn y Riquel, un olor que los hizo temblar, el olor a la carne humada achicharrada por las llamas.

Una vez que los cuerpos fueron ceniza, el hechicero arrojó una esfera metálica a las llamas y estas se consumieron de inmediato. El pilar de mármol ahora era negro, y los atacantes no eran más que un recuerdo en el viento.

El Rey caminó entre las cenizas y tomó un puño de estas en sus manos, las observó en silencio durante varios minutos, y después murmuró.

-Regresen todos a sus casas... la celebración ha terminado.

II

Sueños y fuego.

Después de la ceremonia en la hoguera todo el pueblo de Andromeca regresó a sus hogares, hace mucho tiempo que no se vivía un día tan extraño y esto había alterado la paz de la gran ciudad. Por primera vez en generaciones todas las puertas fueron cerradas con llave y las ventanas protegidas con cerrojos, la muerte había entrado a la ciudad y esto era una pesadilla que pocos podrían olvidar.

Brynn y Riquel comenzaron una búsqueda implacable por toda la ciudad, la guardia real se movilizó tratando de encontrar algún otro intruso, sin embargo lo único que encontraron fueron algunas partes de las armaduras de tres guardias de la muralla.

-¿Qué habrá sido de ellos?- preguntó un miembro de la guardia real bajo las órdenes de Riquel.

-Probablemente fueron lanzados del otro lado de la muralla- contestó Riquel.

-¡Tenemos que buscarlos! ¡Seguramente...!- el soldado fue interrumpido por el caballero de oro.

-¡¿Acaso estás ciego?! Observa la sangre debajo de tus pies, la distancia de aquí al suelo; estos hombres son ahora no-muertos, exiliados de la ciudad, estas no son las marcas de caballeros que han sobrevivido a una batalla.

El guardia guardó silencio y agachó la cabeza en señal de sumisión. Riquel continuó la inspección del lugar pero no encontró nada nuevo, dejó a tres guardias resguardando el lugar y se dirigió al palacio para encontrarse con su hermano.

-¿Qué encontraste?- preguntó Brynn en tono serio y plagado de preocupación.

-Perdimos a tres de los nuestros, pero no encontramos ningún intruso, ya dejé atendido el lugar por donde entraron esos malditos.

El rostro de Brynn se cubrió de tristeza, sabía perfectamente a que se refería su hermano con "perdimos a tres de los nuestros", y ahora más que nunca comprendía el dolor de ser maldecido por la vida eterna de un no-muerto.

-Duplicaré la cantidad de guardias en la muralla, sugiero que hagas lo mismo dentro de la ciudad, montaremos guardia personalmente, esta noche yo seré el primero- dijo Brynn, su hermano asintió con la cabeza y partió a las barracas para organizar a sus tropas.

El caballero de plata se dirigía hacia su habitación cuando frente a él se encontró al Rey.

-¡Majestad!- exclamó Brynn exaltado y arrodillándose ante él.

-De pie Brynn, basta de ceremonias, te he estado buscando.

-A sus órdenes, majestad- Brynn se levantó apenado.

El Rey le mostró la flecha que había sido disparada contra él por el arquero- Una flecha blanca no es cualquier cosa, se le ha pintado así para ser disparada durante el día y pueda mimetizarse con el cielo, en especial en un día soleado, se necesita de agallas para atacar al Rey durante el día, pero se necesita de más para protegerlo con el cuerpo. Fuiste muy valiente Brynn, te lo agradezco de corazón, pero dime algo ¿cómo pudiste ver la flecha? Entiendo que tus ojos siempre han sido más vivos que los míos, pero aun así...- el Rey fue interrumpido por Brynn.

-No la vi...- murmuró el caballero.

-¿Perdón?

-No la vi majestad... la escuché, por eso lo cubrí con mi cuerpo, porque no sabía dónde pararía.

-¿La escuchaste? ¿Entre tanto caos?- el Rey permaneció en silencio mirando a Brynn y a la flecha entre sus manos.

-Así es, majestad- contestó Brynn con la cara agachada, de pronto sintió la fuerte mano del Rey sobre su hombro lo que le obligó a levantar la mirada.

-Sin duda alguna eres el mejor caballero que he conocido, Brynn, tú y tu hermano son de una casta única, su padre estaría muy orgulloso...

-Gracias, majestad.

-Te regalo esto- el Rey le otorgó la flecha blanca- para mí es un recuerdo de odio y amargura, pero para ti será un recordatorio de tu devoción y valentía.

Brynn trató de hablar pero el Rey lo interrumpió.

-También buscaba a tu hermano pero no lo he podido encontrar, quería agradecerle frente a frente, ¿sabes dónde está?

-En las barracas, majestad, organizando a sus tropas para duplicar la seguridad dentro de la ciudad.

-¡Ah! Ya veo, entonces no lo interrumpiré, sin embargo si lo ves dile lo que se ha dicho hoy en este pasillo.

-Lo haré, majestad.

El Rey sonrió ligeramente, y continuó su camino dejando al caballero de plata tras de él, con las palabras de su majestad resonando aún en su cabeza; " su padre estaría muy orgulloso...", y por primera vez en mucho tiempo, Brynn sintió sus ojos llenarse de lágrimas.

Esa noche no había luna sobre la ciudad, sin embargo Andromeca brillaba con la luz de las antorchas de Brizenger, esa luz blanca y pálida que calienta y alumbra pero no quema. Al movilizarse los soldados la luz de sus antorchas generaban sombras extrañas y amorfas, producto de la magia de su fuego sintético.

Riquel había permanecido todo el día en las barracas organizando a sus tropas y generando estrategias para hacer sentir a la gente de Andromeca segura otra vez. Una vez que sus tropas se movilizaron decidió regresar a su habitación y descansar un poco, había sido un día muy agitado, plagado de emociones que hace mucho no sentía; su armadura le pesaba y el sudor seco se le había pegado a sus ropas de seda, lo único que quería era darse un baño y dormir un par de horas aprovechando que su hermano montaría guardia el resto de la noche.

Cansado y abatido, Riquel empujó la pesada puerta de su habitación y se disponía a entrar y tumbarse en la cama cuando una par de pálidas manos lo tomaron de la armadura y lo empujaron contra una pared, cerrando de golpe la puerta.

Riquel habría empuñado su lanza de inmediato si no hubiera reconocido el tacto de esas manos, pensó en decir el nombre de su atacante pero su boca fue tapada por un par de labios rojos como la sangre.

-Pensé que nunca saldrías de tu escondite, te esperé hasta el cansancio.

-¿Qué haces aquí, Cassandra?- exclamó el caballero alejando a la princesa con sus dos manos.

-Vine a agradecerte el haber protegido a mi padre esta mañana- contestó la hermosa dama mientras recorría con sus ojos rojos el cansado cuerpo del caballero de oro- se necesita mucha fuerza para destazar a un hombre de la manera en que lo hiciste- Cassandra comenzó a acariciar los brazos de Riquel- fuerza en brazos trabajados por el combate, y en manos firmes para masacrar enemigos... pero delicadas... para tocar a una mujer.

Riquel se alejó de la doncella dándole la espalda.

-Por favor retírate, Cassandra, estoy cansado y sucio, lo único que quiero es dormir.

-¿Dormir? ¡¿Dormir?! La princesa de Armoria se ofrece a ti en tú propia habitación ¡¿y tú lo que quieres es dormir?! ¡¿Acaso estás demente?!

-No, no demente, cansado... por favor retírate.

-¡¿Cansado?!- la princesa tomó de los hombros a Riquel y lo obligó a darse la vuelta; si bien Cassandra aparentaba ser frágil y delicada, poseía una fuerza que rivalizaba con la del caballero, incluso con la de Brynn- ¡Cansada estoy yo! ¡Cansada de tus insultos y desprecio!

-No te desprecio...

-¡No soy una de tus putas que puedes usar y después botar como a un perro! ¡Soy tu princesa! Me respetarás como tal y harás lo que te digo, ¡incluso si eso significa satisfacerme todas las noches hasta que tu pene se llague y se caiga!

-No, princesa, no lo haré, por favor retírate, estas no son horas para que una doncella deambule por el palacio, y menos en una noche como esta.

-¡Puedo hacer lo que se me dé la gana!- la furia que escupían la palabras de la princesa retumbaba en las paredes de la habitación- puedo hacer contigo lo que quiera, con o sin tú consentimiento, pero si el afecto de una princesa te parece desechable, entonces quizá su furia sea lo que buscas. Cuando tu vida sea un infierno en un abismo de soledad y desdicha recuerda esta noche...- la princesa abrió de golpe la puerta y se disponía a salir cuando frenó en seco y volteó hacía Riquel con una sonrisa fría y calculadora que enmascaraba una ira incontrolable-... o mejor aún, recuerda la noche en que me hiciste tuya, recuérdala como el peor error de tu vida- la princesa azotó la puerta tras de ella dejando a Riquel solo en la habitación. El caballero tan solo suspiró y comenzó a librarse de su armadura.

Por más que trató de conciliar el sueño este nunca llegó, aún tenía atorado en la nariz el olor a carne quemada, y este olor le traía recuerdos muy desagradables, tanto que le hacían sudar y dar vueltas en la cama como un niño asustado.

-¡No! ¡Detente por favor! ¡No!- Los propios gritos de Riquel despertaron al caballero, cubierto en sudor y jadeando como un perro.

-¿Qué demonios...?- Riquel sacudió su cabeza, y sonrió al verse tan estúpido, asustado en su habitación. Se vistió con una armadura ligera de piel, tomó su lanza y salió de la habitación.

Brynn se encontraba montando guardia sobre la parte oeste de la muralla, justo a su derecha se encontraba una gran campana de metal colgando del techo de una torre, misma que haría sonar si se encontrará ante una situación que no pudiera manejar el solo.

De pronto el silencio fue interrumpido por el débil sonido de pisadas que se acercaban hacia él, prontamente desenvainó su espada y volteó para enfrentarse a su enemigo, pero la hoja chocó contra un estandarte dorado que le hizo sacar chispas.

-¡Maldita sea, Riquel! ¡¿Qué carajos haces aquí?! Pude haberte matado.

-Pudiste intentarlo- contestó el caballero dorado con un dejo de burla en su voz- además, sabía que me escucharías, si fueras cualquier otra persona se hubiera dado cuenta hasta tenerme frente a él, a la misma distancia que su sombra.

Brynn tan solo suspiró, sacudió la cabeza, y regresó a su puesto.

-¿Qué haces aquí? Te dije que yo montaría guardia esta noche.

-Lo sé... no puedo dormir.

-¿Qué es lo que te quita el sueño, hermano? ¿Una mujer? ¿Dos?- ahora era Brynn quien hablaba en tono burlón, sin embargo sus palabras no le causaron gracia a su hermano, su semblante permanecía serio y con la mirada perdida.

-Pesadillas... sueños que hace mucho no tenía.

-¿Qué clase de sueños?

-Soñé con papá...

Por un momento ambos se quedaron en silencio, lo único que podía escucharse era el sonido del viento chocando contra la muralla.

-¿Qué soñaste?- pregunto Brynn con voz cortada.

-Prefiero no hablar de eso- Riquel avanzó y se sentó justo a un lado de su hermano, mirando hacia las montañas del oeste.

-Yo también sueño con él... sabes... de hecho lo hago muy seguido- dijo Brynn esperando una respuesta, sin embargo Riquel permanecía en silencio- siempre es la misma pesadilla, es como si mi mente tan solo recordara un momento en específico, y la muy bastarda decidió escoger el peor de todos.

Riquel tomó la jarra de agua que se encontraba junto a su hermano, y bebió un gran sorbo sin prestarle atención al caballero de plata.

-Lo veo frente a mí, todo es oscuridad, solo puedo distinguirlo a él, lo veo tan claro como si estuviera aquí entre nosotros, su largo cabello negro, su espesa barba, sus ojos azules como el mar...- Brynn pasó saliva, las palabras le traían recuerdos que lastimaban como agujas dentro de su mente- lo veo sonreír, sus ojos se clavan en los míos, y es en ese momento que las llamas aparecen y lo envuelven como un capullo, trato de gritar pero ninguna palabra sale de mi boca, escucho su cabello y ropa achicharrarse, comienzo a oler su carne quemarse por las llamas, y entonces escucho sus gritos, me hielan la sangre y hacen temblar mis huesos; pero lo que más me asusta, lo que en verdad me aterroriza... es el tipo de gritos que salen de la hoguera.

-¿Qué tipo de gritos?- preguntó Riquel.

-No son gritos de agonía, miedo o dolor, son gritos de felicidad, ¡de éxtasis! Son gritos que se transforman en carcajadas, y es justo cuando ya no soporto el miedo que los veo... sus ojos azules, más brillantes que nuca resplandeciendo entre las llamas.

-¿Y después?

-Nada, hermanito... despierto y todo regresa a la normalidad, son tan solo sueños, como el que tuviste esta noche.

Riquel arrojó la jarra de agua enfurecido.

-¡No son solo sueños! ¡Lo hizo! ¡Maldita sea, lo hizo! Se arrojó a las llamas del pilar, se arrojó y nos condenó a una eternidad de orfandad y de recuerdos tormentosos, de pesadillas y remembranzas tan hirientes como hierro hirviendo. ¡Éramos unos niños, Brynn! ¡Niños! ¿Qué sabíamos de la vida o de la muerte a esa edad? ¿Qué sabíamos de la carga de la vida eterna? ¡Necesitábamos a un padre! ¡Aún lo necesitamos!- por los ojos de Riquel brotaban lágrimas de furia y dolor.

Brynn se levantó y trató de abrazarlo, pero el caballero dorado no se dejó. Tomó su lanza y se marchó, dejando atrás a su hermano y a la muralla.

Las palabras de su hermano golpearon fuerte al caballero de plata, aunado a eso la descripción de su recurrente pesadilla había avivado dentro de él un recuerdo que prefería se hubiese quedado escondido entre sus sueños; recordó como una noche sorprendió a su padre escabulléndose del palacio para prender el pilar de fuego y arrojarse a sus flamas, tal y como en sus sueños recordó el sonido y olor del cuerpo de su padre chamuscándose, las alarmas de la ciudad dispararse, y la guardia real aparecer junto con toda la corte; recordó como el pequeño Riquel apareció detrás de la falda de la Reina en un ataque de estornudos casi incontrolables, recordó la cara de horror en su hermano al darse cuenta que aquello que le irritaba... eran las cenizas de su padre vagando por el viento.

III

Elsa y Oniris.

Habían pasado tres días desde la celebración del Rey y poco a poco todo regresaba a la normalidad, la presencia de la guardia real reafirmaba la sensación de seguridad en la población de Andromeca, en especial ver patrullando día y noche al caballero de plata y al león de oro. Sin embargo verlos juntos se había convertido en un hecho imposible, durante tres días Brynn y Riquel no habían cruzado palabra, montaban guardia en momentos diferentes y patrullaban zonas distintas para no toparse el uno con el otro.

No era odio lo que les mantenía separados, sin embargo ninguno toleraba la posición del otro, Brynn recordaba a su padre con amor, intrigado por las circunstancias de su muerte, y Riquel hablaba de él con desprecio, con un odio que le llenaba la boca y le hacía cerrar los puños con fuerza, así que por el momento era mejor estar separados, además Riquel tenía otros problemas de qué preocuparse, la princesa Cassandra hacía evidente su odio con miradas que le penetraban a distancia, comentarios hirientes frente a los miembros de la corte y demás niñerías que el caballero dorado tenía que soportar, si bien estas cosas le molestaban, ignoraba a Cassandra con el arte de un verdadero caballero, y esto la enfurecía aún más.

La plática en la muralla con su hermano había despertado en Brynn memorias que lo acechaban en las noches robándole el sueño, estaba harto de despertar en la madrugada cubierto en sudor llorando como un niño, así que decidió remediar su dolor acudiendo al hechicero de cabecera del Rey. Ese día dejó a cargo a tres guardias para que cubrieran su rutinaria ronda por la muralla, sabía que sería difícil encontrar al hechicero ya que nunca estaba en un solo lugar por mucho tiempo, y no podía perder el tiempo dándole vueltas a la ciudad.

Brynn buscó al hechicero en su estudio mas no encontró a nadie, tan solo viejos esqueletos de criaturas extrañas, frascos de colores extravagantes, y montañas interminables de libros y papeles indescifrables para el caballero; lo buscó en la gran biblioteca de 8 pisos, entre cada pasillo, en los jardines, en las terrazas, pero el paradero seguía siendo un misterio. Derrotado y cansado Brynn decidió regresar por donde llegó y aprovechar las pocas horas de sol que quedaban para retomar su puesto en la muralla, sin embargo vaya sorpresa que se llevó al ver al hechicero entrar sigilosamente a su estudio, tan silencioso y furtivo como un fantasma que atraviesa una pared.

Brynn tocó a la puerta con puño pesado, sabía que el hechicero podría ignorarlo, pero la puerta abrió despacio y sin ningún esfuerzo.

-Caballero de plata, ¿qué lo trae a mi estudio? ¿en qué puede ayudarlo el viejo "mano negra" Oniris?- El hechicero figuraba ser muy viejo, tan encorvado que aparentaba tener la estatura de un niño, su barba blanca ocultaba las arrugas de su cuello, sus ropas eran opacas y sencillas, portaba un capuchón que le tapaba el rostro hasta los ojos, y su brazo derecho estaba cubierto por un largo guante negro de piel que le llegaba hasta el codo.

-Si es por la hoguera que encendí hace tres días puedes estar tranquilo, mis esferas están resguardadas, soy el único que sabe dónde están, el fuego sigue estando prohibido en estas tierras.

-Descuida Oniris, tienes toda mi confianza, sé que en tus manos el fuego está resguardado.

-Entonces... ¿qué puedo hacer por el lobo de Andromeca?- el Hechicero se recostó sobre su sillón haciendo tronar todos sus huesos.

-Últimamente no he podido dormir, necesito algo que me ayude a recuperar el sueño.

-¿Qué es lo que le quita el sueño, joven maestro?

-Sueños... pesadillas- contestó Brynn apenado.

-¿Pesadillas? ¿Qué clase de pesadillas?- preguntó intrigado el hechicero.

-Eso es cosa mía.

-Joven maestro, hay distintos tipos de pesadillas y cada una tiene un remedio distinto- el hechicero se quitó las botas dejando ver unos pies tan viejos como los de una momia- si no quieres decirme que tipo de sueños te mantienen despierto por las noches lo entiendo, pero quizá lo que te dé no te sirva y tan solo empeore tus noches.

Brynn permaneció en silencio unos momentos.

-Recuerdos... recuerdos de cuando era niño.

-¡Ah! Recuerdos- exclamó el hechicero- recuerdos que se materializan en sueños- Oniris se levantó de su asiento y se acercó a tan solo pasos del caballero- ¡Agáchate hijo mío! Necesito verte a los ojos.

Brynn se arrodilló renuentemente ante el hechicero, el cual le tomó el rostro con su mano oscura y acercó su cara a centímetros de la del caballero. Sus arrugas eran tan marcadas como grietas en una pared, sus ojos grises carecían de brillo, y su piel manchada tan solo hacía más evidente su palidez.

-Pero los recuerdos, mi niño, no pueden ser pesadillas- el hechicero se alejó del caballero y comenzó a buscar entre sus papeles y libros- los recuerdos... quizá sea porque soy demasiado viejo, tú mi querido caballero fuiste bendecido no solo con la vida eterna, sino con juventud inagotable, en cambio yo... yo sobreviví a dos reyes antes de convertirme en un anciano que no puede morir y eso hace que vea las cosas de maneras muy extrañas- el hechicero comenzó a deambular de un lugar a otro buscando frenéticamente entre sus cosas, mezclando sustancias en jarros y contenedores.

- Cuando llegas a mi estado, cosa que nunca harás, comienzas a ver a la muerte como el último paso para poder descansar, y un día despiertas con la noticia de que eso... nunca sucederá.

Brynn observaba extrañado al hechicero, tanto por su conducta frenética como por su historia.

-A partir de ese momento todos los días son un poco más obscuros, pero los recuerdos ¡ah! los recuerdos...- el hechicero se detuvo en seco con la mirada perdida- ... los recuerdos, te hacen ser quien fuiste, recuperar lo que perdiste, vivir...- Oniris volteó hacia Brynn y se acercó con pequeños pasos, extendió su mano y le otorgó un frasco con un líquido azul oscuro.

-Algunas veces, mi querido caballero, los recuerdos son lo único que nos queda...- el hechicero aparentó salir de un trance y agitó bruscamente su cabeza cambiando totalmente el tono de su voz- ¡Tómate esto antes de dormir y te prometo que dejarás de soñar!

Brynn aún no entendía que había pasado, y tan solo pudo asentir con la cabeza antes de abandonar el estudio del hechicero.

Oniris volvió a recostarse en su sillón y observó su brazo cubierto por el guante negro.

- Todos los días son un poco más obscuros...

El sol comenzaba a descender entre las montañas y el cielo comenzaba a oscurecerse con la presencia de enormes nubes negras que rugían mientras se acercaban a la gran ciudad de Andromeca. Entre los pasillos de la ciudad sonaba un clamor que hacía eco entre las paredes.

-¡Vamos! ¡Golpéalo más fuerte!- sonaban los gritos de hombres furiosos-¡Acábalo! ¡Uno más, uno más!

Los cielos se abrieron y la lluvia cayó envuelta en rayos y truenos que iluminaban la ciudad.

-¡Levántate! ¡Aplástale la cabeza!- los gritos venían de una esquina de la ciudad cerca de las barracas de la guardia real, un grupo de caballeros formados en círculo observaban a dos de ellos atacarse bajo la lluvia.

Ambos combatientes portaban el mismo tipo de armadura, sencilla y de hombreras grandes, con un casco simple que les tapaba todo el rostro; ambos portaban una espada mediana, sin embargo uno de ellos, el más esbelto, aún cargaba su escudo, el segundo se encontraba arrodillado en el lodo dándole la espalda a su adversario quien pisaba el escudo de su atacante enterrándolo en el lodo.

-¡Levántate! ¡¿Vas a permitir que te humillen así?!- gritaban los demás caballeros al guerrero caído- ¡Levántate maldita sea!

El caballero se levantó goteando lodo, era evidente que su estatura y complexión superaban por mucho a la de su atacante.

Sus brazos eran anchos y fuertes, sus piernas firmes como columnas y aparentaba sacarle medio cuerpo a su atacante.

Un par de rayos cayeron al mismo tiempo, iluminando al círculo de caballeros bajo la lluvia.

El guerrero fornido se abalanzo contra su oponente, las gotas de lluvia rebotaban en su armadura mientras sus pasos se hundían en el lodo salpicando a los espectadores, sin embargo su oponente permanecía estoico frente a él. El guerrero de brazos fuertes asió el mango de su espada con fuerza y se preparó para asestarle un fuerte golpe a su atacante, sin embargo este se agachó cubriendo su cuerpo con el escudo, y utilizando este mismo golpeó el abdomen del fuerte guerrero, levantándolo por los cielo y haciéndolo caer justo detrás de él frente a un público boquiabierto.

El caballero musculoso había perdido su espada y se encontraba sumido en el lodo.

-¡Levántate! ¡Esto es imposible! ¡Demuéstrale quién es mejor, maldita sea!- La multitud de caballeros estaba enardecida, sus gritos se escuchaban entre la tormenta.

El caballero se levantó poco a poco, parecía que la armadura le pesaba ahora más que nunca, alzó sus manos y removió su casco con furia dejando ver un rostro severo, de barba como lija y una cicatriz que empezaba en su ceja izquierda y terminaba en su quijada.

-¿Crees que me has derrotado? ¿¡Eso es todo lo que tienes?!- rugió el caballero- ¡Enfréntame como hombre! ¡Con los puños y la fuerza de tu cuerpo!

El adversario guardó silencio mientras el círculo de caballeros gritaba apoyando al guerrero sin casco.

-¡Vamos César! ¡Acábalo! ¡Aplástalo!

-¡¿Qué dices, maldito?! ¿O acaso eres un cobarde?- exclamó César alzando las manos invitando a los gritos de sus compañeros. Su contrincante permaneció en silencio mientras clavaba su espada en el suelo y dejaba caer su escudo, los caballeros enmudecieron al ver esto. El guerrero silencioso alzó su mano izquierda e invitó a César a que atacara.

El caballero de la cicatriz enfureció y se abalanzó contra su oponente, sin embargo una patada en la rodilla derecha frenó su ataque en seco haciéndolo caer, una vez en el suelo, el caballero silencioso comenzó a golpear el rostro de César sin dejarlo defenderse, pateó su pecho con fuerza sumiéndole el peto y tirándolo de espaldas. La batalla había concluido.

El caballero silencioso alzó sus manos y removió su casco dejando al descubierto el rostro de una bella mujer pelirroja, con ojos verdes y pecas en sus pómulos.

-Prefiero enfrentarte como mujer...- dijo ante el cuerpo inerte de su oponente. La guerrera dio media vuelta recogiendo su espada y escudo para regresar a las barracas, todos los caballeros la veían enmudecidos, la lluvia golpeaba sus rostros y se colaba entre sus armaduras. Entre rayos y truenos César se levantó del lodo, silencioso como una sombra, tomó su espada del suelo y se dirigió a espaldas de la guerrera para asestarle un golpe fulminante, sin embargo una lanza dorada se interpuso entre él y la guerrera, haciéndolo volar por los cielos cayendo sobre algunos de los espectadores, derribándolos como hojas al viento.

-¡Se puede saber qué demonios es esto!- Exclamó Riquel- ¡Contéstenme!- Todos los guerreros permanecían en silencio, con el rostro cubierto de miedo y pena. Riquel tomó del hombro a la guerrera y la miró severamente.

-¿Qué es todo esto, Elsa? ¡¿Por qué no están patrullando?! La guerrera agachó la cabeza sin decir una sola palabra.

- César comenzó la pelea, capitán- uno de los caballeros había roto filas y alzó la voz ante el león de oro.- Se burló de Elsa y la empujó contra unos barriles, después...-El caballero fue interrumpido por Riquel.

-Ya vi lo que sucedió después... cuando César despierte díganle que ha sido sancionado y lavará los establos hasta nuevo aviso, el resto de ustedes duplicará sus horas de guardia hasta que yo diga lo contrario-. Los murmullos de disgustó no se hicieron esperar- Y tú, Elsa, limpiarás las armaduras de la guardia hasta que yo lo diga.

-¡Pero capitán!- exclamó Elsa llena de rabia- ¡Él comenzó todo!

-¡Y tú lo terminaste!- rugió Riquel con voz severa- Ambos son caballeros de la guardia real, ¡guerreros de Andromeca! Si lo que quieres es ganarte el respeto de estos hombres, entonces serás tratada igual que ellos- Riquel cambió el tono de su voz a uno más condescendiente- estos hombres han vivido guerras y batallas fuera de estas paredes, César ha peleado a mi lado, estuve ahí cuando obtuvo su cicatriz; quizá seas más hábil que cualquiera de ellos, incluso más que todos ellos juntos, pero no has vivido lo que ellos... así que toma tus cosas, sécate, y repórtate en la armería para comenzar a lavar las armaduras.

Elsa avanzó enfurecida entre la multitud de caballeros y desapareció de la vista de Riquel. Poco a poco todos comenzaron a dispersarse, tres caballeros se quedaron para ayudar a César a levantarse del suelo, una vez que este estuvo de pie Riquel se acercó con paso pesado.

-Capitán, yo...- César no pudo decir nada más porque la mano dorada de Riquel apretaba su cuello.

-Si vuelvo a saber que le faltas el respeto a alguno de mis caballeros, César, olvidaré todas las batallas que hemos vivido juntos y te arrojaré al otro lado de la muralla. ¿Entendido?

César solo pudo asentir con la cabeza.

-¡Llévenselo!- exclamó Riquel y se dirigió al palacio.

IV

Sol de noche.

Riquel subía las interminables escaleras que llevaban de la ciudadela al palacio mientras la lluvia golpeaba su cuerpo, hace mucho que no se veía una tormenta de esa magnitud en Andromeca, sin embargo los pensamientos del guerrero se encontraban en otro lado, su mirada estaba perdida en los escalones y su cuerpo avanzaba lento y apesadumbrado, quizá pensaba en su padre, el cual hace tiempo que no aparecía en sus pensamientos, o en su hermano y la pelea que habían tenido hace tres día, quizá estaba decepcionado del comportamiento de uno de sus mejores hombres, César, y de su protegida, la pelirroja Elsa, la única mujer en toda la guardia del Rey.

Al llegar al palacio, Riquel observó unos momentos a la ciudad desde uno de los balcones, a pesar de la incesante lluvia y de los imponentes relámpagos, la ciudad le parecía hermosa, desde hace mucho la había visto transformarse y crecer hasta ser lo que era ahora, la epitome de belleza y prosperidad de todo Armoria, sentía sobre él el peso de cuidarla y protegerla, mas no lo veía como una carga, sino como un privilegio que le llenaba de orgullo el corazón.

Pensaba en retirarse a su habitación y olvidar el día cuando algo en el cielo llamó su atención, una luz brillante apareció entre las nubes, no era un relámpago pues permanecía en el cielo, mas no podía ser el sol ya que la noche había caído desde hace varias horas. El caballero miraba atento esta extraña luz que nadie más parecía notar, cuando advirtió que caía del cielo cual si fuera una estrella fugaz dirigiéndose hacia uno de los jardines del palacio.

Sin pensarlo dos veces Riquel saltó del balcón y descendió del palacio lo más rápido que pudo para dirigirse al jardín en el que había caído la luz; no sabía qué esperar, ni siquiera podía determinar qué era aquello que había visto descender del cielo, pero estaba seguro que no era algo normal. Al llegar al jardín, jadeando y con el sudor mezclado con la lluvia, observó frente a él una extraña flama, no más grande que un capullo de rosa, pero su brillo era excepcional, era evidente que no era Brizenger, pues su luz no era pálida, pero no podía ser fuego ya que la torrencial lluvia no parecía afectarle.

La belleza de aquella flama tenía a Riquel hipnotizado, sin percatarse de sus acciones había avanzado hasta ella con paso pesado, tomó su lanza y trató de tocar a la flama con la punta, pero nada pasó, incluso tocó su arma para sentir si había sido calentada o dañada por la flama, pero su lanza estaba fría y mojada, sin daño alguno, aquella extraña llama no había tenido efecto en su arma, lo que le parecía raro, pues el pasto debajo de la luz aparentaba estar quemado.

La curiosidad era demasiada, Riquel acercó su mano lentamente y tocó con un dedo la extraña flama, pero nada sucedió, sintió un ligero calor a través de su guante, pero incluso el Brizenger le calentaba más; decidió retirarse el guante y con mucho cuidado acercó su piel a la flama, la tocó con un dedo y sintió un delicioso calor que le recorrió todo el cuerpo, no recordaba la última vez que había sentido una sensación tan hermosa, retiró su mano de la flama y se removió el otro guante con la intención de sostener con ambas manos desnudas a la extraña flama frente a él, sin embargo cuando puso sus manos alrededor de esta, la flama se adhirió a sus manos quemándolas instantáneamente; Riquel gritó en agonía y trató de retirarse de la flama, pero esta se había esparcido por todo su cuerpo, incinerando su carne, las flamas se expandieron hasta su rostro, los gritos hacían eco por todo el palacio alertando a la guardia real, despertando al Rey y a toda la corte.

Las llamas lo envolvían por completo y comenzaban a comportarse de una manera extraña, pareciese que eran absorbidas a través del ojo derecho de Riquel, o al menos así lo sentía pues el dolor en su ojo era insoportable, trató de cubrírselo con su mano chamuscada pero era inútil, incluso parecía que podía ver a través de su carne... y era cierto, por un breve momento el dolor cesó, y a pesar de seguir envuelto en llamas, estas ya no le quemaban, con un ojo seguía viendo el jardín del palacio, pero con el otro, aquel que había absorbido las llamas, podía ver extrañas visiones de bosques, pantanos y cavernas, criaturas horribles y espectros deformes y abominables y, al final, lo último que vio fue la imagen de una mujer pálida de cabellos blancos, con el rostro sumergido en tristeza y agonía; las visiones desaparecieron en seco y dejaron que Riquel cayera sobre el pasto perdiendo el conocimiento.

Los párpados le ardían al león de oro, sentía sobre su cuerpo un peso que le incomodaba y un calor sofocante, poco a poco comenzó a abrir los ojos pero los rayos del sol lo lastimaron, tuvo que abrirlos poco a poco para que se adaptaran a la luz, lo primero que notó fue el techo pintado de hermosos murales que representaban a los dioses, conocía perfectamente ese lugar, era la enfermería del palacio. El cuerpo le dolía y el peso de las sábanas le dificultaba moverse, trató de sacar las manos pero fue interrumpido por una voz familiar.

-¡Gracias a los dioses! ¡Despertaste!- Brynn abrazó fuertemente a su hermano. Riquel se estremeció esperando un dolor indescriptible al contacto del abrazo con sus llagas... pero no sintió nada.

-¿Cómo te sientes?- preguntó Brynn.

-¿Cómo te atreves a preguntarme eso?- contestó Riquel molesto- ¡¿Qué acaso no me ves?!- al gritar destapó sus brazos y notó con asombro que no estaban quemados, no tenían ni un rasguño.

-¿A qué te refieres con eso?- Brynn no entendía el enojo de su hermano.

-El... el fuego... mi cuerpo... ¡mi cara! ¡¿Cómo está mi cara?! ¡Mi ojo!- Riquel comenzó a tocarse la cara frenéticamente, pero no pudo sentir cicatriz o llaga alguna.

-Sigues teniendo la misma cara de tonto, fuera de eso no sé a qué te refieres.

Riquel se levantó de un salto de la cama y corrió hacia el espejo más cercano, no podía creer su reflejo, su cuerpo y rostro estaban intactos, como si nada hubiera pasado.

-Pero... la flama...- murmuró para sí mientras se palpaba la piel.

-Los guardias te encontraron inconsciente en uno de los jardines, dicen que te escucharon gritar en la peor de las agonías, creían que habías sido atacado por no-muertos, o algo peor.

-O algo peor...- murmuró de nuevo Riquel, perdido en sus pensamientos.

-Creo que nuestros sueños se han convertido en nuestros peores enemigos, al grado que te han vuelto sonámbulo, hermanito. Hace unos días vi a Oniris y me recetó un tónico para dormir, te lo he dejado en tu cuarto, quizá te ayude a dejar de soñar.

-No fue un sueño, Brynn, no estaba dormido cuando vi la luz caer del cielo.

-¿Luz? ¿Qué luz? ¿De qué demonios me estás hablando?

-Después de reprender a Elsa y a César, subí a uno de los balcones y observé una extraña luz descender del cielo, cuando fui a investigar encontré una extraña llama, parecía no afectar al metal, pero cuando la toqué con ambas manos desnudas sus llamas cubrieron todo mi cuerpo y...- Riquel se dio cuenta que sus palabras no tenían sentido para Brynn, su cuerpo estaba intacto y era evidente que él no había visto ninguna luz caer del cielo.

-¿Crees que estoy mintiendo?

-No, jamás creería eso, creo que lo que dices es verdad... para ti, estuviste inconsciente tres días, estaba loco de preocupación, desde el primer instante inicié una búsqueda por cualquier anomalía, peiné cada centímetro de la ciudad, cuestioné a cada individuo, hombre o mujer, realeza o lacayo, nadie vio, escuchó o supo de alguna rareza, lo único fueron tus gritos de agonía; no hubo luces, ni fuego, ni nada cayendo del cielo... solo tú. Por eso creo que los recuerdos de nuestro padre te afectaron más de lo que crees, ¿ser consumido por el fuego? Creo que ambos sabemos por qué soñaste eso.

-No fue un sueño, Brynn... el sueño vino después.

-¿A qué te refieres?

-Antes de perder el conocimiento tuve extrañas visiones, visiones de lo que creo eran los bosques de Alithia, y más allá, pantanos y cavernas extrañas, criaturas deformes y espectros del abismo, y al final... vi a una hermosa mujer, casi celestial, sumergida en un rictus de tristeza y agonía que me partió el corazón. Sé diferenciar entre un sueño y la realidad, las visiones fueron sueño... el fuego no.

Ambos se quedaron en silencio unos momentos viéndose a los ojos, Brynn caminó hacia su hermano y lo abrazó de los hombros.

-Sea como sea estás bien, sin quemaduras o daño alguno y eso... es lo único que me importa- Brynn abrazó fuertemente a su hermano. En ese momento las puertas de la enfermería se abrieron para darle paso al Rey, la Reina y a la princesa Cassandra.

-¡Alabados sean los dioses que te han hecho despertar, hijo!- exclamó el Rey al ver a Riquel recuperado. De inmediato los dos hermanos se arrodillaron, pero fueron levantados por un gentil ademán de la Reina.

-Estábamos muy preocupados, temíamos por la salud de nuestro capitán y, sobretodo, de nuestro querido amigo- dijo la Reina mientras inspeccionaba el rostro de Riquel- ¿Cómo te sientes?

-Bien... creo.

-¿Crees o sabes?- preguntó Cassandra enojada y burlona.

-No le hagas caso, Riquel, está enojada porque la has preocupado sobremanera estos tres días.

-¡Madre! ¡¿Cómo te atreves?!- Cassandra salió fúrica de la habitación.

-Hace días que quería hablar contigo, hijo- el Rey se acercó a Riquel y lo tomó del hombro- a tu hermano le he regalado la flecha que me fue disparada, se la he dado como agradecimiento, pero a ti no sabía qué darte.

-No tiene que darme nada, majestad.

-¡Ah! Pero no solo quiero recompensarte, sino que creo que es necesario, ahora sé lo que puedo darte... tiempo.

-¿Tiempo?

-¡Tiempo! Para que hagas y deshagas a placer, creo que lo que sucedió en el jardín es más que prueba suficiente para darnos cuenta que estás exhausto, ¡y con justa razón! Por eso quiero que te tomes 37 días, haz con ellos lo que quieras, lo que sea menos trabajo.

-Pero majestad, no necesito...- Riquel fue interrumpido por la dulce voz de la Reina.

-Esto no es un castigo, mi niño, ¿de qué sirve la inmortalidad si no la usas para vivir? estos días se irán en un parpadeo, te lo prometo.

Riquel observó el rostro maternal de la Reina y comprendió su preocupación.

-Se lo agradezco majestad, con todo el corazón, pero antes de irme me gustaría dejar en orden mis labores en la ciudad.

-¡Por supuesto!- exclamó el Rey- ¡Nunca dije que te fueras hoy! Es más, nunca dije que te fueras- el Rey comenzó a reír- estos días son para ti, para que descanses, tómalos cuando estés listo ¡pero tómalos! ¡Y pronto!

Riquel asintió con la cabeza y observó a los reyes abandonar la enfermería.

-No te sientas mal, Riquel, todos necesitamos un descanso de vez en cuando.

-En todo este tiempo cuantas veces has descansado tú- preguntó enojado el león de oro.

-Pocas... muy pocas, pero yo nunca he gritado en los jardines del palacio.

-¡Idiota!- gritó Riquel abalanzándose contra su hermano, pero una vez en el suelo ambos comenzaron a reírse- ¡Está bien! Tomaré esos días, pero no hoy, ni mañana, primero tengo que resolver algunos asuntos.

-Entre ellos deberías pasar a ver a Elsa.

-¿Elsa? ¡¿Qué le hicieron ahora?!

-Nada, nada, pero durante estos tres días mostró la misma preocupación por ti que tú por ella en este momento- la sonrisa de Brynn apenaba a Riquel- le dará mucho gusto saber que estás bien.

Riquel no dijo nada, tan solo se limitó a asentir con la cabeza y a comenzar a vestirse.

Brynn se disponía a irse cuando volteó para darle un último consejo a su hermano.

-Acostarse con la princesa de Andromeca es muy peligroso, hermanito, pero romperle el corazón... es lo más peligroso que puedes hacer, no dejes que su odio crezca hacia ti.

-Quizá ya es demasiado tarde- contestó Riquel

-Solo si así lo deseas...- Brynn abandonó la enfermería dejando a Riquel solo para vestirse. Una vez vestido hizo una última parada en el espejo antes de salir.

-Te vi quemarte- le dijo a su reflejo- te sentí consumir por las llamas... ¿qué demonios te pasó?

V

Los ojos no mienten.

Un par de golpes sobre una viga de madera hicieron voltear a Elsa, dejando sobre la mesa una oxidada armadura que estaba limpiando.

-Perdón, no quería asustarte.

-¡Riquel!... es decir... capitán- la joven pelirroja se sonrojó al darse cuenta que sus sentimientos la habían traicionado, pero a Riquel no pareció molestarle, tan solo sonrió ligeramente y se acercó a ella. Observó las armaduras que colgaban de la armería e inspeccionó una en particular.

-Si estas armaduras estuvieran más limpias parecerían estar hechas por espejos-. Elsa sonrió y se levantó de la silla en la que estaba sentada.

-Escuché que estuviste preocupada por mí, quería ser el primero en decirte la buena noticia.

-Hubiera ido a visitarlo, capitán, pero no quería abandonar la tarea que me asignó.

Por un momento ambos permanecieron en silencio, un aire incómodo se podía sentir entre ellos.

-Espero comprendas por qué te reprendí- dijo Riquel suavemente.

-Lo entiendo, capitán, estaba decepcionado de mis acciones, no debí haber atacado a un verdadero caballero, yo no he vivido ninguna guerra por lo tanto no merezco ese rango.

-¡¿Qué?! ¡No! ¡No! Para nada, es no es el motivo- Riquel se mostraba alarmado, caminó hasta Elsa y la tomó de los hombros- Elsa... mírame ¡mírame dije!

Elsa alzó la mirada y observó los ojos de Riquel que parecían brillar e iluminar el lugar.

-Eres una de las mejores guerreras que he conocido en mi vida, tu técnica, valentía, arrojo y voluntad no tienen comparación, ¡por los dioses sé perfectamente que hubieras lisiado a César si no los hubiera detenido!- Riquel le indicó a la joven guerrera que se sentara.

-Sé perfectamente que eres un excelente caballero, con el potencial de ser el mejor, pero eres tú quién no se lo cree. Elsa, si sigues comportándote como un perro rabioso que ataca ante cualquier provocación nadie podrá tomarte en serio, ni siquiera tú.

-Entonces ¿qué debo hacer? ¡¿Quedarme sentada y callada como una buena mujer?!

-Demostrar tu valía con acciones, así como lo hiciste conmigo...- Riquel miró severamente a la guerrera pelirroja y se sentó justo frente a ella.

-La primera vez que llegaste a mí pidiendo entrar a la guardia real te lo negué, y te pedí que no volvieras a intentarlo ¿sabes por qué lo hice?

-Porque soy mujer...

-¿Por qué eres mujer? ¡Maldita sea, Elsa! Podrías ser un maldito caballo y no me importaría, la razón fue por qué sabía quién eras tú, había escuchado de ti entre los pasillos del palacio y las calles de la ciudad, "la niña pelirroja", la última persona en nacer dentro de Andromeca; sabía que eras la persona más joven de la ciudad, la última persona en haber nacido dentro de estas paredes antes de que se decretara la ley de "no reproducción". Temía que si te aceptaba estaría condenando al alma de Andromeca, si algo te pasara... a ti, a la juventud de esta ciudad, no me lo podría perdonar.

Elsa se sonrojó al escuchar estas palabras, y agachó la cabeza con pena mientras continuaba escuchando el discurso del león de oro.

-Pero mi negativa no fue suficiente para detenerte, buscaste a Brynn y le rogaste que te aceptara, el vio en ti lo que yo veo ahora, valentía, determinación, honor, y permitió que comenzaras tu entrenamiento como soldado. ¡Imagina mi sorpresa cuando te vi entrar a las barracas! En ese momento sabía que no había nada que te detuviera, que la juventud de la ciudad en efecto hervía en tus venas.

Riquel tomó la barbilla de Elsa y la hizo mirarlo a los ojos.

-¿Recuerdas la promesa que te hice cuando el Rey te nombró caballero?

-Sí... prometiste que me harías el mejor caballero de Armoria, incluso más que Yllithien o Brynn.

-Así es, y mi promesa sigue en pie...- Riquel se tapó el ojo derecho e hizo una ligera mueca de dolor- ...pero necesito que comiences a comportarte como tal.

-¿Estás bien?- preguntó Elsa levantándose de la silla.

-Estoy bien- Riquel sonrió aún tapándose el ojo- ya deja de preocuparte por mí y comienza a preocuparte por ti ¿entendido?

Elsa asintió firmemente con la cabeza.

-¡Perfecto! La relevo de su castigo, caballero de Andromeca.

Riquel salió de la armería aún con el ojo cubierto, dejando a Elsa con sentimientos encontrados de felicidad, orgullo... y preocupación.

Mientras caminaba hacia su habitación Riquel se encontró a tan solo unos pasos del jardín donde había visto la extraña flama, aún con el ojo dándole molestias decidió visitar el lugar del incidente. Parecía como si nada hubiera pasado, inspeccionó cada rincón buscando algún indicio de la flama, del fuego, pero no encontró nada, ni siquiera el pasto que había visto arder bajo la llama, pues el jardín era verde en su totalidad, sin rastros de fuego o ceniza por ningún lado. Sin darse cuenta el ojo había dejado de dolerle y el sol había comenzado a descender.

Riquel pasó su mano por el pasto -Quizá si fue un sueño...- volteó hacia el cielo buscando de nuevo la extraña luz, pero no vio nada -pero estoy seguro que no lo fue.

Al día siguiente Riquel se levantó antes de que el sol saliera entre las montañas, sabía que la persona a la que quería ver ese día solía despertarse antes del sol, y quería hablar con ella antes que cualquier otra persona.

Antes de salir de su habitación se miró unos momentos frente al espejo inspeccionando su ojo derecho, sin embargo no encontró nada más que el zafiro que adornaba su iris.

-Estás perdiendo la cabeza, Riquel- se dijo a sí mismo- quizá es momento de comenzar a tomar el tónico que te regaló tu hermano-. Sacudió la cabeza y salió de la habitación riéndose de sí mismo.

La princesa Cassandra se encontraba en el último piso de la biblioteca leyendo uno de sus libros favoritos "El tormento del amanecer". Estaba tan concentrada en su lectura que no escuchó los pesados pasos de Riquel detrás de ella.

El caballero posó su mano sobre el hombro de la princesa y trató de hablarle suavemente, sin embargo la princesa reaccionó exaltada tomado del brazo a Riquel y arrojándolo contra uno de los anaqueles.

-¡Maldita sea, Riquel! ¡¿Estás tratando de darme un infarto?! ¿No te basta con lo que me has hecho?

-Precisamente... princesa- Riquel trataba de incorporarse de entre los libros caídos- de eso he venido a hablar con usted.

-¡No tengo nada que hablar contigo! Por favor retírate

-Princesa, por favor, es importante.

-¡Qué no quiero hablar contigo!

-¡Maldita sea, Cassandra, escúchame por una vez en tu vida!

La arrogante princesa quedó sorprendida ante la insistencia del caballero de oro.

-Necesito que me escuches...

-Te escucho, pero sé rápido, interrumpiste mi lectura.

Riquel tomó aire y suspiró mirando al cielo.

-Sé que te sientes usada y ofendida, sin embargo te juro que nunca fue mi intención lastimarte.

La princesa no parecía creerse las palabras del caballero, y se notaba impaciente y molesta con cada palabra que Riquel emitía.

-Cada momento que pasé a tu lado lo disfruté sobremanera, cada noche en mi habitación, en los rincones del palacio, las escapadas a los jardines, las tardes de lectura en este mismo lugar, cada uno de esos momentos los atesoro con todo el corazón... sé que piensas que no significaron nada, pero significaron el mundo para mí, no abandoné lo nuestro porque sintiera desprecio hacia ti, mucho menos porque estuviera aburrido o harto de tu presencia, terminé con esas escapadas entre las sombras porque entendí el peligro de enamorarme de la princesa de Armoria.

Los ojos rojos de Cassandra se abrieron como los de una lechuza, sintió un ligero temblor recorrer su cuerpo al escuchar esas palabras, trató de balbucear algo pero fue interrumpida por Riquel.

-Mientras mis sentimientos por ti crecían, sabía que era inevitable que los tuyos por mí también... no podía hacerte eso, ¿a dónde íbamos con nuestra relación? ¡a ningún lado! Yo le juré mi vida a tu padre, no a ti, y no hay nada que pueda romper ese juramento, además... ¿qué haría la princesa de Armoria con un caballero?

Cassandra observaba detenidamente a Riquel, sus ojos rojos se clavaban en el caballero como dos estacas.

-No quiero ganarme tu odio, Cassandra, eso es lo último que quiero...- de nuevo Riquel sintió una punzada en el ojo derecho, esta vez lo suficientemente dolorosa como para hacerlo perder el equilibrio.

-¡Oh No! -exclamó la princesa corriendo para ayudar a Riquel a levantarse.

-Estoy bien, princesa, gracias-. Ambos se miraron fijamente durante unos momentos, sin embargo mientras Riquel observaba el bello rostro de Cassandra, esta parecía examinar detenidamente su ojo derecho.

-Tan solo espero que no sea demasiado tarde- dijo Riquel terminándose de incorporar.

-Riquel... -la princesa titubeó antes de hablar- ... retírate por favor.

El caballero de oro guardó silencio y agachó la mirada.

-Gracias por su tiempo, princesa- Riquel se retiró del lugar dejando atrás a la princesa y a los libros caídos.

Cassandra recogió el libro que estaba leyendo, y con los ojos llenos de lágrimas murmuró para sí misma- Lo lamento Riquel... lo lamento tanto, en verdad... pero ya es demasiado tarde.

Riquel regresaba de la biblioteca, con los puños apretados y balbuceando su coraje contra la princesa, cuando notó algo extraño en el jardín donde creía haber visto la extraña flama. Se acercó al balcón para ver más de cerca y notó una extraña mancha negra en el pasto, de inmediato se dirigió al jardín para inspeccionarlo.

Al llegar sintió como los cabellos se le erizaban, en el lugar donde había visto al pasto quemarse bajo la llama se encontraban ahora unas extrañas y deformes plantas negras. Riquel empuñó su lanza y atravesó una de estas plantas haciéndola sangrar una extraña brea negra que manchó el arma.

-¡¿Qué demonios es esto?!

-¿Quiere que le guarde una, mi señor?- una voz detrás de Riquel le hizo salir de su trance, uno de los jardineros del palacio comenzaba su ronda en ese momento.

-¿Perdón?- Riquel aún estaba hipnotizado por lo que acababa de ver.

-Que si quiere que le guarde una de esas plantas, mi señor.

-¿Por qué querría yo una de estas aberraciones?

-¡Oh! Lo... lo lamento, mi señor, es que lo vi tan intrigado que yo pensé...- el jardinero fue interrumpido.

-¿Cuándo aparecieron estas flores?

-No lo sé, mi señor, ayer no estaban.

-¿No lo sabes? ¡¿No lo sabes?!

-¡Señor, perdón! Ayer tan solo visité este jardín en la mañana, quizá en la noche ya habían germinado, probablemente otro jardinero pueda contestarle mejor la pregunta.

Riquel se dio cuenta del tono que había utilizado con el jardinero y se sintió apenado de sí mismo.

-Discúlpame, he perdido la cabeza, no merecías que te hablara así... asegúrate de cortar estas horribles plantas, y que no aparezcan en ningún otro jardín...- Riquel se cubrió de nuevo el ojo e hizo una mueca de dolor que preocupó al jardinero.

-¿Quiere que vaya por el viejo Oniris, mi señor?

-No, no hace falta, quizá solo necesite descansar.

Riquel palmeó el hombro del jardinero y se retiró corriendo a su habitación, al llegar inspeccionó su ojo buscando algún detalle o lesión, pero estaba intacto, el azul de su iris parecía un mar en calma, todo estaba en orden, tan solo había sido un malestar pasajero. Riquel se recostó en su cama y sin darse cuenta se quedó dormido hasta el día siguiente.

Los rayos del sol golpearon el rostro del león de oro haciéndolo despertar de un salto. -¡Maldita sea me quedé dormido!- Aquel era el último día que tenía el caballero antes de tomarse los 37 días de descanso que le había encargado el Rey, y había perdido la mitad de un día quedándose dormido. Antes de abandonar la habitación se detuvo una vez más frente al espejo para inspeccionar su ojo, y lo que vio casi lo hace perder la razón. Su iris azul ahora estaba manchado de negro, como si otro iris se estuviera comiendo al anterior, y las venas alrededor de su párpado estaban saltadas y moradas.

-¡Por los dioses!- murmuró el caballero, aterrado.

VI

37 días.

Brynn salía de su habitación cuando fue empujado de vuelta por una ráfaga dorada.

-¡¿Qué demonios estás haciendo, Riquel?!

El león de oro cerró la puerta tras de él mientras jadeaba recuperando el aliento. Se notaba en exceso perturbado, incluso paranoico, traía el ojo derecho vendado y se lo tocaba constantemente.

-¿Estás solo? - preguntó Riquel frenético, sin darle tiempo a su hermano de responder comenzó a cerrar las ventanas de la habitación- ¡Por supuesto que estás solo! ¿Qué clase de preguntas haces, Riquel? ¡Estás perdiendo la cabeza!

Brynn estaba totalmente estupefacto, la conducta de su hermano era inexplicable y lo ponía nervioso.

-¿Se puede saber qué estás haciendo? - las palabras de Brynn hicieron reaccionar a su hermano obligándolo a voltear.

- ¿Por qué traes el ojo vendado? ¿qué te pasó ahora?

-¿Ahora? ¡¿ahora?!- exclamó Riquel mientras se acercaba a su hermano- Te dije que no había sido un sueño, te dije de la llama en el jardín, ¡te dije que había sido verdad!

Brynn golpeó a Riquel con la palma de su mano tratando de hacerlo entrar en razón.

-¡Cálmate y dime qué te está pasando!

-¡No lo sé! ¡Ese es el problema! Pero sea lo que sea tiene que ver con la flama de la otra noche.

-¡Ya te dije que no hubo tal cosa!

-¡Entonces explica esto!- Riquel removió los vendajes de su rostro dejando ver un ojo hinchado, con el iris deforme y de un color negro brea devorándose al azul original, las venas de la piel saltadas y moradas, pulsando como un corazón.

Brynn se había quedado sin palabras, acercó su mano para tocar el rostro de su hermano pero fue bruscamente detenido.

-¡No me toques! Puede ser infeccioso.

-¿Qué demonios te pasó, hermano?

-No lo sé... ¡no lo sé!- las lágrimas comenzaron a brotar de los ojos de Riquel, sin embargo aquellas que salían de su ojo derecho eran negras y espesas- pero estoy seguro que tiene que ver con la flama del jardín, cuando sus llamas me envolvieron sentí perfectamente cómo eran absorbidas a través de mi ojo, ¡este ojo! ¡ y ahora mírame!

-Pero... nadie vio la flama...

-¡Yo la vi! ¡Yo la vi, maldita sea! Y vi el pasto quemarse y contorsionarse debajo de ella, y ayer el pasto estaba negro y deforme, como si una plaga lo hubiera infectado... ¡igual que a mi ojo!

Por un momento ambos enmudecieron, Brynn observaba a su hermano analizando cada centímetro de su rostro afectado, mientras que Riquel observaba sus dedos manchados por las lágrimas negras.

-Estas plantas, ¿todavía están en el jardín? ¿tienes una?- preguntó Brynn.

-¿Plantas? ¡¿Lo qué te preocupa son las malditas plantas?!

-¡No seas estúpido! Si las plantas fueron infectadas por la misma cosa que infectó a tu ojo, entonces Oniris podrá estudiarlas y encontrar la cura sin necesidad de revisarte a ti.

-¿Y por qué no puede revisarme a mí?

Brynn observó de manera severa a su hermano acercándose a él con paso pesado.

-Por la misma razón que has venido directamente conmigo y no con él, sabes que si el Rey se entera que has sido infectado te expulsará a los bosques del Este... o quizá vuelva a prender el pilar de fuego.

-Esto no puede estar pasando... ¡esto es una pesadilla! ¡Una maldición! ¡Estoy maldito! Alguien me ha maldecido... alguien... - Riquel comenzó a murmurar entre dientes- Cassandra...

-¿Qué dijiste?

-Cassandra...

-¿Cassandra? ¿La princesa Cassandra?

-¡Esa maldita perra despechada! ¡Ella me maldijo!

-¡Por los dioses, Riquel! ¡Escúchate! No puedes hacer ese tipo de acusaciones, y mucho menos a la princesa de Armoria.

-¡Claro que puedo! ¡Mira mi maldito ojo! ¡Mírame! ¿Quién más pudo haberlo hecho?

-No lo sé, ni siquiera sabemos qué es lo que tienes, por eso necesitamos una de esas plantas. Quédate aquí y yo iré a buscarlas.

-No vas a encontrarlas, le pedí al jardinero que se deshiciera de ellas.

-¿A qué jardinero?

-No lo sé, no me fijé...

-¡Maldita sea, Riquel! ¿Podrías reconocerlo si lo vieras?

-Supongo...

-Entonces cúbrete el ojo y ven conmigo.

Riquel volvió a vendarse el rostro y pensaba salir de la habitación cuando fue detenido por su hermano.

-Mejor ponte el casco, un ojo vendado siempre provocará preguntas impertinentes. Yo usaré el mío también para evitar sospechas.

La imagen de ambos caballeros vistiendo su armadura completa era imponente, un lobo de plata y un león de oro reflejando a cada paso la luz del sol entre los pasillos.

Juntos comenzaron una búsqueda implacable por todo el palacio, en busca de aquel jardinero que había visto las plantas negras junto con Riquel. No fue difícil dar con él, se encontraba trabajando en uno de los balcones del palacio. Al ver a los dos caballeros acercarse casi sufre un infarto, sin embargo Brynn lo tranquilizó con un ademán gentil.

-¿Cuál es tu nombre?- preguntó el lobo de plata.

-Jaques, mi señor...

-Jaques... ¿dónde puedo conseguir una de las plantas negras que aparecieron en el jardín?

-¿Plantas negras? ¡Ah, claro! Lo lamento mi señor, pero me deshice de todas.

Riquel sintió como si un balde de agua fría cayera sobre él.

-Bueno, de todas menos aquellas que el viejo Oniris guardó.

-¡Oniris!- exclamó Riquel.

-Así es mi señor, estaba quemándolas cuando llegó y me pidió que le diera oportunidad de recoger un racimo.

-Gracias, Jaques- Brynn palmeó el hombro del jardinero haciendo que este se ruborizara.

Los hermanos salieron disparados del jardín en busca de Oniris, era un largo recorrido hasta su estudio y temían no encontrarlo. Por fortuna el viejo "mano negra" había permanecido en su estudio toda la mañana analizando las plantas negras que tanto les intrigaban.

Brynn comenzó a tocar a su puerta frenéticamente, sin embargo el viejo Oniris no contestaba ni daba señales de vida.

-¡Maldita sea, Oniris! ¡Si no abres la puerta te juro que la tiraré!- exclamó Brynn.

-¡Quiero verte intentarlo, je!- exclamó Oniris entre tosidos y risas.

-¡Bastardo!- exclamó Riquel jadeando de coraje y empuñando su lanza, pero fue detenido por su hermano.

-Si sigues sin poder dormir, lobo de plata, tan solo aumenta la dosis- sonó la voz del viejo del otro lado de la puerta.

-No venimos por una consulta personal, anciano, nos ha mandado el Rey.

-¡¿El Rey?! ¿Qué hace el Rey mandando caballeros cuando puede venir él mismo?

-Si gustas puedes preguntárselo en persona cuando venga a reprenderte por no acatar una orden real.

No hubo respuesta alguna, la impaciencia estaba acabando con Riquel quien se disponía a derribar la puerta con su lanza, sin embargo el sonido de una docena de cerrojos abriéndose detuvo su furia.

-Pasen... enviados del Rey- dijo el viejo hechicero con un toque de sarcasmo- ¿en qué les puede ayudar el viejo "mano negra" Oniris?

-Queremos saber... el Rey demanda saber... qué son esas plantas negras que aparecieron en el jardín.

-Sí, sí... el Rey...

Un halo de luz dorada apareció frente al viejo Oniris raspando su cuello.

-Tu insolencia está acabando con mi paciencia, anciano- Riquel amenazaba al hechicero pegando la lanza contra su garganta.

-Nunca deberías amenazar con la muerte a alguien que la desea...- Oniris bajó la lanza con delicadeza- si el... Rey, desea saber sobre estas plantas con gusto le compartiré mis hallazgos.

-¿Qué hallazgos?- preguntó Brynn seriamente.

-Deberían ponerse cómodos y quitarse los cascos... esto tomará tiempo.

-Hazlo rápido- jadeó Riquel a través de su casco.

El viejo Oniris caminó hasta el fondo de su estudio donde se encontraban algunas plantas negras siendo destiladas. Tomó un frasco y vertió en él un par de gotas negras, después introdujo su dedo en el frasco provocando el terror en Riquel.

-¡Espera, idiota! ¡¿Qué estás haciendo?! ¡Podrías infectarte!

-¡¿Infectarme?! Tranquilo, joven maestro, esto es perfectamente seguro. Además, ¿de qué podría infectarme?

-Yo... no lo sé- contestó Riquel guardando las apariencias.

-Estas plantas ya están infectadas, caballero dorado, de hecho... ya no son plantas en lo absoluto.

-¿A qué te refieres con que ya no son plantas?- preguntó Brynn intrigado.

-Son demonios, mi querido caballero de plata, estas plantas han sido infectadas por el mal de Alithia.

Los hermanos permanecieron en silencio sin poder moverse, Riquel temblaba dentro de su armadura mientras luchaba con todas su fuerzas por controlar las ansias de gritar y arrancarse el ojo con sus propias manos.

-Pero... -Brynn trató de hablar pero las palabras no salieron de su boca, tuvo que aclararse la garganta varias veces para poder hablar, y aun así fueron más susurros que frases- ...pero... estas plantas nacieron en el jardín... ¿cómo?.... ¿podrían...? ¿¡Podrían infectar a alguien!?

-Estas plantas no pueden infectar a nadie, caballero de plata, tú deberías saberlo perfectamente, ya has matado demonios en épocas pasadas, y su sangre a cubierto tu cuerpo... mas no te has transformado en un monstruo ¿o sí? ¡No! La única manera de ser infectado por el mal de Alithia es a través de su toque, de las secuelas de su sacrificio hace tiempo atrás.

-¡Y qué demonios es "el toque de Alithia"!- exclamó Riquel al borde de la locura- ¡¿Cómo demonios puede una persona infectarse?!

El viejo Oniris miró fijamente a Riquel y su mirada penetró el casco dorado en forma de cabeza de león, parecía como si pudiese ver a través del metal, a través de los vendajes y juzgar el ojo negro del caballero.

-No lo sé, nunca he visto a ningún hombre o bestia transformarse en demonio frente a mis ojos- el anciano comenzó a buscar pausadamente entre sus libreros- sin embargo... he leído sobre esto, he leído tanto que podría considerarme un experto ¡je!...pero lo único que conozco son palabras en un viejo libro ¡Ajá! ¡Aquí está!- Oniris sacó del anaquel un delgado libro que aparentaba ser antiquísimo, incluso más viejo que él- Este es el único escrito que conozco que relata el proceso de infección; "... y después de sacrificar su cuerpo y alma para sanar la maldición de la inmortalidad de los hombres, Alithia, la Reina de las bestias y la naturaleza, se vio transformada en una flama incandescente que cubrió los bosques del oeste consumiendo toda la vida a su paso, aquellos hombres que fueron acariciados por sus llamas fueron despojados de su inmortalidad, sin embargo el fuego, como toda hoguera, fue alimentado de más y perdió el sentido y el propósito volviéndose corrupto e impío, devorando la carne de los hombres y consumiendo la vida de las bestias y las plantas, y de toda vida que fuera envuelta en sus llamas, transformando a sus víctimas en abominaciones.".

Riquel sintió como sus piernas perdían la fuerza y tuvo que clavar su lanza en el suelo para mantenerse de pie.

-Si bien tengo entendido la expansión de este fuego cesó de la noche a la mañana hace mucho tiempo, nadie sabe cómo o por qué, pero como es evidente no hay nada de qué preocuparse, ese fuego jamás alcanzó estas tierras, de seguro esas plantas nacieron de semillas infectadas.

-No... sí hubo fuego... hubo fuego- Riquel murmuró en secreto dentro de su casco, su mente estaba hecha añicos, sentía unas ganas incontrolables de vomitar, su cuerpo estaba frío y sudoroso y cada centímetro de este temblaba con escalofríos. Brynn notó la descompostura de su hermano y lo tomó firmemente del brazo para mantenerlo de pie.

-¿Existe alguna manera de curar la infección?- preguntó Brynn tratando de enmascarar su miedo y desesperación.

El viejo Oniris estalló en carcajadas y se dejó caer sobre su enorme sillón.

-Si la hay yo no la conozco, y juraría que nadie la conoce, me temo que hemos sido maldecidos con dos maleficios por los dioses...

-¡Tiene que existir una cura!- exclamó Riquel.

-Malgastan sus preguntas en un pobre y cansado anciano como yo, les he dicho todo lo que el Rey necesita saber ¡su reino está a salvo!

Riquel apretó su lanza con tal fuerza que juró la quebraría en pedazos, sentía una ganas incontrolables de arrojarse sobre el insolente anciano y atravesarlo hasta dejarle más hoyos que una coladera, pero sintió el jalón del brazo de su hermano que lo llevaba hacia la puerta.

-Gracias Oniris, su majestad estará complacida...- dijo Brynn mientras abría la puerta del estudio del hechicero.

-Lo sé...- Oniris estiró su cuerpo haciendo tronar cada uno de sus huesos, y comenzó a juguetear con el oscuro destilado de las plantas- le he dicho todo lo que necesita saber un Rey... ahora que si el que preguntara fuera alguien más, alguien que no está preocupado por el reino, alguien que estuviera lo suficientemente desesperado y demente como para buscar una cura para esta maldición... le diría que si existe dicha cura, solo la conoce una persona en este mundo...

Ambos caballeros se detuvieron en seco sin poder emitir palabra alguna.

-Y esa persona sería quien escribió este libro... si es que creen en viejas leyendas.

-¿Quién escribió ese libro?- preguntó Riquel arrastrando las palabras con furia.

-Cuando le compré el libro a un mercader no-muerto a las afueras de los bosques del Este, mencionó que había sido escrito por una bruja, la más vieja y sabia de todas, una bruja que habitaba en lo más profundo de los bosques del Este, en la oscuridad del abismo donde incluso los no-muertos evitan entrar.

-Por fortuna nadie está tan loco como para emprender dicha búsqueda...- contestó Brynn tratando desesperadamente de terminar con la plática.

-No se necesita estar loco mi querido lobo de plata, tan solo desesperado- los ojos del anciano se fijaron en Riquel y parecían arder con el brillo de las flamas que había descrito en su relato.

-Gracias...- Ambos caballeros salieron del estudio cerrando furiosamente la puerta tras de ellos, de inmediato se dirigieron a los aposentos de Brynn cuidando de no ser vistos por nadie en el palacio.

Riquel estaba histérico, trataba de gritar pero ahogaba su voz con el puño para no llamar la atención, se había despojado de gran parte de su armadura pues sentía que se sofocaba, miraba su ojo constantemente en el espejo mientras maldecía a los dioses, después tornó su ira hacia su hermano.

-¡Te lo dije! ¡Te lo dije, maldita sea!- Riquel se abalanzó contra Brynn tacleándolo y tirándolo al suelo.

-¡Te lo dije y no me creíste! ¡Había una flama! ¡Una maldita flama!

-¡No cuando llegué! ¡No en todo el tiempo que busqué!- Brynn arrojó a su hermano hasta el otro extremo de la habitación.

Riquel cayó de rodillas sobre el suelo y comenzó a llorar lágrimas negras.

-Tienes que matarme...- dijo finalmente el león de oro.

-¿Qué? ¿Qué carajos dijiste?

-Tienes que matarme, arrójame al pilar y préndeme fuego.

-¿Estás loco? ¡No voy a matarte!

-¡Entonces me mataré yo! Robaré el fuego del estudio de Oniris y dejaré que la llamas me consuman, ¡no pienso transformarme en un maldito demonio!- Riquel comenzaba a perder la razón cuando sintió el puño de plata de su hermano sobre la quijada.

-¡No voy a matarte y no vas a matarte! ¡Vamos a encontrar una cura!

Riquel apenas se recuperaba del golpe cuando sintió los fuertes brazos de su hermano levantarlo del suelo.

-Tú y yo vamos a encontrar una cura, no vas a transformarte en demonio ¡y no te vas a morir!

-No hay cura, hermano, ya escuchaste a Oniris.

-¡Oniris no es el único hechicero en Armoria!

Ambos permanecieron en silencio mientras los rayos del sol desaparecían de la ventana dando paso a la oscuridad.

-Tienes que irte de aquí- dijo Brynn más serio que nunca en su vida- tienes que adentrarte en los bosques del Este y encontrar a esa bruja.

-No piensas prenderme fuego pero si mandarme a mi muerte a los bosques de los no-muertos ¡eres un idiota!

-¡Soy tu hermano! Así que escúchame, estúpido, a partir de mañana tienes 37 días para desaparecer sin que nadie lo cuestione, escapa esta noche por la parte trasera de las caballerizas, llévate un caballo cualquiera y una armadura de solado, deja aquí todo aquello que pudiera identificarte y busca a la bruja.

-¡Ven conmigo! ¡No puedo hacerlo solo!

-¡Puedes y lo harás! Si yo desaparezco el Rey buscará por mí, por ambos, si alguien se entera de tu condición me temo que el destino no será la hoguera. Me quedaré aquí y buscaré la cura con cada hechicero, médico, chamán o lo que sea, y no descansaré hasta encontrarla.

-¡¿Y si no existe?! ¡Y si todo es en vano!

-Encontraremos la cura hermano, te lo prometo, vete de aquí esta misma noche, el cielo carece de luna así que la oscuridad será tu mejor aliado, en 37 días nos encontraremos de nuevo, te buscaré en Barthos, la ciudad del sur, alejados de cualquier ojo fisgón, y entonces sabremos si encontramos la cura... o seguimos buscando.

Riquel observaba cuidadosamente a su hermano, como un niño temeroso de dejar a su padre, sin embargo su tono firme y su sonrisa fingida le daban el coraje necesario para aceptar que tenía razón.

-Entonces te veré en Barthos dentro de treinta y siete días.

-Ni más ni menos, hermanito.

Ambos se miraron en silencio por unos segundos y se abrazaron fuertemente mientras las lágrimas negras manchaban la armadura de Brynn.

-¡Ahora vete!

Riquel se escabulló entre las sombras del palacio hasta la armería, tomó la primera armadura que encontró, una espada, un escudo y una capa de piel para cubrirlo de las miradas. Corrió a los establos y ensilló a un caballo pardo que no pertenecía a ningún caballero en especial, mientras tanto el caballero de plata había anunciado a los guardias de la puerta trasera que había visto a un grupo de bandidos no-muertos merodear la muralla en el oeste y que los necesitaba ahí de inmediato, una vez que se habían ido soltó un chiflido que resonó entre las paredes avisándole a su hermano. Los cascos del caballo tronaron contra las piedras mientras cabalgaba a toda prisa entre los callejones de la ciudad acercándose a la puerta trasera, a lo lejos pudo divisar la armadura plateada de su hermano montando guardia a un lado de la puerta preparado para cerrarla de golpe una vez que abandonara la ciudad.

-Treinta y siete días, en Barthos, tendremos una cura- se repetía a sí mismo el león dorado

El caballo atravesó el umbral a todo galope dejando atrás al lobo de plata quien cerró con furia la puerta.

Nadie había visto lo sucedido, nadie se había percatado de la puerta abierta o del corcel que había abandonado sin permiso la ciudad, nadie... a excepción de una pelirroja de ojos verdes que había observado todo desde la oscuridad de una torre de vigilancia.

VII

Órdenes son órdenes.

Dos días habían pasado desde que Brynn vio a su hermano galopar hacia las afueras de la ciudad dispuesto a adentrarse en lo más recóndito de los bosques del Este. Desde esa noche el lobo de plata se había dedicado a cuestionar a cada doctor, hechicero, curandero y chamán de la ciudad, sin embargo no era fácil escabullirse de sus labores sin levantar sospechas. Se había convertido en un aliado de las sombras y callejones, apareciendo y desapareciendo entre las multitudes; sus interrogatorios comenzaban a levantar murmullos entre la gente, sin embargo ningún miembro de la guardia real se atrevía a cuestionar las acciones de su general, a excepción de una joven guerrera pelirroja que había comenzado a monitorear cada uno de los movimientos del lobo de plata, se había convertido en su segunda sombra, siempre acechando a una distancia segura; poseída por una curiosidad sobrehumana había pasado los últimos dos días tratando de descifrar aquello que había visto desde su puesto de guardia. ¿Quién era el jinete que escapó de la ciudad? ¿Por qué le había ayudado Brynn? Además se le hacía una tremenda coincidencia que Riquel, el capitán de la guardia, se marchara justo después del incidente. Había tratado de hablar con Brynn varias veces durante esos dos días, sin embargo siempre le daba largas o cambiaba abruptamente de tema, por esa razón ahora, escondida detrás de uno de los pilares del palacio, Elsa espiaba al lobo de plata.

-Hubiera jurado que era el otro hermano el dueño de tus miradas- una voz dulce detrás de Elsa la hizo voltear con la sangre congelada dentro de sus venas.

-¡Majestad!- exclamo la guerrera al tiempo que se arrodillaba para saludar a la Reina.

Con un leve movimiento de su mano la Reina hizo levantarse a Elsa.

-Yo... yo no...- Las palabras trataban de escapar de la boca de la guerrera, pero ningún sonido coherente era emitido.

-Tú no ¿estás espiando al general de la guardia real? ¿o no sabes qué decir?

La piel de Elsa ahora era del mismo color que su cabello, la vergüenza estaba acabando con ella y no sabía cómo responderle a la Reina, rogaba porque la tierra se abriera y se la llevara hasta las profundidades. La Reina la miraba fijamente sin emitir palabra alguna hasta que una carcajada rompió el silencio entre las dos.

-No te preocupes, mi niña, tu secreto está a salvo conmigo- la Reina acarició la mejilla de Elsa y continuó su camino, sin embargo la guerrera no pudo guardarse las ganas de explicarle a su majestad que no era una fisgona, y por fin las palabras imprudentes abandonaron su boca.

-¡No, su majestad! ¡No es lo que parece! Es que me preocupa el general...- de inmediato Elsa reconoció su imprudencia y deseó no haber hablado.

-¿El general?- preguntó la Reina dando media vuelta- ¿y qué es lo que te preocupa del general?- Ya estaba dicho, ya no había vuelta atrás.

-Hace... hace dos días observé como el general le abría la puerta a un jinete que escapaba de la ciudad, un jinete que se dirigió hacia los bosques del Este... desde ese día ha actuado muy extraño, buscando a cada uno de los doctores y hechiceros de la ciudad... y tampoco he visto al capitán, Riquel, desde aquella noche.

-¿Riquel? Mi niña el capitán está descansando en alguna de las ciudades centrales, el mismo Brynn nos lo hizo saber, su partida fue abrupta, sí, pero fue un mandato del Rey.

-Sé que eso es lo que nos dijeron, pero las actitudes del general me hacen cuestionarlo.

La Reina miró fríamente a la guerrera y se acercó a ella con paso pesado.

-¿Acaso no fue el general quien te aceptó dentro de la guardia real?

Elsa tragó saliva al escuchar las palabras de su majestad- Sí, así es, pero...- la guerrera fue interrumpida por la Reina.

-Eres joven Elsa, pero no lo suficiente como para ser ingenua, si el general actúa o deja de actuar no es tu lugar espiarlo, y si el capitán no se encuentra descansando en una de la ciudades del centro tampoco es de tu incumbencia... tienes que aprender a acatar órdenes.

La joven guerrera agachó la cabeza sin saber qué responder, sin embargo el dulce roce de la mano de la Reina bajo su mentón la hizo subir la mirada, y por primera vez pudo notar los hermosos gestos de su majestad; su cabello largo y plateado, su piel de porcelana, sus ojos que parecían cambiar de color con los rayos del sol, era una mujer hermosa e imponente, fría y al mismo tiempo dulce, como una madre que te abraza después de regañarte.

-Eres una guerrera admirable, Elsa, bella e impulsiva, inteligente ¡sí! pero necia y testaruda... ahora entiendo por qué has cautivado el interés de Riquel- Elsa no supo que decir y sus mejillas se ruborizaron a tal grado que parecía iban a explotar- Quizá cuando el capitán regrese puedas contarle tu aventura persiguiendo a su hermano- la Reina soltó una discreta risa y continuó con su sermón- Y acerca de las escapadas de Brynn... déjame eso a mí ¿está bien?

-Sí, su majestad.

La Reina acarició nuevamente la mejilla de la guerrera y prosiguió con su camino, dejando atrás a la pelirroja.

Esa misma tarde Brynn se encontraba en la casa de uno de los doctores de la ciudad tratando de encontrar respuestas, buscando desesperadamente una cura para el mal de Alithia, sin embargo la respuesta siempre era la misma, nadie conocía una cura, ningún doctor o hechicero había escuchado alguna vez de una solución para ese mal, además los demonios llevaban muchísimo tiempo alejados de la civilización, lo que hacía de su estudio un tema complicado en la actualidad. Rumores y leyendas era lo único que había encontrado hasta ahora, y ninguna tan viable como la bruja del libro del viejo Oniris.

Mientras escuchaba atentamente al doctor unos golpes azotaron la puerta haciendo vibrar los vasos y contenedores que se encontraban sobre la mesa.

-¡General! ¡General! La reina solicita su presencia de inmediato en el cuarto de guerra.

La petición era extraña, la última vez que Brynn había estado en el cuarto de guerra fue para determinar la estrategia con la que se atacaría a las hordas del oeste infestadas de demonios, y eso había sucedido hace mucho tiempo.

De inmediato el lobo de plata abrió la puerta y se encontró frente a media docena de sus hombres.

-La petición es urgente, general- dijo uno de los caballeros con tono nervioso.

-Entonces ¿qué estamos esperando?- Brynn lideró a sus hombres hasta las faldas del palacio, sin embargo la curiosidad pudo más que él y se detuvo en seco para cuestionar a sus hombres.

-¿Cómo supieron dónde encontrarme?

Los caballeros se miraron entre ellos como si temieran contestar a la pregunta.

-Elsa nos ha dicho que podríamos encontrarlo cuestionando a algún hechicero o doctor, y hemos recorrido las casas y estudios de todos hasta encontrarlo.

-¿Elsa? ¿Y les ha dicho cómo supo?

-No mi general.

Brynn sintió una extraña sensación de coraje mezclado con curiosidad, ansiaba encontrarse frente a frente con la joven pelirroja para cuestionarla, ¿por qué sabía dónde estaba? ¿Sabría lo que buscaba? ¿Sabría la condición de su hermano? y de ser así, habría hablado con la Reina... ¿sabía la Reina sobre Riquel?

Todas estas preguntas atormentaban a Brynn mientras se acercaba al cuarto de guerra.

Frente a él se encontraban unas enormes puertas de acero gravadas con imágenes que relataban la historia de los titanes, el nacimiento de los dioses y las guerras de los hombres liderados por los cuatro campeones, Yllithien, Kermak, Lancel y Zephiro. A pesar de su enorme tamaño el sistema hidráulico detrás de ellas le permitió a Brynn abrirlas de par en par con un mínimo esfuerzo; frente a él se encontraban sus mejores hombres más una docena de caballeros de la guardia real, y ante ellos sobre un pedestal de acero se encontraba la Reina, hermosa y fría como una estatua.

-Brynn, ¡gracias a los dioses!- exclamó la Reina descendiendo del pedestal y corriendo hacia el caballero quien de inmediato se arrodillo ante la soberana.

-Levántate mi niño, no hay tiempo para ceremonias, ha sucedido algo horrible, tan horrible qué aún no puedo dar crédito.

-Majestad, ¿qué ha sucedido?

La Reina sacó de entre su vestido una carta manchada de sangre.

-Justo hoy un águila de la ciudad de Mon Aloth ha traído este mensaje- la Reina le entregó la carta al lobo de plata.

Rey Héctor de Andromeca,

La ciudad de Mon Aloth ha sido atacada por demonios del oeste, la hemos defendido por más de tres días sin embargo las provisiones escasean, los más jóvenes y vulnerables lograron escapar a través de los túneles subterráneos, pero los demonios los han encontrado y tuvimos que sellarlos. Estamos solos y sitiados, hemos soltado todas nuestras águilas con la esperanza que lo dioses le permitan siquiera a una entregar este mensaje.

La ciudad de Mon Aloth ruega por la ayuda de Andromeca.

Rey Fredrick de Mon Aloth.

-¿Demonios? Hace eras que no se acercan a las ciudades- las manos le temblaban a Brynn, no por lo que decía la carta, sino por lo que esta significaba, los demonios habían comenzado a aparecer de nuevo y uno de ellos... era su hermano, o al menos lo sería si no encontraba una cura pronto.

-El Rey ha ordenado que ayudemos a la ciudad de Mon Aloth lo antes posible, ¡maldito sea el momento en que han decidido atacar estas abominaciones! Nuestro capitán estará fuera de la ciudad por más de treinta días y nuestro Rey ha partido esta mañana hacia las ciudades centrales- exclamó la Reina.

-¿Por qué ha partido?- preguntó extrañado el lobo de plata.

-El incidente con los no-muertos lo ha dejado preocupado, ha decidido buscar una alianza con todas la ciudades centrales para atacar los bosques del Este y exterminar a esa escoria, o al menos dejarles muy claro el mensaje de no regresar jamás.

Brynn sintió como su sangre se congelaba, la piel se le erizó al escuchar estas palabras, si los ejércitos de la ciudades se aliaban para eliminar a los no-muertos, su hermano sería parte de la masacre.

-Necesito que partas de inmediato hacia Mon Aloth con tus mejores hombres y un escuadrón capaz de eliminar a los demonios y salvaguardar a la gente de la ciudad.

Brynn sabía lo que esto significaba, un viaje a caballo de cinco días, más lo que durara la batalla, sería imposible investigar sobre la cura para su hermano.

-¿Algún problema, Brynn?- pero también sabía que no había nada que pudiera hacer o decir sin revelar el secreto sobre el paradero de Riquel y su condición.

-Ninguno, majestad, partimos esta misma noche.

Brynn se retiró del cuarto de armas y se dirigió a las barracas para elegir a sus tropas y prepararlas.

-¡¿Cómo que yo no voy?! - exclamó Elsa al escuchar la noticia que se quedaría cuidando de la ciudad- Vas a enfrentar demonios, ¡demonios, maldita sea! Y yo soy tu mejor guerrero ¿cómo se te ocurre dejarme aquí?

-La ciudad merece ser protegida por su mejor guerrero- respondió fríamente el lobo de plata.

-¡Eso es absurdo! ¡Me tratas como a una niña, tú y tu hermano! ¡Ni siquiera tienen el valor de decirme a dónde fue en realidad!

Los caballeros voltearon a ver la pelea, intrigados por las palabras de la pelirroja. Brynn de inmediato la tomó de los hombros y la arrastró hasta la bodega, lejos de las miradas juiciosas y oídos chismosos de sus hombres.

-¡¿Quieres saber la verdad?!- exclamó fúrico Brynn- Te quedas porque no puedo confiar en ti, nadie puede, ¿crees que no sé que me has estado espiando? ¿quién carajos te crees que eres? Si Riquel no te ha dicho a donde ha ido quizá jamás le importaste como creías, así es mi hermano, un par de piernas abiertas es tan bueno como el que sigue.

Elsa sintió como su cuerpo temblaba de coraje al mismo tiempo que su corazón era oprimido por un extraño sentimiento de tristeza y decepción.

-¿Quién era el jinete de la otra noche?- murmuró Elsa.

-¡¿Qué?!

-¡¿Quién era el jinete al que le abriste la puerta hace dos noches?!

-¡Maldita sea, Elsa! Tu imprudencia no conoce límites, uno de los hombres que cuidaba el establo resbaló y se rompió el cuello, me rogó que lo dejara marcharse a los bosques del Este y eso hice.

La mentira de Brynn había sonado tan creíble que Elsa sintió vergüenza al haberlo cuestionado.

-Yo... yo...- la guerrera trató de disculparse pero fue interrumpida por Brynn.

-Entrega tu armadura y tu espada, estás relevada de tu cargo y expulsada de la guardia real.

Elsa trató de debatir pero estaba en shock, tan solo pudo observar como Brynn abandonaba la armería junto con sus hombres.

VIII

Mon Aloth.

Atrás habían quedado los soleados días en Andromeca, el camino a Mon Aloth estaba rodeado de imponentes montañas y fríos bosques que atrapaban la humedad entre sus senderos. La bruma solía oscurecer el camino sin previo aviso, penetrando a través de los pliegues de las armaduras haciendo al cuerpo temblar de frío. Las antorchas mecánicas de Brizenger iluminaban el sendero con su luz fría y pálida, jugando con las mentes de los caballeros al formar extrañas sombras a su paso.

Brynn conocía el camino, ya había estado varias veces en Mon Aloth acompañando al Rey en viajes de negocios, sin embargo el tiempo había pasado y los caminos que recordaba habían sido reclamados por la naturaleza. Recordaba con afecto a la ciudad del Rey Frederick, una metrópoli dedicada al comercio de especias y madera, bella e imponente con sus estructuras labradas a mano por los legendarios artesanos de la ciudad. El palacio era pequeño y modesto a comparación del gran castillo de Andromeca, sin embargo era acogedor y cada centímetro estaba adornado por hermosos relieves y acabados que lo hacían ver más como una obra de arte que como un palacio. No era una ciudad guerrera, su ejército no era el más grande o el mejor preparado, sin embargo su gran poder económico le permitía contratar expertos mercenarios, entre ellos asesinos de los puertos del sur, lo que hacía pensarlo dos veces antes de intentar atacar a la ciudad y por lo que había permanecido en paz... hasta ahora.

De pronto los caballos comenzaron a alterarse, la neblina era demasiado espesa para que pudieran ver y el ambiente se sentía pesado y sofocante.

-¡Estén atentos! Hay algo en esta neblina que no es natural- Brynn desenvainó su poderosa espada Fergorn "colmillo de lobo", la cual reflejaba la luz de las antorchas de Brizenger, haciéndola parecer etérea.

Todos los caballeros empuñaron sus armas y continuaron su camino a paso lento, no obstante los caballos continuaban inquietos y relinchaban sin parar; uno de ellos se levantó en dos patas y tiró a su jinete en el fango.

-¡Romney! No es momento de darte un baño- exclamó César envuelto en carcajadas.

-¡Cállate estúpido gorila! Los caballos están fuera de sí.

-Regresa pronto a tu lugar, Romney, no podemos perder el tiempo- Brynn se mostraba intranquilo ante la situación, no solamente por la extraña niebla en el camino, sino por el tiempo que estaban perdiendo en ella, él había calculado 5 días de camino a todo galope, y ya habían perdido uno avanzando con precaución por culpa de la poca visibilidad.

-¡Ahí voy, ahí voy! Estúpido caballo cobarde, estúpida niebla, estúpido...- de pronto los reclamos de Romney cesaron en seco, y su caballo comenzó a relinchar frenéticamente, rompiendo filas y adentrándose en el bosque.

-¡Romney! ¿Qué demonios está...? - César volteó hacia el caballero cubierto de fango y lo encontró con la garganta atravesada por un asqueroso tentáculo rojo que salía de entre la bruma que rodeaba a los árboles.

-¡Demonios!- Gritó César levantando su espada y cortando el tentáculo que atravesaba a su amigo, un extremo se quedó revoloteando en su garganta y el otro regresó a las profundidades de la neblina, un par de tentáculos más brotaron de la neblina llevándose al corcel de Romney a las profundidades.

-¡Arqueros! ¡Disparen!- exclamó Brynn.

Los arqueros dispararon a ciegas hacia los árboles y una serie de horribles chillidos les erizó la piel y congeló la sangre, inmediatamente después un silencio sepulcral se hizo en todo el bosque.

-¡Estén preparados! ¡Levanten sus escudos!

El relinchido del caballo de Romney se escuchó por todo el bosque y su cabeza fue arrojada hacia los caballeros tumbando a dos de sus caballos y manchándolos con su sangre, de inmediato las demás partes del cuerpo destazado del corcel fueron lanzadas como proyectiles contra los caballeros.

Mientras se defendían de los proyectiles una serie de tentáculos rojos emergieron como lanzas de entre la neblina, perforando a caballos y caballeros por igual.

-¡Estamos rodeados! ¡Protéjanse con los escudos y avancen! ¡Retirada! ¡Retirada!- Brynn exclamaba con todas sus fuerzas, pero sus gritos eran sofocados por los de sus hombres empapados en terror, y por el diabólico chillido que emergía de entre la neblina.

Un tentáculo apareció de la nada y golpeó a Brynn tirándolo de su corcel, por fortuna su armadura era tan resistente que no fue atravesada, sin embargo el golpe había sido tal que había dejado una abolladura en su costado. De inmediato el tentáculo reanudó el ataque atravesando al corcel y arrastrándolo hacia la neblina.

-¡No! ¡Bastardos!- el coraje había cegado al lobo de plata quien se incorporó de inmediato y se abalanzó contra la neblina.

-¡General, no!- exclamó César mientras se defendía de los tentáculos, pero Brynn no lo escuchaba, estaba ocupado esquivando los zarpazos que salían de las profundidades, algunos los sorteaba brincando, otros con su espada, nada podía detener al lobo de plata. Al entrar a la neblina los zarpazos se detuvieron en seco, no podía ver nada, los chillidos habían cesado y lo único que podía escuchar eran los gritos de sus hombres. Brynn cerró los ojos tratando de concentrarse, podía escuchar su respiración rebotar contra su casco, sentía como su cuerpo temblaba con cada palpitación de su corazón, sentía el peso de su armadura apretando su cuerpo y el dolor en sus costillas por el golpe del tentáculo; fue entonces que sintió al silencio apoderarse de él, ya no escuchaba los gritos de sus hombres, pero el bosque a su alrededor se había convertido en una sinfonía, el craqueo de la madera, las hojas secas cayendo sobre el suelo y, sobretodo, el silbido del viento mientras era cortado por un tentáculo abalanzándose hacía él.

Brynn reaccionó de inmediato agarrando al tentáculo con su puño y dejándose arrastrar por él hasta encontrarse frente a frente con el demonio que lo poseía.

La criatura era un ser deforme y gigante, del tamaño de la mitad de uno de los árboles, su cuerpo tenía la forma de una berenjena gigante con ámpulas que supuraban sábila morada, bajo él una larga cola de caracol le hacía moverse dejando a su paso una estela de baba burbujeante. La parte superior de su cuerpo se abría como una flor dejando ver un interior lleno de tentáculos y colmillos listos para devorar a su presa, pero lo más espeluznante eran las caras, con cada víctima que absorbían aparecían nuevos rostros alrededor de la piel del demonio, rostros con la boca abierta de la cual supuraban la neblina.

No hubo tiempo para asimilar la visión infernal frente a él, de inmediato Brynn cortó el tentáculo que sostenía y se abalanzó contra el demonio, introdujo a la poderosa Fergorn en la piel de la criatura y recorrió toda su circunferencia haciéndola sangrar sábila morada. De inmediato la criatura se contorsionó en agonía y arrojó todos sus tentáculos contra el caballero de plata, pero fueron detenidos por un enorme escudo de acero el cual fue arrancado de las manos de su portador.

-¡César!- exclamó Brynn, mas no hubo tiempo para ceremonias, de inmediato el enorme caballero ayudó al lobo de plata a levantarse y entre los dos arremetieron contra la criatura haciéndola caer. Con todas sus fuerzas César comenzó a cortar a la bestia como si cortara un tronco, empapándose con su sangre morada, mientras que Brynn cortaba los tentáculos que salían de su boca. En pocos minutos la bestia había sucumbido y la neblina dejó de brotar de entre sus caras. Pero la victoria fue cortamente celebrada, ya que al disminuir la neblina ambos guerreros notaron con horror que se enfrentaban a tres bestias similares, de las cuales emanaba la misma neblina.

Cansados y aterrados ambos guerreros recobraron el aliento y se disponían a abalanzarse contra las bestias cuando de entre los arboles emergió el resto del regimiento de Brynn, arremetiendo con todas sus fuerzas contra los demonios. Con una precisión casi mecánica los caballeros de la guardia real lograron vencerlos en pocos minutos.

El lobo de plata estaba extasiado de felicidad, sin embargo sabía que no podían permanecer en ese lugar.

-¡Reagrúpense! ¡Retirada!- exclamó el Brynn, más no había terminado de dar órdenes cuando un fuerte golpe hizo temblar a la tierra bajo sus pies, y después otro, y otro, como si algo quisiera emerger de entre las profundidades de la tierra. De pronto la tierra explotó y docenas de tentáculos brotaron de la tierra, dos demonios habían aparecido, uno a cada lado del escuadrón, cercándolos como ovejas.

-Estamos perdidos...- murmuró César empuñando su espada.

-¡Prepárense para atacar!- gritó Brynn levantando a Fergorn, haciéndola brillar con la escasa luz que penetraba en el bosque, como si fuera un faro en medio de la neblina.

Todos los caballeros levantaron sus armas y se prepararon para recibir el ataque de los demonios, cuando un silbido prolongado los hizo voltear a sus alrededores, de inmediato una lluvia de flechas negras descendió sobre los demonios haciéndolos retroceder

Una docena de guerreros encapuchados con telas negras descendieron de los árboles y desenvainaron espadas de cristal con las que comenzaron a cortar a los demonios.

-¡¿Qué esperan?! ¡Ataquen!- gritó Brynn abalanzándose contra una de las bestias.

En pocos minutos los dos demonios habían caído muertos y con ellos la neblina se había esfumado.

Los guerreros encapuchados se encontraban en perfecta formación frente a los caballeros de Andromeca. Brynn se acercó a ellos para agradecerles el haberles salvado la vida, pero de inmediato fue recibido por una espada de cristal al cuello.

-¿Quiénes son ustedes y qué hacen aquí?

Los caballeros de Andromeca empuñaron sus armas y rodearon a los guerreros encapuchados.

-Somos más que ustedes, muchos más, deberías pensar mejor tus acciones, guerrero- Brynn le hizo una señal con los ojos al guerrero encapuchado dejándole ver que tenía su espada perfectamente posicionada para atravesarle el estómago.

-Y sin embargo les salvamos la vida...- la voz del guerrero era aguda y rasposa.

-Un acto que les agradecemos sobremanera, y si nos lo permiten podemos bajar todos nuestras armas y hablar como hombres civilizados.

Por un momento todos permanecieron en silencio hasta que los guerreros encapuchados bajaron sus armas de cristal.

-Está bien...- dijo el guerrero frente a Brynn-... pero no aquí, corremos peligro mortal, debemos salir de estos bosques y montañas lo antes posible.

-Me temo que no podemos hacer eso, nuestra misión nos lleva a Mon Aloth- contestó Brynn.

-¿Mon Aloth? ¿Qué maleficio los posee como para querer ir ahí?

-La ciudad de Mon Aloth ha pedido la ayuda de Andromeca para defenderse de los demonios que la tienen sitiada.

-¿Sitiada?- los guerreros encapuchados explotaron en risas- La ciudad de Mon Aloth fue destruida hace una semana.

-¡Pero eso es imposible! A penas recibimos un mensaje de ellos hace dos días.

-Quizá el águila tardó demasiado en llegar- contestó el guerrero encapuchado con un tono de burla en su voz.

Todos los caballeros de Andromeca se miraron entre ellos murmurando sobre lo que acababan de escuchar.

-Aun así nuestro deber es llegar a la ciudad, y si en efecto está destruida regresaremos con pruebas de eso.

-Si eso es lo que su insensatez desea, continúen por el sendero, llegarán a las ruinas en cuatro días aproximadamente, o pueden cortar camino entre estos bosques y dirigirse hacia el suroeste, podrán llegar en tres días o menos, pero el camino es aún más peligroso. ¡Buena suerte caballeros suicidas!

Los guerreros encapuchados comenzaron a partir cuando fueron detenidos por un grito de Brynn.

-¡Esperen! Sus armas... están hechas de cristal, pero no cualquier cristal, cristal de las sales del reino de Adwyl, ¿no es así? Eso quiere decir que son mercenarios del sur.

-¿Y qué si lo fuéramos?

-El reino de Andromeca es generoso con aquellos a quien pueda llamar aliados, si nos conducen hasta Mon Aloth serán recompensados con riquezas más allá de su imaginación.

-Estás demente si crees que arriesgaremos nuestras vidas por una promesa.

-Te daré mi espada- contestó Brynn desenvainando a la hermosa Fergorn y robándole el aliento a todos sus caballeros. El guerrero acercó sus manos tratando de tocarla pero el lobo de plata la regresó a su funda rápidamente- pero únicamente hasta llegar a Mon Aloth.

-¡Olvídalo, Marina! ¡Es una locura regresar, de ahí venimos!- exclamó uno de los guerreros encapuchados.

-¿Marina?- el lobo de plata parecía extrañado. El guerrero que lo había amenazado con su espada se quitó la capucha dejando ver a una mujer de rostro severo, pero de bellas facciones, con los ojos morados, brillantes, y un cabello rubio y corto, como de hombre.

-¿Esperabas a un hombre?- preguntó sarcásticamente la guerrera.

Brynn se quitó el casco para observar mejor a Marina.

-Espero una respuesta- contestó el lobo de plata.

Por un momento ambos se quedaron en silencio observándose mutuamente.

-Te llevaré a las ruinas de Mon Aloth, y una vez que veas con tus testarudos ojos que son ceniza, saldremos de estas malditas montañas y me entregarás tu espada y me llevarás a Andromeca para ser recompensada.

-Tienes mi palabra- Brynn acercó su mano para estrechar la de la guerrera, pero esta le escupió cerca de los pies. Los hombres de Brynn se abalanzaron contra ella pero fueron detenidos por el lobo de plata.

-¡Alto! No ha tratado de ofenderme, es una guerrera del reino de Adwyl, señor de las profundidades, ha cerrado el pacto regalándome el agua de su cuerpo.

-Conoces nuestras formas, guerrero de plata.

-He estado antes en tus tierras.

-¡Jajá! Mis tierras, partamos ya que el sol se aleja y con él las posibilidades de salir vivos de aquí.

Seis de los encapuchados decidieron acompañar a Brynn y a sus guerreros, mientras que el resto desapareció entre los árboles.

Los caballeros de Andromeca y los mercenarios del sur emprendieron el camino entre los árboles rumbo al suroeste, dejando atrás a los cuerpos de los caídos, quienes ahora eran no-muertos y como tal, exiliados de la ciudad de los dioses, a pesar de haber dado la vida por ella.

IX

Cenizas y deseos.

Habían pasado más de dos días desde el ataque de los demonios planta y el peso de la caminata comenzaba a sentirse entre los caballeros de Andromeca y los asesinos del sur. Las provisiones escaseaban, la mayoría se había perdido en el ataque junto con una gran cantidad de caballos, por lo que se habían visto forzados a continuar la peregrinación hacia Mon Aloth a pie, utilizando a los corceles como bestias de carga. Aún faltaba un día completo de camino y la desesperación comenzaba a carcomer las mentes de los guerreros, en especial de Brynn.

-¡General! ¡General! tan solo nos quedan cinco cajas de pan, dos barriles de agua y uno de vino, suficientes para alimentarnos esta noche y en la mañana- un caballero esbelto y sin cabello había corrido hasta Brynn ofreciéndole un poco de pan y vino, junto con las noticias de la escasez.

-No, Maurice, suficientes para alimentarnos esta noche solamente, has olvidado contar a nuestros guías- Brynn partió el pan a la mitad ofreciéndoselo a Marina, sin embargo la asesina encapuchada rehusó la oferta.

-¿Pan? ¿Piensas sobrevivir con pan? En el sur solemos comer carne, pescado, aves... el pan es para los mendigos.

-Me temo que en esta situación... somos mendigos.

Marina observó fríamente al lobo de plata y acercó los dedos a su boca para emitir un silbido que se esparció por todo el bosque, en cuestión de segundos los guerreros encapuchados se encontraron alrededor de ella.

-¿Qué sucede, Marina? - preguntó uno de los guerreros del sur.

-Zágatos, los caballeros de Andromeca piensan mendigar migajas de pan y gotas de vino...

Los ojos del guerrero encapuchado parecieron brillar, e incluso sin ver su rostro Brynn supo que estaba sonriendo.

-¡Ya escucharon, perros! Si quieren cenar migajas quédense, si no, ¡cacen su comida!- Los guerreros encapuchados aullaron al unísono y comenzaron a dispersarse entre los árboles.

-¡Espera! ¿Qué demonios estás haciendo?- exclamó Brynn tomando del brazo a Marina.

-Voy a cazar la cena, sugiero que hagan lo mismo si quieren tener alimento para el amanecer.

-¡No pueden abandonarnos! No conocemos el camino por este atajo.

-Entonces espera pacientemente- contestó la guerrera con tono de burla.

-No, iré con ustedes.

-No eres un cazador, serás un lastre ¡olvídalo!

-No te estaba preguntando- Brynn apretó el brazo de la guerrera enfureciéndola. Marina desenvainó una daga de cristal pero su mano fue detenida por el puño de plata de Brynn, quien se acercó hasta su oído para susurrarle unas palabras.

-Puedes provocar una pelea, o puedes aceptar que iré contigo de cacería... tú decides.

Por un momento ambos se miraron en silencio hasta que la guerrera envainó de nuevo su daga y Brynn soltó su brazo.

-Veamos de qué estás hecho, general de Andromeca.

Los guerreros del sur, o "perros negros" como se hacían llamar entre ellos, se habían dispersado en las profundidades del bosque, mientras que Brynn y Marina perseguían el rastro de un jabalí, al menos eso aparentaba por las huellas en el fango.

La guerrera del sur era una experta cazadora, analizaba la huellas con meticulosa atención, examinaba las plantas rotas, las hojas pisadas, el vuelo de las aves asustadas, el olor del ambiente; no había factor alguno que dejará al azar, de haber un jabalí en aquel bosque sería encontrado por la cazadora.

-¿Acaso todas las armas de Andromeca parecen adornos?- preguntó sarcásticamente la guerrera al ver el arco que cargaba Brynn, un hermoso arco de plata con dos lobos grabados sosteniendo la tensa cuerda.

-Adornos efectivos...- contestó seriamente el lobo de plata mientras examinaba sus alrededores.

-Y ese arco ¿para qué es efectivo? ¿cazar? ¿qué puede necesitar cazar un general de la guardia real de la Ciudad de los Dioses?

- Mi padre era cazador... entre otras cosas, solía cazar con él cuando era niño.

-¡¿Cuándo eras niño?!- Marina estalló en risas.

-Hay cosas que no se olvidan, Marina.

La discusión se detuvo en seco cuando la guerrera escuchó el jadeo de una bestia, con una señal de su mano le indicó a Brynn que guardara silencio. Poco a poco se acercaron hasta un pequeño claro entre los árboles donde se encontraba el jabalí; era una bestia enorme y pesada, con los colmillos deformes y las pezuñas sucias por el fango.

Marina preparó una flecha con una delicadeza casi artesanal, su respiración comenzó a ser más pausada y sus movimientos cada vez más lentos, poco a poco jaló de la cuerda hasta tensarla al máximo y se dispuso a disparar cuando el viento hizo caer de los árboles varias semillas asustando al jabalí quien comenzó a correr despavorido hacia las profundidades del bosque.

-¡Maldita sea! ¡Lo perdimos!- exclamó la guerrera enfurecida, sin embargo el lobo de plata tomó una de sus flechas y tensó su arco de inmediato.

-No, aún no...- Brynn soltó la flecha que salió disparada con una velocidad inmensurable, atravesando el bosque hasta dar con el cuello del jabalí; la flecha atravesó la piel de la bestia y se impactó contra la corteza de un árbol, el cuerpo del jabalí yacía muerto entre la hierba a varios metros de distancia de los guerreros.

-Imposible...- murmuró Marina sin dar crédito a lo que acababa de presenciar.

Brynn se adelantó hasta el cuerpo del cerdo, desprendió su flecha del árbol y cargó a la bestia sobre sus hombros.

-Quizá deberías cazar con los adornos de tu casa- le dijo Brynn a Marina mientras pasaba a un lado de ella con su trofeo en hombros- No te preocupes... hay suficiente para todos, incluso para ti.

Al llegar al campamento tanto caballeros de Andromeca como "perros negros" del sur fueron sorprendidos por la imponente bestia que cargaba Brynn. Los guerreros encapuchados habían conseguido varias ardillas, mapaches y aves, pero nada como el gran jabalí. De inmediato uno de los asesinos del sur se acercó hasta Marina y la cargó en brazos.

-Eso es una verdadera presa, ¡digna de un perro negro!- exclamó el guerrero al tiempo que se removía la capucha dejando ver el rostro de un hombre de quijada cuadrada, ojos azules y cabello rubio.

-Esa presa no es mía, Zágatos... la cazó el caballero de Andromeca.

Los perros negros enmudecieron mientras que las tropas de Brynn explotaron en vítores.

-Te equivocas, Marina, esta presa es de todos nosotros, incluyendo el pan, vino y agua... eso incluye a sus ardillas y mapaches.

Marina y Zágatos se observaron en silencio por unos momentos y voltearon a ver al resto de sus camaradas.

-¿O tú qué dices, Zágatos?- preguntó Brynn al caballero de cabellos dorados.

El asesino del sur bajó a Marina y se acercó al lobo de plata deteniéndose a tan solo centímetros de él.

-No me importa quién haya cazado al cerdo... ¡siempre y cuando pueda hincarle el diente!- Zágatos palmeó el hombro de Brynn y dio la media vuelta aullando.

Esa noche hubo un festín que recuperó las fuerzas de todos, sin embargo los bandos permanecían divididos, aunque la mirada de Marina se mantenía clavada en el lobo de plata.

Al día siguiente, después de desayunar las sobras del día anterior, retomaron el camino hacía Mon Aloth, los perros negros del sur lideraban el camino, sin embargo Marina permanecía a un lado del lobo de plata mirándolo de reojo.

-¿Hay algo que quieras decirme, Marina? ¿o piensas seguir inspeccionándome todo el camino hasta Mon Aloth?

-Sí, hay algo que quiero preguntarte...- contestó en tono altanero-... tu armadura de plata, tu espada... ese arco ¿acaso tú eres aquel "lobo de plata" del que tanto se habla?

Brynn suspiró y se limitó a asentir con la cabeza, la respuesta no pareció impresionar a la guerrera.

-Así que tú eres el "lobo de plata" de Andromeca ¡Ja! He escuchado muchas cosas de ti, debo admitir que creí que eras un mito, después de todo nadie te había visto en persona desde hace mucho tiempo, quizá tan solo estabas encerrado en tu hermosa ciudad, cuidando las paredes.

-Por lo visto se caza mejor atrapado en las paredes que fuera de ellas.

El comentario de Brynn le hizo hervir la sangre a Marina, sin embargo prefirió olvidar el comentario y continuar con su interrogatorio.

-Y dime ¿son verdad los rumores?

-¿Qué rumores?

-¡Por los dioses, hay tantos!- exclamó la guerrera entre risas- Se dice que eres tan poderoso como Yllithien, el campeón del señor del Sol, Andros.

-Lo dudo...- contestó Brynn sin desviar la mirada del camino.

-También dicen que nunca has sido herido en combate, ni siquiera un rasguño.

Brynn alzó su brazo y le enseñó la hendidura en su armadura, a la altura de las costillas, provocada por el tentáculo de uno de los demonios planta.

-La armadura se lleva el mérito, no yo...

-Ya veo, aun así debe ser difícil ¿no? Pelear sin ser dañado, después de todo, si fueras atravesado por una lanza, o quedaras desfigurado... sufrirías el mismo destino que los hombres que dejaste atrás ¿no es así?

Brynn no contestó, le molestaba el tono de las palabras que salían de la boca de la insolente guerrera.

-Debe ser difícil ser un guerrero al servicio de un Rey loco que condena a aquellos que dan la vida por él.

-No sabes nada del Rey... los no muertos no tienen cabida en la Ciudad de los Dioses, son una amenaza a la paz de nuestro pueblo.

-¿¡Una amenaza?!- Marina estalló en risas- Los no-muertos son los mejores guerreros que puedes encontrar, son más fuertes, audaces, sin miedo, no tienen nada que perder.

-Y por lo mismo no podemos confiar en ellos, un hombre sin nada que perder no respeta nada, ni a los hombres ni a los dioses.

-¿Y qué me dices de un niño no-muerto, una mujer, una familia?

-Las familias de los no-muertos tienen toda la libertad de irse con ellos a los bosques del Este.

-¡Por los dioses! ¿Cómo puedes ser tan estúpido? ¡¿Tan siquiera sabes lo que habita en esos bosques?! ¿Sabes lo que les espera?

Brynn se detuvo en seco y observó detenidamente a Marina mientras sentía como sus rodillas perdían la fuerza, ¿a qué se refería con "lo que habita en esos bosques"? El lobo de plata se vio abrumado por el miedo y la incertidumbre ¿y si haber mandado a su hermano hacia los bosques del Este había sido un terrible error?

Pero antes de que pudiera preguntarle a Marina sobre el significado de sus palabras, los perros negros llamaron su atención al desenvainar sus espadas.

-¡¿Qué sucede?! ¿Por qué nos detenemos?- preguntó Brynn corriendo hacia los guerreros encapuchados.

-No nos detenemos, guerrero de plata-contestó Zágatos-hemos llegado a Mon Aloth.

Brynn observó a su alrededor una imagen que le erizó la piel, la alguna vez hermosa ciudad de Mon Aloth yacía en ruinas bajo sus pies, todo era cenizas y despojos, la gran muralla de madera estaba calcinada y el humo de sus ruinas subía hasta tapar la luz del Sol.

Brynn les indicó a sus hombres que registraran el lugar en busca de sobreviviente, en especial del Rey Frederick, pero sus esperanzas eran pocas.

Los cadáveres eran escasos, la ceniza volaba por los aires haciendo estornudar a los caballeros.

-¿Acaso todo esto fue obra de los demonios?- preguntó Brynn sin esperar una respuesta.

-Cuando estuvimos aquí logramos repeler el ataque de diversas abominaciones, pero los demonios cada vez eran más y nuestros números menos- contestó Zágatos con tristeza en su voz, de inmediato sintió los puños de Brynn sobre su cuello.

-¡¿Y los abandonaron a su suerte para que murieran de esta forma?!- exclamó el lobo de plata con furia en sus ojos.

-Nos fuimos porque tan solo quedábamos los doce asesinos que les salvamos la vida en el bosque- contestó Marina haciendo que Brynn soltara a Zágatos- todos los demás o fueron devorados por los demonios o desaparecieron con ellos, doce guerreros no podrían haber hecho nada, los dejamos aún con una gran cantidad de soldados y provisiones.

-Doce guerreros pudieron significar doce días de resistencia hasta que llegáramos nosotros- Brynn sentía que el corazón le iba a explotar.

-Y entonces hubieras guiado a tus hombres a un destino infernal- contestó Zágatos.

La discusión fue interrumpida por los gritos de Maurice, el caballero delgado y sin cabello que le había ofrecido el pan a su general, corría desesperado levantando la ceniza a su paso.

-¡General! ¡General! ¡Encontramos al Rey Frederick!

De inmediato Brynn siguió a Maurice a través de las ruinas calcinadas de Mon Aloth hasta llegar a los restos de una herrería, probablemente la herrería real. Dentro se encontraba un cuerpo calcinado de la cintura para arriba, rodeado de un charco de acero fundido que ya estaba seco, las manos las tenía pegadas a una cadena la cual subía hasta el techo y se fundía con una cazuela gigante de piedra. Frente al cuerpo se encontraba una corona de oro pisada y rota.

-Por lo que veo el Rey Frederick se encerró en este lugar y al ver lo inevitable dejó caer sobre él acero fundido- dijo Maurice.

-Parece ser que siempre eres tú el portador de las malas noticias, Maurice- murmuró Brynn apenando al caballero- ¡Qué terrible forma de morir!

-No lo creo- replicó Marina- el decidió cómo y cuándo morir, un lujo que pocos en este mundo nos podemos dar, desearía que cuando mi momento llegue sea bajo mi decisión, y no la de alguien más.

De pronto el cuerpo calcinado se convulsionó y se levantó haciendo bailar la cadena fundida entre sus manos, los restos de piel calcinada se desprendían de sus huesos y un grito de dolor y agonía penetró los oídos de todos los presentes. Las piernas fuertes del cadáver se movían frenéticamente mientras el torso se desgarraba, el rostro deforme y calcinado escupía gritos envueltos en sangre.

De inmediato Marina desenvainó su espada y sacó de entre sus ropas una pequeña esfera metálica que estrelló contra el cristal de su arma prendiéndole fuego; la guerrera se abalanzó contra el cuerpo en agonía del Rey Frederick y lo atravesó con su espada cubriéndolo en llamas. Los gritos se intensificaron obligando a la guerrera a cortar la cabeza del rey; en pocos segundos el cuerpo quedó completamente calcinado... y muerto.

-Tú y yo tenemos deseos muy diferentes, Marina- dijo Brynn aún en shock.

Los caballeros de Andromeca al igual que los asesinos del sur abandonaron las ruinas de Mon Aloth, dejando atrás a la ceniza y a la muerte.

- Ya cumplimos nuestra parte del trato, ahora cumple la tuya- Marina extendió su mano demandando la espada de Brynn.

-General no puede entregarle su espada ¡es la poderosa Fergorn!- exclamó César quien estaba dispuesto a atacar a los "perros negros" con tal de proteger a su general, sin embargo fue detenido por Brynn.

-Los caballeros de Andromeca no hacemos promesas vacías, César, eso lo sabes muy bien- Brynn desenvainó su espada- esta es Fergorn "colmillo de lobo"... ahora te pertenece.

Brynn le entregó la espada a la guerrera del sur, y en cuanto esta la tuvo entre sus manos sintió el gran peso del arma y por poco cae al suelo junto con ella. Marina observaba perpleja al lobo de plata, ¿cómo era posible que pudiera cargar con una espada tan pesada? No podía creer que Brynn la blandiera con tanta soltura, mucho menos que lo hiciera con una sola mano.

- Úsala para proteger lo que más quieres en este mundo.

-¿Así como tú la usaste para proteger al rey?- preguntó sarcásticamente la guerrera.

-Así como la usé para proteger a mis hombres de los demonios planta, así como la usé para pelear junto a ti.

Marina miraba fijamente a Brynn sin saber qué decir cuando los gritos ensordecedores de un hombre los obligó a salir de su trance y voltear hacia los árboles. Un hombre de piel negra y ojos verdes corría hacia su encuentro, estaba cubierto de sangre y su ropa desgarrada.

-¡Gracias a los dioses! ¡Gracias a los dioses!- el hombre no dejaba de exclamar su alegría ante el encuentro con los dos guerreros.

-¿Qué sucede? ¿Quién eres tú? ¿Cuál es tu nombre?- preguntó Brynn ayudando al hombre a sentarse e indicándole a sus hombres que le trajeran agua.

-Mi nombre, mi señor, es Ales y soy un mensajero del Rey Obren de Ogathas, esta mañana hemos sido atacados por demonios, nos tomaron por sorpresa y han acabado con gran parte de nuestro ejército, sin embargo pudieron repelerlos y están por ganar ¡pero necesitamos ayuda! El Rey me ha mandado en busca de ayuda pero mi caballo fue devorado por una horrenda criatura ¡creí que todo estaba perdido!, pero los dioses me han puesto en su camino, mi señor ¡El reino de Ogathas implora su ayuda!

-Ogathas está a tan solo horas de camino de aquí- le dijo César a su general.

-¡Reagrúpense y preparen todo, nos espera una batalla en Ogathas!- exclamó Brynn- Esta batalla es nuestra, su juramento ha sido cumplido guerreros del sur, diríjanse a Andromeca y serán recompensados por su ayuda.

-En eso tienes toda la razón- contestó Zágatos- ¡Vámonos, perros!- los guerreros encapuchados comenzaron la retirada dejando atrás a Marina- ¡Maldita sea, mujer! ¡Vámonos!

-¿Acaso son estúpidos? ¿Quién les va a creer que ayudaron a un grupo de caballeros de la ciudad si no regresamos con al menos uno de ellos? ¡Y tú "lobo de plata"! De seguro eso es lo que quieres, que llegue una asesina del sur a las puertas de la Ciudad de los Dioses con la espada de su valiente general ¡Me colgarían de las paredes por toda la eternidad!

-Puedo asegurarte que eso no pasará- contestó Brynn- sin embargo no puedo regresar con ustedes, mi deber me lleva a Ogathas, al igual que a mis hombres.

-¡Deja la maldita espada y vámonos ya!-exclamó Zágatos.

-¡No! ¡No regresamos a este maldito lugar para regresar con las manos vacías!

-¡Prefiero regresar con la manos vacías que no regresar! El sol se ocultará en un par de horas y no pienso estar aquí para cuando eso pasé ¡mucho menos en Ogathas!- exclamó Zágatos.

-¡Entonces márchate, imbécil!

-¡Estás loca! ¡Loca!- Zágatos y los demás guerreros encapuchados desaparecieron entre los árboles dejando atrás a Marina.

-Más te vale que me vuelvas tan rica como la princesa-Marina le regresó la espada a Brynn- úsala para protegerme en Ogathas y regresarme sana y salva.

Los caballeros de Andromeca y la guerrera del sur partieron rumbo a Ogathas liderados por el exhausto Ales, a quien habían montado sobre uno de los caballos.

X

El puente de cráneos.

Los días habían pasado y Riquel comenzaba a perder la razón junto con las esperanzas, los primeros días sintió el peso de sus decisiones cuando la sed y el hambre por poco acaban con él, las prisas y el miedo a ser detectado le habían hecho olvidar llevar consigo provisiones, la necesidad lo obligó a matar a su corcel, devorar su carne y beber su sangre durante días, mismos en lo que se sintió más demonio que hombre, sin embargo poco después logró dar con un riachuelo que le proveyó de agua y comida, las enseñanzas de su padre aún vivían en su memoria por lo que le fue fácil recordar cómo hacer una trampa para peces, y su entrenamiento de soldado le ayudó a crear fogatas que lo protegían del frío.

Pero el riachuelo era una bendición y maldición al mismo tiempo, el espejo natural atormentaba al caballero quien no podía dejar de mirarse y analizar el progreso de la infección en su ojo; cada vez eran más las venas que lo rodeaban, mismas que se habían extendido hasta la base de su cuello, su ojo ahora era negro casi en su totalidad. De no ser por una pequeña mancha azul que se resistía a morir daría la impresión de estar totalmente opacado por la oscuridad.

El terror de convertirse en un ser abominable, como aquellos a los que se había enfrentado en tiempos de antaño le robaba el sueño, y cuando lograba conciliarlo eran pesadillas lo que su mente veía, pesadillas de un bosque negro y frío seguido de horrendos pantanos con charcos burbujeantes, cavernas oscuras de paredes húmedas, y al final... una pálida mujer envuelta en sufrimiento, ¿qué significaban estas imágenes? ¿quién era la mujer que acosaba sus sueños?

Los siguientes días pusieron a prueba la sanidad del león de oro, caminando sin rumbo aún no había encontrado señales de vida por ningún lado, ningún hombre, mujer, no-muerto y, mucho menos, ninguna bruja. Sin embargo cuando todo parecía perdido notó en algunos árboles extraños gravados que parecían indicar el camino hacía algún lado, ¿dónde? Solo los dioses y aquellos que los habían dejado en los árboles sabían, pero seguir estas marcas era mejor que seguir caminando sin rumbo, llevaran a dónde llevaran llegarían a algún lado y quizá ahí Riquel pudiera obtener información sobre la bruja que habitaba esos bosques.

Durante medio día siguió el rastro de los árboles hasta que el sol comenzó a ocultarse y el hambre fue tal que le hizo detenerse. se encontraba en un camino rodeado por lomas cubiertas de árboles, bien pudo haber acampado bajo el cobijo de las lomas y comer un poco del pescado asado que llevaba consigo, sin embargo su instinto de soldado lo obligó a subir una de las lomas, adentrarse un poco entre los árboles y acampar ahí. El calor de la fogata y la sensación de un estómago satisfecho le hicieron caer dormido sin darse cuenta.

Los sueños regresaron, esta vez más nítidos y lúcidos, pareciese que entre más se adentraba en las profundidades del bosque más frecuentes e intensos eran sus sueños. Con cada nueva pesadilla más detalles se hacían presentes, esta vez después de los bosques, pantanos y cavernas de siempre, se encontró en un estrecho pasadizo de roca, obscuro, húmedo y frío; una tenue luz iluminaba su camino permitiéndole ver las paredes de este pasadizo las cuales se encontraban recubiertas por extrañas enredaderas de espinas, la curiosidad era demasiada y pudo ver como su mano se acercaba a las extrañas plantas tratando de tocarlas, sin embargo al hacerlo una de las espinas pinchó su dedo haciéndolo sangrar brea negra, un extraño jadeo llamó su atención y al voltear se encontró frente a un extraño caballero rodeado de espinas quién lo atacó con una enorme lanza con un hacha en la punta.

Riquel despertó de su sueño envuelto en gritos y sudor, su vista aún estaba nublada por el sueño sin embargo pudo ver una silueta apagando su fogata con tierra; de inmediato se incorporó y tomó su espada pero fue embestido por la silueta y cayó al suelo con el pesado cuerpo sobre él. La silueta cubrió con su mano la boca del caballero y le susurró al oído que no hiciera ruido alguno.

-La vida de ambos depende de tu silencio en este momento- susurró la silueta. La vista de Riquel se había recuperado y pudo distinguir el rostro de aquella persona, era un rostro pálido y delgado, con los pómulos definidos, una mandíbula tosca y las cuencas de los ojos sumidas y ojerosas.

-Un no-muerto- pensó Riquel con miedo, sin embargo el hombre que lo había tacleado no parecía interesado en hacerle daño; poco a poco se alejó del caballero y con una discreta seña le indicó que se asomará junto con él al camino debajo de ellos.

A los pocos segundos extraños gritos comenzaron a rebotar entre los árboles, seguidos de amenazantes cánticos y vítores. Dos individuos encapuchados corrían por el camino jadeando con cada paso, por sus gritos y murmullos Riquel distinguió que se trataba de un hombre y una mujer; al analizaros notó que sus ropas estaban manchadas de sangre, el hombre tenía dos flechas clavadas en la espalda y la mujer una en el hombro derecho; de inmediato cuatro flechas cruzaron el viento impactándose en la piernas de los encapuchados haciéndolos caer al piso.

Riquel se levantó y empuñó su espada con la firme intención de ayudar a los caídos, sin embargo fue detenido por el hombre pálido quien jaló de su brazo hasta volverlo a llevar a suelo.

Los dos encapuchados fueron rodeados por seis figuras que vestían distintas pieles, cuatro de ellos tenían la complexión de un hombre sin embargo Riquel no podía distinguirlos a la perfección, uno más aparentaba ser una mujer y había sido quién disparó las flechas, el último parecía de la estatura y complexión de un niño, lo cual extraño al caballero ya que la última vez que vio a un niño había sido hace mucho tiempo.

-Tenemos que ayudarlos- susurró Riquel, sin embargo sintió la fuerte mano del hombre pálido apretar su brazo tratando de detenerlo.

-Son demasiados... y ya es muy tarde.

Los seis atacantes amarraron a sus víctimas mientras gritaban y cantaban alrededor de ellos, el hombre encapuchado trató de defenderse pero uno de los atacantes, el más corpulento, le rompió el brazo como si fuera una rama de árbol. Una vez que sus víctimas fueron amarradas los seis atacantes desaparecieron entre los árboles cargando a sus presas.

De inmediato Riquel se incorporó y con un rápido movimiento pateó al hombre pálido y posó su espada sobre su cuello.

-¿¡Quién carajos eres!? ¿¡Qué demonios acaba de suceder!? ¿Quiénes eran esas personas?- preguntó Riquel totalmente exaltado.

Con una tranquilidad casi sobrenatural el hombre pálido alzó sus manos en señal de rendición y comenzó a hablar con una voz pausada, serena y rasposa.

-Mi nombre es Erick, Erick Valhiris, esos hombres eran cazadores y acaban de cazar a su presa, fueron ellos quienes pusieron las señales en los árboles que te trajeron hasta aquí, seguía el rastro de aquellos dos encapuchados pero en su lugar terminé encontrándote a ti.

Riquel observó detalladamente a Erick, portaba una humilde vestimenta y un par de sandalias roídas, fuera de una daga que colgaba de su cinturón no aparentaba portar armas, y su complexión delgada y correosa no representaba ninguna amenaza para el caballero a pesar de haber sentido una gran fuerza en las manos del hombre pálido. Riquel envainó su espada y ayudó a Erick a levantarse.

-¿Por qué estaban cazando a esas personas?

-Porque son no-muertos... últimamente han aparecido muchos "cazadores" que creen que la carne de los no-muertos los hace más fuertes, y por lo tanto han plagado el bosque de trampas y falsas señales para atrapar a todos aquellos exiliados de las ciudades... pobres diablos, creen que lo peor ya ha pasado y al caer en las garras de esos bastardos... muchos son torturados hasta la locura, devorados poco a poco hasta que no hay nada más que roer.

-¿Por eso estás aquí? ¿Para tratar de advertirles?

-Para tratar de salvarlos... no soy el único, como yo hay más esparcidos por todo el bosque, pero no los suficientes como para hacerle frente a los cazadores.

-Pude haberles ayudado- contestó Riquel mirando hacía el lugar donde habían desaparecido los cazadores.

-Los caballeros de la Ciudad de los Dioses son valientes- contestó Erick- en los últimos días hemos tenido varios de ustedes y todos son hombres de honor, sin embrago seis contra dos... ambos sabemos que sería una estupidez.

De inmediato Riquel recordó las armaduras de los hombres que había sido arrojados de la gran muralla por los no-muertos que atentaron contra el rey, infirió que eran ellos los cabaleros a los que se refería Erick.

-Ven, sígueme, no estamos tan lejos.

-¿Tan lejos de dónde?

Erick sonrió haciendo que las arrugas de su pálido rostro se hicieran más notorias.

-Es una sorpresa...- al decir estas palabras Riquel empuñó de nuevo su espada dudando de las intenciones del hombre pálido, quizá era un cazador en busca de su propia presa.

-Mira, como yo lo veo tienes dos opciones, puedes seguirme o puedes quedarte- contestó Erick al ver la inquietud del caballero.

Riquel soltó su espada y asintió con la cabeza, de inmediato ambos se pusieron en marcha.

-¿Y cómo fue que moriste?- preguntó Erick quien iba unos cuantos pasos adelante de Riquel.

-¿Morí?- preguntó extrañado el caballero, sin embargo de inmediato advirtió que Erick asumía que Riquel era un no-muerto, después de todo ¿qué haría un caballero de Andromeca en los bosques del Este si no es por el exilio de ser un no-muerto?

-¿Tiene algo que ver con tu ojo?- preguntó de nuevo Erick- No quiero ser entrometido, tan solo estoy haciendo plática, todos aquí morimos de algo, siéntete en confianza.

Riquel llevaba su ojo vendado para evitar que alguien viera su demoniaca infección.

-Sí... recibí una flecha en el ojo...- fue lo primero que se le vino a la mente.

-¡Ouch! Eso es cruel... bueno, ve el lado positivo, al menos no fueron los dos ojos, una eternidad a ciegas puede ser un verdadero infierno.

-Sí... pudo haber sido peor...- murmuró Riquel poniéndose el casco para evitar más preguntas, de pronto Erick se detuvo en seco y volteó hacia el caballero que ahora se encontraba varios pasos tras de él.

-No habrá sido una flecha blanca ¿verdad?

La pregunta cimbró a Riquel, ¿acaso se refería a la flecha que fue disparada contra el Rey? ¿Cómo sabía sobre eso?

-No... Fue una flecha común y corriente- contestó el caballero tratando de enmascarar sus dudas.

-¡Me alegro!- contestó aliviado Erick- esa flecha no estaba destinada para ti...

-Te refieres a que estaba destinada para el Rey.

-Así es- Erick dio media vuelta y continúo con su camino- o al menos eso es lo que se dice en la Ciudadela.

-¿La Ciudadela?

-¡Oh maldita sea! ¡Arruiné la sorpresa! Bueno... de cualquier manera te apuesto a que quedarás sorprendido.

Riquel comenzaba a desesperarse así que corrió hasta Erick y lo tomó del brazo forzándolo a detenerse.

-¡Basta de verdades a medias! ¿A dónde vamos? ¿Cómo sabías lo del rey?

Erick observó con detenimiento al caballero y despúes palmeó uno de sus hombros y sonrió.

-Vamos al lugar donde van todos los no muertos si es que no son atrapados por los cazadores, sabía que un par de nosotros atacaría al rey porque era de lo único que se hablaba en la Ciudadela, y también sé que fallaron... eso lo sé por tus camaradas.

-¡Mis "camaradas" fueron arrojados a su muerte por los de tu clase!

-¡¿Mi clase?!- Erick comenzó a reír descontroladamente- No sabes nada de mi "clase".

-¡Y tú no sabes nada sobre Andromeca! ¡Si supieras no estarías tan desilusionado por el fallido atentado contra el Rey!

-Quizá el que no sabe nada... seas tú, amigo- contestó Erick seriamente- pero lo que en definitiva no sé... es tu nombre, y no puedo ayudar a un hombre sin nombre.

Riquel sabía que sin la ayuda de Erick seguiría perdido en el bosque, quizá no confiaba en él, pero por el momento era su única opción.

-Mi nombre... es Lev... Lev Rohari.

-Muy bien Lev Rohari ¿podemos proseguir?

Riquel asintió con la cabeza y continuaron con su camino, no obstante le parecía casi imposible al caballero llevarle el paso a Erick, el pálido hombre parecía avanzar con una ligereza casi sobrehumana.

-¿Desde hace cuánto estás aquí?- preguntó Riquel tratando de detener el paso de su guía.

-Desde hace mucho tiempo, tanto que no recuerdo lo que hay fuera de estos bosques.

-¿Cómo moriste?- La pregunta pareció incomodar a Erick, sin embargo no detuvo su andar.

- Morí... morí tratando de ayudar a alguien...

-¿Y qué sucedió?

Erick se detuvo en seco dejando que Riquel, a quien ahora llamaba Lev, lo alcanzara. Frente a ellos se encontraba un enorme acantilado que se extendía hacia ambos lados del bosque y parecía no tener fin, la única manera de cruzarlo era a través de varios puentes de piedra que se encontraban a kilómetros de distancia unos de otros. Frente a ellos se encontraba un imponente acueducto de piedra que llevaba hacía el otro lado, cada centímetro del puente estaba adornado por cráneos de distintas formas y tamaños.

-¿Qué sucedió?- murmuró Erick-... fallé.

Ambos comenzaron a cruzar el imponente puente de cráneos mientras el viento golpeaba sus cuerpos haciéndolos tambalear, les tomó varios minutos cruzarlo de extremo a extremo, en parte por la excesiva longitud y también por el viento que los hacía retroceder.

Al llegar al otro extremo, el bosque descendía dejando ver toda la extensión de una imponente comunidad casi tan grande como la ciudad de Andromeca. Frente a Riquel se encontraban cientos de hectáreas de casas, chozas y construcciones que cubrían los bosques y las montañas.

-Bienvenido a la Ciudadela, Lev Rohari- dijo Erick dándole un ligero golpe en la espalda.

XI

La Ciudad de los Muertos.

Riquel estaba abrumado por la impresionante extensión de la Ciudadela, le era increíble pensar que existiera semejante ciudad y no hubiera registro de ella en ninguno de los mapas de la biblioteca de Andromeca, ¿acaso nadie sabía de su existencia? ¿O era una decisión deliberada dejarla fuera de los registros? Sin embargo las preguntas no necesitaban respuesta en ese momento, al fin el caballero había llegado al corazón del bosque y era momento de buscar a la bruja y conseguir una cura contra su infección. Riquel trató de avanzar pero fue detenido por Erick.

-Lev, ¿a dónde vas? Ni siquiera he podido darte el recorrido oficial, acompáñame- La sonrisa en el rostro de Erick le erizaba la piel a Riquel, era una sonrisa extraña, no denotaba felicidad sino una bizarra satisfacción.

-Prefiero conocer la Ciudadela a solas.

-¿A solas? ¡Ja! Tonterías, ya habrá suficiente tiempo para eso, ¡ven! Al menos tienes que saber las reglas del lugar.

-¿Reglas? ¿Qué clase de reglas?

Erick comenzó a reír enfureciendo a Riquel.

-No importa cuántos nuevos inquilinos reciba, siempre me parecerá gracioso cuando se dan cuenta que esto existe- Erick señaló con su brazo a la Ciudadela-. Todos, sin excepción, creen que vivimos como salvajes en el bosque, peor que los animales, y cuando descubren este lugar es como si despertaran de un sueño. Lo que me parece curioso es que ninguno se ha preguntado alguna vez "¿qué carajos harán los no-muertos una vez que son exiliados?" ¿Acaso creen que durante todo este tiempo nos hemos dedicado a roer cortezas y ocultarnos en las sombras?, todos aquí hemos sido algo, padres, hijos, hermanos, la gran mayoría con alguna profesión u oficio, no nacimos como animales y no tenemos que morir como uno... o vivir como uno.

Erick le hizo una seña a Riquel para que lo siguiera, de nuevo el pálido guía caminaba mucho más rápido que el caballero, lo que le dificultaba escuchar la historia que contaba.

Mientras descendían por un camino empedrado Riquel notó que no había guardias ni milicia, las antorchas de fuego alumbraban el camino hipnotizando con su luz al caballero quien llevaba más tiempo del que podía recordar sin ver una ciudad iluminada por las llamas de una antorcha.

Conforme se fueron adentrando en la Ciudadela la vida dentro de ella se hizo presente, distintos comercios abrían sus puertas a un desfile de individuos de todas las ciudades de Armoria, algunos de ellos, como Erick, tan solo mostraban una ligera palidez en su piel, sin embargo la gran mayoría hacía gala de sus heridas mostrando el motivo de su presencia en aquel lugar, brazos y piernas mutiladas, la piel putrefacta colgando de los huesos, los ojos sumidos y opacos, criaturas que podían rayar en lo grotesco, después de todo eran cadáveres vivientes en constante descomposición.

-Las reglas son sencillas- continuó Erick- básicamente son las mismas que en cualquier otra ciudad... antes de la maldición de la inmortalidad. Si quieres algo tienes que pagar por él, puedes pagar con trabajo o con trueque, si tu condición no te permite ser productivo para la ciudadela puedes optar por vivir en los guetos donde serás alimentado tres veces al día y tendrás una cama y un techo, o puedes pedir que se encienda una hoguera y arrojarte a ella para al fin morir.

Justo al terminar de decir estas palabras, Erick y su acompañante pasaron junto a una hilera de hogueras recién apagadas, en ellas se podían ver claramente los huesos de aquellos que habían optado por esta opción.

-¿Qué sucede si alguien rompe las reglas? No vi ningún guardia cuando entramos, ¿cómo se defienden de sus enemigos?

-¿Qué clase de enemigos podemos tener? Solo los no-muertos se aventuran en estos bosques, los no-muertos y los cazadores, y esos bastardos jamás se atreverían a acercarse a la Ciudadela.

-¿Por qué?

-Porque todos somos la guardia real- Erick comenzó a reír a carcajadas incomodando a Riquel- no necesitamos de caballeros con armadura montando guardia en los caminos, somos no-muertos, ¿qué pueden hacernos? ¿matarnos más? si algún intruso intentara hacernos daño, basta con que alguno de nosotros haga sonar un cuerno para que toda la Ciudadela esté sobre él en cuestión de segundos... y siento pena por aquel estúpido que sufra tal destino.

Riquel miró a su alrededor y notó que la gran mayoría de las personas portaban un cuerno, ya fuera colgando del cuello o del cinturón, sin embargo se le hizo raro que justamente su guía no portara uno.

-Lo mismo para aquellos que desobedecen las reglas o atentan contra la Ciudadela, para ellos la hoguera no es una opción- En ese momento un par de niños salieron corriendo y atravesaron el camino jugando con un balón de cuero, al ver al caballero comenzaron a susurrar entre ellos, Riquel logró entender un par de palabras "uno más" "ya son varios".

-¡Niños!- exclamó el caballero haciendo un alto total para poder apreciarlos mejor- Son... son niños ¿acaso están...?

-¿Muertos? No, ellos no, solía haber algunos pero todos prefirieron la hoguera.

Riquel se acercó a los niños para verlos mejor sin embargo estos corrieron dejando atrás el balón de cuero.

-Tendrás que disculparlos, los nuevos siempre ponen nerviosos a los niños.

-Hace... hace mucho que no veía un niño.

-Como te dije, las reglas aquí son muy parecidas a las de una ciudad antes de la maldición, si bien procuramos tener un control para evitar la sobrepoblación y escases de recursos, no está prohibido tener hijos.

-¡¿Los no muertos pueden tener hijos?!

-Sí, podemos... así como tus piernas aún caminan tu pene aún se para y el útero de una mujer aún fecunda ¿cómo? No lo sé, nadie lo sabe, pero sucede.

Riquel se preguntó cuántas cosas más desconocía de las maldiciones de los hombres, quizá la cura para su mal existía y se escondía en algún lugar de la ciudadela.

Erick prosiguió con el camino adentrándose cada vez más en la gran Ciudadela. Conforme avanzaban la vida cotidiana se hacía más presente, familias enteras de no-muertos rondaban las calles conviviendo entre ellos como vecinos que acababan de podar el césped o regresaban de una jornada de trabajo; todo le parecía irreal al caballero, frente a él los cuerpos decadentes de cadáveres en vida vivían su vida como si jamás hubieran abandonado sus ciudades de origen, como si jamás hubieran muerto. No obstante algo en el ambiente le hacía recordar que se encontraba en una ciudad de muertos, el olor a podredumbre se intensificaba conforme se adentraba en la ciudad, un olor le raspaba las fosas nasales provocándole convulsiones que anunciaban el vómito.

-No te preocupes- dijo Erick sin voltear a ver al caballero- te acostumbrarás al olor, sobre todo cuando te des cuenta que formas parte de él.

Al poco tiempo llegaron a un riachuelo que cruzaba la ciudadela de lado a lado, varios puentes colgantes conectaban ambas secciones de la ciudadela permitiéndoles a los habitantes cruzar con libertad sobre aquellos que pescaban o recolectaban agua.

-¿A dónde me llevas? Estoy cansado y la armadura me pesa, agradezco tu amabilidad pero mi camino es distinto al tuyo- La impaciencia de Riquel había sobrepasado su asombro, las constantes punzadas en su ojo le recordaron su misión, necesitaba alejarse de Erick si quería encontrar a la bruja. Sin embargo Erick no respondió, observaba fijamente al caballero con sus ojos opacos y sumidos, como si tratara de desnudarlo con la mirada.

-Hay un lugar que tienes que conocer antes de que nos separemos, mi hogar, seguramente estás hambriento y sediento; ahí podrás descansar y recuperar tus fuerzas, está al otro lado del río, prometo no demorarnos más.

A pesar de su impaciencia Riquel aceptó la invitación de su guía, en efecto moría de hambre y la sed le había partido los labios, no confiaba del todo en Erick pero era la única persona que conocía en un lugar que le aterraba tanto como le fascinaba.

Ambos cruzaron el río y comenzaron su peregrinación por la segunda sección de la Ciudadela, en realidad se dividía en cinco partes, aquella por la que habían entrado, en la que estaban ahora, los guetos mucho más al Este, la sección central la cual era rodeada por el río, y los picos de madera, la última sección que delimitaba el final de la ciudad y el comienzo de los bosques ajenos al hombre.

Mientras caminaba Riquel observó a lo lejos, en la sección central, una gran torre que destacaba sobre todas las demás estructuras de la Ciudadela.

-¿Qué es ese lugar?- preguntó intrigado.

-Es la Torre de Tres, la cede del concejo.

-Así que ustedes también tienen gobernantes- aseveró el caballero.

-"Ustedes"-murmuro Erick-. No precisamente, el concejo no trata de gobernar, sino de orientar, las reglas son claras y las penitencias también, cuando existe ambigüedad el concejo trata de solucionar el problema de la mejor manera posible.

-¿A qué te refieres con "ambigüedad"?

-No lo sé, quizá un granjero robó una vaca del vecino, pero fue para alimentar a su familia, si bien las reglas dicen que si no puede ser productivo debe vivir en los guetos, probablemente solo fue una situación aislada, el concejo determina la penitencia para que reponga el daño al vecino, mas no lo mandaría a los guetos... por decirte un ejemplo estúpido.

-Incluso aquí tienen exiliados...- murmuró Riquel, pero sus palabras llegaron a los oídos de su guía.

-Cuidamos de nuestros exiliados como si fueran un anciano desvalido o un niño huérfano, no los olvidamos y dejamos a su suerte para que se pudran en el bosque.

Riquel no contestó, sabía que su guía buscaba una confrontación la cual no encontraría. Al poco tiempo Erick se detuvo frente a una casa de piedra que daba a un hermoso jardín lleno de hortalizas.

-Bienvenido Lev Rohari- Erick abrió las puertas de madera de par en par y le indicó a Riquel que entrara primero- Siéntete libre de retirarte la armadura, iré por un poco de comida y una jarra de agua- Erick desapareció en uno de los cuartos dejando a Riquel solo, examinando la casa.

Era una casa modesta, con pocos muebles y aun menos adornos, sin embargo no parecía vacía o descuidada, cada objeto dentro de ella vestía de manera armónica a la habitación; la luz del sol que comenzaba a descender entraba por las pequeñas ventanas iluminando de rojo y naranja las paredes, el aroma de los frutos frescos enmascaraba el pútrido olor a muerte.

Riquel se retiró los guantes de cuero, el casco y el peto, posándolos sobre una pequeña banca de piedra, el alivio que sintió fue casi indescriptible, arqueó su espalda haciendo tronar cada uno de sus huesos y respiró hondo mientras se acercaba al jardín. De pronto sintió un fuerte dolor en la espalda que por poco lo tira al suelo, de inmediato dio media vuelta y notó a Erick sosteniendo un pesado tronco con el cual golpeó fuertemente el rostro del caballero haciéndole perder el conocimiento.

XII

El rugido del viento.

El coraje y la incertidumbre carcomían la psique de Elsa, después de haber sido expulsada de la guardia real por Brynn su vida se había desmoronado frente a ella. La guardia era todo lo que conocía, había permanecido dentro de ella mucho más tiempo que su vida como civil, a pesar de ser la más joven de Andromeca su actitud precoz y perseverancia la habían impulsado hasta el lugar que siempre soñó, codeándose con los legendarios hermanos Brynn y Riquel, desarrollando un estrecho lazo entre ellos, a quienes veía como amigos, mentores y hermanos de armas, y en tan solo un par de días ambos le habían dado la espalda, uno desaparecido y el otro expulsándola de guardia real en un arranque de ira.

¿Por qué había enfurecido de tal manera Brynn? ¿Qué hacía visitando a tantos doctores, hechiceros y chamanes? ¿Dónde estaba Riquel? Seguramente a su regreso el pondría las cosas en orden y la regresaría a la guardia, pero... ¿cuándo regresaría? ¿en verdad había partido hacia las ciudades del centro? ¿o era aquella silueta que abandonó Andromeca el capitán dorado de la guardia real?

Todas estas dudas habían golpeado la mente de la guerrera todas las noches sin dejarle dormir, la humillación y rencor que sentía tan solo eran superados por la terrible incertidumbre sobre el paradero de su capitán, algo dentro de ella, más intenso que las flamas del pilar de fuego de la ciudad, le hacía dudar de la historia sobre su viaje a las ciudades del centro y moría por conseguir respuestas, indagar en sus acciones, preguntarle a alguien... pero desde su partida de la guardia su acceso al palacio estaba prohibido, había sido despojada de su espada, corcel y armadura, y era tratada como un civil más de la ciudad, sin acceso al palacio ni a la corte.

Durante días intentó acercarse a sus antiguos camaradas para interrogarlos y tratar de conseguir su ayuda para volver a la guardia, sin embargo eso era una decisión que solo podía tomar el capitán o el general, y ambos estaban fuera de la ciudad, algunos veían a la guerrera con compasión, preguntándose qué demonios había hecho para merecer su expulsión de la noche a la mañana, otros habían esperado ese día desde el primer momento en que Elsa vistió una armadura. Miradas juiciosas y comentarios hirientes no se hicieron esperar, en pocos días se había convertido en un paria de la sociedad, "¿Dónde está tu armadura? ¿pesaba mucho y te la quitaste?" "¿Al fin te expulsaron?" "¿Cuántas guerras peleaste, ninguna?".

Sin embargo pronto dejó de doler, lo único que buscaba Elsa eran respuestas y sabía perfectamente dónde encontrarlas, el problema era ingresar al castillo y obtenerlas... en especial de la princesa.

Durante días planeó su reingreso al castillo, el haber sido parte de la guardia real le permitió conocer distintos pasadizos y puntos clave que le podrían ayudar a escabullirse entre las sombras y sortear a los guardias, pero ¿qué haría una vez adentro? ¿a quién buscaría para interrogar? ¿qué era lo que necesitaba buscar? Entrar al castillo era tarea relativamente fácil para alguien que conoce sus secretos, pero la información que buscaba la guerrera se encontraba lejos de la ciudad, Brynn y Riquel habían partido en distintas direcciones, el rey se encontraba en las ciudades del centro reuniendo a todos los ejércitos, los demás guardias no sabían nada y jamás compartirían sus escasos conocimientos con ella. Quizá la Reina sabría algo al respecto pero acercarse a ella era una tarea suicida, pero la princesa... la princesa siempre permanecía sola en la biblioteca durante las mañanas, seguramente la princesa Cassandra sabría del paradero de Riquel. Elsa era demasiado perspicaz, sabía que las miradas entre la princesa y el capitán significaban mucho más que una mutua admiración.

Abordar a la princesa significaba un nuevo reto, el cobijo de la noche importaría poco ya que tendría que interrogarla durante los primeros rayos del día, justo cuando todo el castillo comienza a despertar, un paso en falso y sería arrestada, ¿valía la pena el esfuerzo? Tan solo tenía que esperar a que regresara Brynn o Riquel para tratar de enmendar las cosas... pero el recuerdo de la silueta escapando hacia el Este acosaba a la guerrera de cabellos de fuego, su piel se enchinaba y su estómago daba vueltas al pensar que esa silueta podría haber sido Riquel.

La decisión estaba tomada, durante la madrugada se escabulliría entre la sombras sorteando cuidadosamente los puntos de vigilancia de la guardia real, conocía perfectamente sus tiempos y sabía que entre los cambios de guardia existía un punto ciego que le daría el tiempo suficiente para acercarse hasta la parte trasera de las caballerizas, después tendría que subir al tejado de las mismas y escalar la pared de la armería, esta sería la parte más complicada ya que estaría expuesta a la mirada de los guardias si sufriera cualquier retraso en su plan; tendría que entrar por la tercer ventana ya que las dos primeras daban a bodegas, de la armería entraría a los ductos de ventilación y saldría a uno de los jardines de la tercera sección, de ahí tendría que subir a la copa de un viejo árbol de flores moradas cuyas últimas hojas llegaban hasta una de las ventanas del segundo piso de la biblioteca, y después cuidar sus pasos hasta llegar a la princesa.

No sería sencillo, pero tenía que intentarlo, después de todo ya había perdido todo aquello que le importaba, su puesto, su reputación, su futuro... a Riquel.

La guerrera abandonó su casa utilizando a la noche como camuflaje, serpenteando entre las calles de Andromeca hasta llegar a la base de la muralla, a tan solo cincuenta pasos a su izquierda se encontraba un grupo de guardias vigilando, y a cien pasos, sobre la muralla se encontraba el primer puesto de vigilancia. Rápidamente subió a uno de los tejados y comenzó a correr brincando de techo en techo, como no portaba metales sobre ella sus pasos y caídas no provocaban ruido alguno, de esta forma logró esquivar a los guardias que patrullaban las calles, y para evitar ser vista por los vigías sobre la muralla, descendió de los tejados y presionó su cuerpo contra la pared avanzando lentamente dando zancadas hacía los lados. En pocos minutos había llegado a la parte trasera de las caballerizas sin alertar a nadie, pero el Sol comenzaba a aparecer entre las montañas y pronto perdería el cobijo de la oscuridad.

Subir al tejado de las caballerizas fue fácil, pero había olvidado la distancia entre este y la pared que debía escalar para llegar a la ventana de la armería, y lo más importante, la distancia al suelo y el peligro que significaba caer. Pero la amenaza del Sol era inminente y poco a poco aumentaba el número de guardias rondando la ciudad; Elsa tomó vuelo y brincó tensando cada músculo de su cuerpo exprimiendo hasta la última gota de fuerza en sus piernas logrando alcanzar con la yema de sus dedos la coyuntura de una de las ventanas de la armería. Sintió el dolor recorrer todo su cuerpo y escuchó el crujido de sus dedos contra el impacto de la piedra, pero lo había logrado; se balanceó hacía la derecha apoyando sus pies en las pequeñas comisuras en la pared, abriendo camino hasta la segunda ventana. Pensó en descansar unos momentos pero sacudió el cansancio y volvió a columpiarse hasta llegar a la tercera ventana.

Asomó la vista y observó a un par de guardias rondando la armería, sería fácil deshacerse de ellos, sin embargo al despertar alertarían a todos los demás, pero esperar colgada de la ventana tampoco era una opción. Con la gracia y paciencia de una serpiente se dejó caer dentro de la armería, rodando por el suelo hasta ocultarse detrás de unos barriles; el camino hacia los ductos de ventilación estaba libre, tan solo tendría que escabullirse detrás de una pared de la cual colgaban distintas armaduras, y justo arriba, en el techo, se encontraba la entrada a uno de los ductos. Sin embargo una vez detrás de las armaduras escuchó algo que la detuvo en seco.

-Ayer vi pasar frente a la muralla a una docena de los nuestros, me temo que eran parte de la armada del general Brynn, sus armaduras estaban rotas y sus cuerpos sangraban; no sé qué les sucedió... pero eran no-muertos-. Dijo uno de los guardias dentro de la armería.

-¿Y el general?- preguntó el otro.

-El general no estaba entre los heridos, ¡descuida! Él regresará, nunca ha sido herido en combate.

-Aun así, una docena de guardias reales... muertos. Lo que sea que hayan enfrentado fue más poderoso de lo que imaginaban, y para lo que iban preparados.

-Tan solo espero que el general y el resto de las tropas estén bien, han pasado diez días desde su partida, ya deberían haber regresado.

El relato del guardia le heló la sangre a la guerrera de cabellos de fuego, doce miembros de la guardia real habían sido asesinados por una fuerza sin explicación y ahora eran no-muertos, expulsados del reino, quizá el no haber acompañado al general fue lo mejor que le pudo haber pasado, pero ¿estaba bien el general? ¿por qué no había regresado ya? ¿estaría Riquel con él? No había tiempo que perder, si alguien tenía respuestas sería la princesa y la conversación de los guardias ya le había hecho perder demasiado tiempo.

Con un poderoso salto y la agilidad de un gato, se afianzó de la entrada al ducto de ventilación y pegando sus palmas a las paredes comenzó a subir por él. Al poco tiempo se encontró con una bifurcación que le permitió adoptar una posición horizontal y arrastrarse hasta llegar al final del ducto. La luz del Sol le lastimaba los ojos, tuvo que cubrirse la vista al salir y caer en el jardín; una vez que sus ojos se adaptaron a la luz observó justo frente a ella a un jardinero totalmente estupefacto por ver caer de un ducto de ventilación a una mujer pelirroja cubierta de una extraña túnica.

-¿Cuál es tu nombre?- preguntó Elsa aún más asustada que el jardinero pero disimulándolo con todas sus fuerzas.

-Jacques...- contestó aterrorizado, luchando contra sus instintos de salir corriendo y avisar sobre el intruso a la guardia real.

-Tienes dos opciones, Jacques; puedes seguir con tu trabajo como si nada hubiera pasado, tomando consuelo en que soy una guerrera de la guardia real, o puedes intentar huir y obligarme a cortarte las cuerdas bucales con tus propias tijeras.

Sin decir una sola palabra Jacques dio media vuelta y prosiguió con su trabajo mientras cada fibra de su cuerpo temblaba de miedo.

-Buen chico...- murmuró Elsa prosiguiendo con su camino.

Rápidamente trepó por las ramas del gran árbol y comenzó a acercarse a la ventana de la biblioteca; la rama sobre la cual avanzaba aparentaba ser lo suficientemente fuerte como para soportar el peso de la guerrera, sin embargo con cada paso la madera bajo sus pies comenzaba a tronar cada vez más.

Jacques, el jardinero, de vez en cuando volteaba sobre su hombro al escuchar el crujido de la rama, esperando ver a la mujer de cabellos rojos caer.

En el último crujido Elsa brincó con todas sus fuerzas entrando como bala de cañón por la ventana de la biblioteca, escuchó perfectamente a la rama caer al piso emitiendo un golpe seco que resonó en la pared de la biblioteca, al asomarse por la ventana no encontró a Jacques por ninguna parte, sabía que su tiempo se había reducido considerablemente.

Como una sombra se abrió paso entre los pasillos en espiral de la biblioteca, por suerte estaba casi vacía, tan solo Oniris en el primer piso, un par de guardias haciendo sus rondas, una doncella en el cuarto piso, y la princesa Cassandra en su lugar de siempre.

-Princesa Cassandra...- una voz detrás de la princesa la hizo abandonar su lectura y voltear de inmediato.

-¿Quién eres? ¡¿Qué haces aquí?! Si buscas una confrontación... has cometido un grave error- la princesa cerró sus puños haciendo crujir sus huesos.

-No tengo mucho tiempo, majestad, mi nombre es Elsa- la guerrera se removió la capucha dejando ver su joven rostro con pecas y su cabello rojo fuego- y hasta hace unos días era miembro de la guardia real.

-¿Elsa? ¡Elsa! Sé perfecto quien eres, niña, la joven testaruda que forzó su ingreso a la guardia real, la protegida de Riquel. ¿Qué haces aquí? ¡No deberías estar aquí! Ya no eres un guardia real-. La princesa volvió a sentarse y tomó su libro ignorando a la guerrera.

-Estoy aquí porque necesito respuestas...-

-¿Y piensas que yo voy a contestar tus preguntas? Considérate afortunada que no he convocado a la guardia real para que te expulse del castillo, o peor.

-La guardia está en camino, lo sé, por eso no tengo mucho tiempo- la guerrera avanzó hasta colocarse justo frente a la princesa, quien a pesar de eso no volteó a verla.

-Desde que Riquel despertó y salió de la enfermería comenzó a actuar muy extraño, él y el general. Durante días estuve siguiendo a Brynn por toda la ciudad, y cada día era lo mismo, encontrar a todo doctor, chamán o hechicero del reino e interrogarlos, solo los dioses saben qué quería averiguar.

-No sé nada de este tema- contestó fríamente la princesa.

Poco a poco Elsa comenzaba a enfurecerse, sin embargo utilizó todas sus fuerzas para mantener la calma y no explotar; sabía que le quedaba poco tiempo antes de que los guardias llegaran.

-La noche anterior a la partida del capitán Riquel, observé al general abrirle una de las puertas de la muralla a un jinete que se dirigía hacia los bosques del Este. Cuando confronté al general explotó en rabia, trató de convencerme que aquel jinete era un guardia que había perecido, pero he estado investigando y nadie hace falta en los registros, a excepción de las tropas de Brynn que avanzaron hacia Mon Aloth. ¡Estoy convencida que ese jinete era Riquel!

La princesa alzó la mirada penetrando con sus ojos rojos el alma de la guerrera.

-¿Y por qué Riquel haría semejante cosa?

-¡No lo sé! Eso es precisamente lo que necesito saber.

-¿"Necesitas"?- la princesa se levantó desafiantemente y observó juiciosamente a la guerrera- Había escuchado rumores, murmullos entre los pasillos del palacio, pero me rehusaba a creer que Riquel podría posar su mirada en una simple guerrera... supongo que estaba equivocada. Pequeña, déjalo ir ¿crees que eras especial? Muchas creímos lo mismo-. En ese momento la guardia real entró a la biblioteca y comenzó a subir la espiral buscando a Elsa.

-¡No quiero saber dónde está por ser una niñita despechada o enamorada! ¡Me preocupa el capitán! ¡Tres días en coma y después desaparece! Si en verdad él era el jinete entonces está solo en los bosques de los no-muertos ¡Y él no está muerto! ¿¡Tienes idea de lo que hay en esos bosques!?

La princesa no dijo nada, tan solo observaba impacientemente a la guerrera. Elsa explotó de rabia y tomó del brazo a la princesa acercándola a ella.

-Si alguna vez te importó Riquel entonces tienes que decirme lo que sabes.

La princesa recordó el dolor punzante en el ojo que hizo caer a Riquel frente a ella.

-Oniris... él debe saber, un día antes de su partida Riquel y Brynn fueron a verlo.

La guardia real estaba por llegar, Elsa podía escuchar el crujido de sus armaduras mientras subían por la espiral.

-Gracias...- contestó tajantemente la guerrera pelirroja, y se dispuso a huir de ahí cuando fue detenida por la fuerte mano de la princesa.

-Algo le pasaba a Riquel, algo... malo. Quizá encuentres más información en su habitación, está cerrada pero no creo que sea problema para ti.

La guerrera asintió con la cabeza y comenzó a correr hacia una de las ventanas de la biblioteca, sería una larga caída si no calculaba sus pasos. La princesa se acercó delicadamente a uno de los enormes libreros y con un empujón suave de su mano lo hizo caer como pieza de dominó generando una reacción en cadena hacia los pisos de abajo; los guardias tuvieron que esquivar miles de libros y el peso de los libreros que se abalanzaban sobre ellos como pilares derrumbados. Al ver esto Elsa decidió utilizar la conmoción y en lugar de arriesgar su vida saltando por la ventana, subió al barandal y se deslizó por él hasta el último piso, como si fuera resbaladilla.

Algunos guardias corrieron tras ella, pero en cuestión de segundos ya había desaparecido entre las sombras del castillo.

Sabía que la puerta estaría cerrada, por lo que escaló la pared hasta llegar a la ventana de la habitación de Riquel, si bien también estaba cerrada las ventanas tenían menos cerrojos que las puertas, bastaron un par de fuertes golpes para abrir la madera de par en par.

Una vez adentro, la guerrera comenzó a buscar por todos lados algo que le indicara el paradero del capitán, sin embargo no encontró nada en sus cajones, buró ni closet. La desesperación y el cansancio comenzaban a adueñarse de ella, antes de ver a Oniris decidió descansar unos momentos y se dejó caer sobre la cama de Riquel. El peso de su cuerpo al caer sacudió el suelo haciendo sonar algo debajo de la cama, como trozos de metal, de inmediato la princesa se levantó y miró debajo de la cama, lo que vio le sorprendió en demasía, una lanza y las partes de una armadura dorada se encontraban arrumbadas debajo de la cama.

Elsa sacó la lanza y las piezas de la armadura y las colocó sobre la cama.

- Exereas...- las palabras apenas y pudieron salir de la boca de la guerrera, frente a ella se encontraba la mítica lanza del capitán, Exereas "rugido del viento", y junto a ella todas las piezas de su armadura.

Riquel jamás se hubiera despojado de ambas, la armadura era su mayor orgullo, y la lanza un regalo del Rey, mismo que atesoraba con el alma.

-Si tu armadura y lanza están aquí, entonces ¿qué llevaste contigo?- se preguntó la guerrera, entonces el recuerdo del jinete vistiendo una armadura sencilla de la guardia real vino a su memoria y las piezas del rompecabezas comenzaron a unirse.

Riquel tendría 37 días de ausencia en el palacio, pero si alguien lo veía partir con su armadura y lanza hacia los bosques del Este, los rumores no se harían esperar, por eso dejó atrás las dos cosas que lo identificaban como capitán de la guardia real de Andromeca. Pero aún falta la respuesta a la pregunta más importante... ¿por qué?

Oniris regresaba a su estudio arrastrando sus pasos y quejándose al andar, cargaba varios libros y el peso de estos le hacía doler los brazos y rodillas. Con mucho esfuerzo logró sacar un manojo de llaves de entre sus ropajes y sin dejar caer un solo libro abrió los incontables cerrojos de su puerta.

Entró sin prender las antorchas de Brizenger, colocó los libros sobre su escritorio y se estiró haciendo crujir cada uno de sus huesos. Cansado y achacoso comenzó a removerse el guante negro de piel que lo caracterizaba y le había dado el apodo de "mano negra", al hacerlo pareciese que se removía la piel, el sonido del guante desprendiéndose de su cuerpo rompía con el silencio de la habitación, poco a poco una piel totalmente chamuscada comenzaba a verse por debajo del guante negro.

De pronto una ráfaga dorada cruzó la oscuridad y aprisionó a Oniris contra uno de sus anaqueles. Frente a él se encontraba la armadura del león de oro amenazando con su lanza al viejo hechicero.

-Esta sería la segunda vez que he sido amenazado por Exereas...- dijo el hechicero con una calma que helaba los huesos, con un delicado movimiento de su mano negra bajó la punta de la lanza- ... pero tú no eres Riquel... ¿Qué es lo que buscas del viejo Oniris, Elsa?

La guerrera quedó paralizada, ¿cómo era posible que supiera quién era?

El hechicero aprovechó la confusión de la guerrera para prender una antorcha de Brizenger e iluminar parcialmente su estudio.

-No te sientas sorprendida, estuve en la biblioteca mientras interrogabas a la princesa, y después te vi salir con los guardias persiguiéndote, supuse que tan solo era cuestión de tiempo para que vinieras a verme... todos... siempre... terminan viniendo a verme.

Elsa removió la visera del casco dejando ver su rostro y guardó la lanza sobre su espalda.

-¿Dónde está Riquel?- preguntó tajantemente

-No lo sé.

-No me hagas sacar la lanza de nuevo.

-¿Y manchar al rugido del viento con la sangre fétida de un anciano? Mejor toma asiento, mi niña.

-Contesta mi pregunta, anciano.

-Ya la contesté... no sé dónde está- Oniris comenzó a avanzar con paso pesado hasta el fondo de su estudio, donde la luz de la antorcha de Brizenger no llegaba, sin embargo a pesar de haberse perdido en las sombras su voz aún resonaba, pero ya no estaba hablando con la guerrera- ¡Ah! ¡Qué tragedia! una verdadera lástima... tener que recurrir al fuego... supongo que era inevitable... pero hubiera deseado tener más tiempo.

-¡¿De qué demonios hablas, anciano?!- Sal de entre las sombras.

En ese momento una ráfaga de fuego iluminó todo el estudio, aterrorizando a la guerrera quien empuño a Exereas y se dispuso a atacar. Pero las flamas estaban controladas, o al menos eso parecían, el fuego envolvía una extraña y repugnante enredadera de plantas negras que se contorsionaban con el fuego y chillaban como cerdos en el matadero.

-¡¿Qué carajos es eso?!- estalló Elsa.

-Demonios, mi querida guerrera, y estoy acabando con ellos de la única manera en que se puede acabar con un mal así... con fuego.

-¡Demonios!- Elsa corrió hasta Oniris y lo tomó del cuello- ¿Qué haces con demonios en tu estudio?- En ese momento las plantas emitieron un último chillido y se deshicieron en cenizas.

-¿Para qué vino Riquel contigo? ¿Dónde está ahora?

-Vino para obtener respuestas, vino para mentir, vino en el nombre del Rey... y el Rey jamás supo que vino- Oniris se escurrió de las manos de Elsa y avanzó hasta uno de sus libreros donde comenzó a buscar entre sus libros.

-Esas plantas aparecieron al poco tiempo que Riquel despertó de su coma, justo en el mismo lugar donde él fue encontrado, ¿A qué vino ese día? Sus verdaderos motivos no los sé, pero tengo mis teorías, y quizá esas teorías te sirvan de algo- Oniris sacó un delgado y viejo libro del librero y se lo otorgó a Elsa.

-¿Qué es esto?

-Un libro... evidentemente.

-¡No juegues conmigo anciano!

Oniris sonrió fríamente, haciendo que las arrugas de su rostro se vieran como grietas en una pared.

-Ese libro fue escrito por una bruja, la más vieja de todas, tan vieja como el tiempo en que los dioses y los hombres aún comulgaban... o al menos eso me dijo el vendedor.

-No vine aquí por libros- Elsa le regresó el libro a Oniris, pero este no aceptó e insistió en que lo tuviera.

-Cuando los hermanos vinieron, lo hicieron con un propósito, a la fecha no me es claro, pero creo... que uno de ellos fue infectado por la maldición de Alithia, y creo que fue Riquel.

Elsa sintió que el corazón se le detenía, no supo qué decir, estaba fría y al mismo tiempo sentía que el estómago le hervía.

-Y creo que vinieron por respuestas... respuestas que no les pude dar, pero... ese libro, si alguien supiera... sería quien escribió ese libro.

-La bruja...

-¡Así es! Y esa bruja, mito o no, solo puede ser encontrada en las profundidades de los bosques del Este.

Ahora todo era claro, todas las piezas del rompecabezas habían encajado en su lugar, Riquel estaba en los bosques del Este tratando de encontrar a una mítica bruja, buscando frenéticamente una cura para el mal de Alithia. Brynn lo sabía y había estado buscando por su parte la cura, por eso explotó cuando se enteró que la guerrera lo estaba siguiendo. Ahora todo era claro para Elsa, y eso le rompía el corazón, jamás pensó escuchar una historia así, jamás imaginó que las respuestas a sus preguntas serían tan dolorosas.

-¿Qué piensas hacer ahora que lo sabes?- preguntó Oniris.

Elsa se quedó callada unos momentos observando el libro que le había dado el hechicero.

-Pienso ir por él... iré a ayudarlo.

-¿A los bosques del Este? ¿Sola? Tu juventud no te permite pensar bien las cosas.

-No necesito pensar bien las cosas, sé lo que tengo que hacer, Riquel no conoce lo que habita en esos bosques...

-¿Y tú sí?

Elsa observó al hechicero con tal severidad que le hizo temblar las rodillas al anciano.

-Partiré en este mismo instante, ¿piensas alertar a la guardia?

Oniris negó con la cabeza, la guerrera cerró la visera de su casco y se dispuso a salir del estudio cuando fue detenida por la débil voz del hechicero.

-Cuando estas plantas llegaron a mí... eran pequeñas y frágiles, en cuestión de días se transformaron en la abominación que viste arder ante tus ojos... días... ten eso en consideración cuando te encuentres con el capitán frente a frente... si es que lo encuentras.

Elsa hizo caso omiso de las palabras del anciano y abandonó el estudio.

El relinchido de un fuerte corcel hizo voltear a los guardias sobre la puerta en la muralla, hacia ellos se dirigía el capitán de la guardia real, vistiendo su hermosa armadura y blandiendo su lanza.

-¿Riquel? ¡Pronto! ¡Abran la puerta, el capitán va a salir!-exclamó uno de los guardias.

-¿Cuando regresó el capitán?- preguntó otro guardia.

-No lo sé ¡Pero ahí viene!

Los guardias se apresuraron a abrir la puerta, dejando al corcel cruzar el umbral como una ráfaga de viento.

XIII

Los Centinelas de Ogathas.

La lluvia caía sobre el bosque dificultando el paso y la visión de los perros negros del sur. El lodo les hacía tambalear, el frío recorría sus cuerpos como una serpiente enredando a su presa, las copas de los árboles crujían con el poder de los rayos y el viento golpeaba las caras encapuchadas de los guerreros, filtrando gotas de agua a través de la tela sobre sus bocas.

El cuerpo cansado, la vista nublosa, el hambre les haciendo rugir los estómagos, pero las ganas de salir del maldito bosque eran más fuertes que cualquier deseo de descansar un poco.

De pronto un relámpago iluminó el bosque dejando ver un escenario terrorífico, docenas de lechuzas aplastadas, cercenadas y empaladas contra los árboles. Zágatos, el guerrero rubio de ojos azules, se acercó a observar mejor la masacre, los relámpagos iluminaban por segundos la escena haciendo difícil la inspección.

-¡Maldita sea esta lluvia! Si no salimos de este chingado bosque sufriremos el mismo destinos que esas aves- exclamó uno de los perros negros mientras avanzaba dando zancadas entre el lodo.

-Estas aves... no murieron por la lluvia- contestó Zágatos levantando uno de los cadáveres de lechuza- fueron cazadas... con odio.

-¿Por qué alguien haría eso? Son tan solo lechuzas- contestó el guerrero encapuchado.

-No son solo lechuzas, Orfos, son las bestias mensajeras de Ogathas, así como las águilas de Mon Aloth- Zágatos se acercó a Orfos y esperó a que un relámpago iluminara el cielo para mostrarle una marca en el lomo de la lechuza-. Todas las bestias mensajeras son gravadas con la insignia de la ciudad, estas aves portan dicha marca.

-Ogathas debió haber estado verdaderamente desesperada como para mandar a todas sus aves mensajeras en busca de ayuda... es una pena que no hubieran llegado lejos-Orfos miró a su alrededor contemplando la inmensidad del bosque.

-Si son aves mensajeras... ¿dónde está el mensaje?- preguntó otro guerrero al inspeccionar los cadáveres de varias lechuzas. Todos los guerreros buscaron entre las sombras sin encontrar mensaje alguno.

-Estas aves fueron cazadas por una razón, el mensaje que portaban, aquel que lo hizo no quería que el mensaje llegara a ningún lado- contestó Zágatos.

-¡Marina partió hacia Ogathas con los guerreros de Andromeca! ¡Quizá corre peligro!- exclamó uno de los guerreros.

-¡Todos corremos peligro!- explotó Orfos removiéndose la capucha, dejando ver el rostro severo de un hombre marcado por la guerra, ambas coyunturas de sus labios vestían cicatrices que lo hacían parecer sonreír, sus cejas gruesas y negras le daban un carácter temerario, y sus ojos grises y opacos no mostraban emoción alguna- ¡En este preciso momento corremos peligro! Corrimos peligro al tratar de defender Mon Aloth por algunas monedas... ¡Monedas! ¿¡Y que recibimos al final?! ¡Nada! - Orfos tomó de los hombros al guerrero y lo acercó hasta él- ¡No pienso pasar mis últimos días en este bosque! Marina tomó una decisión, todos lo hicimos, así es la vida de un perro negro, cazamos en manada y morimos solos.

Orfos fue tacleado por Zágatos para obligarlo a soltar al guerrero, de inmediato Orfos desenvainó su espada de cristal, todos los demás perros negros hicieron lo mismo y lo rodearon.

-¿¡Están locos!? ¿Quieren regresar? De seguro ese lugar está infestado de demonios y Marina fue su almuerzo... ¡Nosotros la cena! ¡No pueden obligarme a ir!

-Nadie obligará a nadie- contestó Zágatos.

Durante el camino hacia Ogathas Marina y Brynn no habían cruzado palabra, el lobo de plata se encontraba junto al mensajero de la ciudad, Ales, liderando el camino, mientras que la guerrera del sur marchaba sola a un lado de las filas de los caballeros de Andromeca.

-¿De qué tanto estarán platicando esos dos?- se preguntaba la guerrera al ver que Brynn y Ales conversaban continuamente.

De pronto una gran sombra oscureció la luz sobre ella haciéndola voltear; César se encontraba junto a ella mirándola juiciosamente.

-¿Qué quieres?- preguntó molesta Marina.

-¿Por qué estás aquí? ¿Por qué arriesgas tu vida por una recompensa?- preguntó intrigado el enorme guerrero.

-No todos tenemos la fortuna de vivir eternamente en un palacio... o en una ciudad donde todo te regalan.

-Andromeca es próspera... pero también las ciudades del sur, seguramente en todos tus años de mercenaria has amasado una gran fortuna.

-¡¿Una gran fortuna?!- Marina estalló en risas y tuvo que detener su paso para recuperar el aliento- En verdad que no podrían estar más ciegos, ¡en verdad creen que todo Armoria es como su hermosa ciudad de los dioses! Déjame decirte algo, enorme gorila, el resto de Armoria es una mierda ¡una mierda!, una enorme pila de estiércol repartida entre bosques, montañas, pantanos y arena, y sobre esta pila de mierda se encuentra un precioso diamante, Andromeca. ¿Hace cuánto dejaste de pagar por comida y bebida porque el mercader era tan rico que no necesitaba dinero? En el sur si quieres una maldita ciruela tienes que ganártela, ¿quieres ropa? O la cazas o la compras, ¡nada es regalado! Y deberías ver a las ciudades centrales... ¡Estamos en un maldito bosque plagado de demonios, maldita sea! Mon Aloth es ahora cenizas, probablemente Ogathas también... ¿Por qué estoy aquí? ¡Porque esa maldita espada pagaría la comida de toda una vida!- la voz de la guerrera se había alzado a tal grado que había llamado la atención de varios guerreros, entre ellos la de Brynn- ¿Puedes pensar en una mejor razón para estar aquí?

-Honor...- sonó la voz de Brynn, quien se acercaba con paso pesado hacia la guerrera- Si buscaras solo recompensa podrías haberte llevado mi espada y venderla con algún mercader, podrías haberla fundido y venderla como joyas, podrías ser un bandido, un criminal, pero estás aquí ¡aquí! Después de haber defendido a Mon Aloth, después de haber peleado contra esos demonios planta ¡estás aquí! ¿Crees que somos muy diferentes de ti? Las riquezas, comodidades, lujos, nada de eso importa cuando tienes un arma en la mano, nada de eso importa cuando dedicas tu vida a un ideal, a una misión, cuando ves directamente hacia el abismo y este te sonríe de regreso. Estás aquí por tu honor de guerrera, o de asesina, pero no estás aquí por dinero, esa es la excusa de mierda que te dices para justificar que eres una mercenaria.

Marina observaba a Brynn con la quijada trabada y rechinando los dientes mientras cerraba los puños haciendo crujir sus dedos.

-Armoria es una pila de mierda, demonios plagan estas tierras, la inmortalidad es una maldición ¡no un regalo! Los dioses nos han abandonado, sus campeones han desaparecido, la locura cae sobre los hombres como lluvia de verano... pero aún existe el honor, y mientras exista habremos seres como tú y yo, y esa similitud pesa más que cualquier diferencia.

El sonido de un estrepitoso trueno interrumpió a los guerreros, el cielo se había nublado en un instante y las aves salieron despavoridas de las copas de los árboles.

-Pronto lloverá y necesitaremos refugio- dijo Ales con voz pausada- Ogathas está a un par de minutos más de camino, debemos seguir nuestro rumbo.

Brynn no volteó a ver al mensajero, sus ojos azules seguían clavados en Marina.

- Te sigo...- murmuró la guerrera entre dientes, haciendo un ligero ademán indicándole al lobo de plata que siguiera su camino.

Brynn regresó junto a Ales y la marcha prosiguió, César no supo qué decir y regresó a las filas de Andromeca, sin embargo de vez en cuando aún miraba de reojo a Marina.

El cielo ahora era gris, los rayos naranjas del atardecer se colaban entre las nubes grises de tormenta, una ligera neblina comenzaba a levantarse creando figuras espectrales en el camino.

-Ahí está, la Fortaleza de Hierro, ¡Ogathas!- exclamó Ales con alegría.

Entre la neblina se apreciaba una imponente estructura en forma de rombo. Negra como la noche más oscura, de hierro forjado, cada parte de ella estaba cubierta por picos que la defendían de ataques y posibles intrusos, sus paredes eran tan altas que tenías que doblar el cuello hasta hacer tocar la nuca con la espalda para poder ver el final, tan solo un par de pequeñas ventanillas adornaban las paredes incrustadas de picos, estas ventanillas eran las torres de vigilancia empotradas en la muralla de acero.

-¿Cómo es posible que una estructura así sea invadida por demonios?- murmuró César al oído de Brynn.

-Los demonios pueden invadir de distintas maneras, César- la voz de Brynn era espectral, parecieses que cada palabra estaba plagada de recuerdos... y así era, Brynn recordó como su hermano, viviendo en la seguridad del palacio, protegido por la gran muralla de Andromeca, había sido infectado por el mal de Alithia.

Al acercarse más la bruma se iba dispersando dejando ver a un círculo de centinelas rodeando la muralla de hierro, cada centinela medía al menos dos metros de alto, y eran tan fornidos como un oso o un gorila, portaban pesadas armaduras de hierro con cascos incrustados con picos y cuernos que les cubrían totalmente el rostro, sus escudos eran del tamaño de una puerta, algunos portaban enormes lanzas, mientras que otros cargaban con una sola mano espadas que necesitarían de dos hombres para ser levantadas del piso.

Los centinelas comenzaron a golpear sus escudos contra el suelo haciendo temblar la tierra debajo de ellos.

-¿Qué están haciendo?- preguntó en silencio César.

-Nos dan la bienvenida- contestó pausadamente Ales mientras descendía de su caballo.

Entre el silenció del bosque solo tres sonidos se hacían presentes; los truenos de la inminente tormenta, el golpeteo de los escudos de los centinelas, y un extraño jadeo, como un rugido grave que trata de salir de una garganta cerrada... este jadeo provenía de los centinelas, como el ruido de un panal de abejas.

Una voz grave y ronca se hizo sonar desde las alturas de la fortaleza.

-¡¿Quién carajos está ahí afuera?!

-¡Soy yo, Majestad, Ales!

-¿Majestad?- se preguntó Brynn confundido, ¿por qué el Rey Obren de Ogathas sería el portero de la ciudad?

-¿Ales? ¡Ales! ¡Maldito pedazo de carbón! ¡¿Qué haces allá afuera?!- un chorro rojo cayó del cielo salpicando los pies de Ales, era vino de la copa que cargaba el Rey.

-Traigo valientes guerreros de la ciudad de Andromeca que han jurado ayudarnos a vencer a los demonios.

-¿Demonios? ¡¿Qué demonios...?! ¡Por supuesto! ¡Los demonios! ¡los bastardos demonios que nos han azotado! ¡Abran las puertas a nuestros valientes invitados!

Una de las paredes escupió polvo hacia los guerreros, y comenzó a dividirse en dos justo frente a sus ojos, dejando anonadados a todos los espectadores, la puerta estaba perfectamente camuflada con la pared, si no la hubieran abierto jamás hubieran dado con ella.

Poco a poco los guerreros comenzaron a avanzar por el inmenso umbral, el eco de sus pasos contra el hierro sonaba por toda la fortaleza, los centinelas habían dejado de hacer sonar sus escudos, pero el jadeo continuaba y era cada vez más perturbador.

Una vez que todos los guerreros habían ingresado las puertas de hierro comenzaron a cerrarse chillando como puercos, un golpe seco anunció que las puertas estaban completamente cerradas.

Un largo pasillo de hierro se abría camino ante las tropas de Brynn, y al final del túnel una tenue luz anunciaba el ingreso a la ciudad de Ogathas. Con paso lento y precavido los guerreros siguieron a su guía, Ales, por el túnel de hierro. Las paredes eran totalmente lisas, sin grietas o cavidades, no había bancas, barriles, guardias, nada, era un pasillo casi interminable de hierro, el eco de los pasos resonaban en los oídos de todos, se percibía un ambiente de desesperación ante tanta calma encerrada en el túnel.

Al salir la tenue luz del atardecer les lastimó los ojos obligándolos a cubrirse con las manos, una vez que sus pupilas se habían acostumbrado, frente a ellos se dibujaba una ciudad gris y fría, con construcciones de piedra, hierro y madera que se empalmaban una sobre la otra, la neblina se asentaba entre los pasillos de la ciudad creando una atmósfera fantasmagórica.

-¡Bienvenidos a Ogathas!- Sonó una voz grave detrás de ellos obligándolos a voltear. El Rey Obren había descendido de la muralla y se encontraba dándoles la bienvenida a los guerreros de Andromeca. Era un hombre alto, fornido de brazos y piernas, sin embargo cargaba con una gran panza que apenas podía contener su armadura. Su cabello comenzaba arriba de las orejas y le daba la vuelta a su cabeza, dejando caer largos cabellos chinos y negros que se fundían con su espesa barba y bigote, su calva reflejaba los últimos rayos de sol; sus ojos eran negros como la noche y sus mejillas rosadas como su vino, junto a él se encontraba un guardia distinto a los centinelas de la entrada, el guerrero era más pequeño que el rey, y mucho más delgado, su armadura negra estaba totalmente forjada de hierro, su casco le cubría por completo la cara y portaba una cresta en media luna horizontal.

Brynn hizo una reverencia saludando al rey, sus hombres hicieron lo mismo de inmediato, sin embargo Marina permaneció de pie observando cada centímetro de la ciudad, estudiando al rey y a su guardia.

-Hemos venido a ayudar en la lucha contra los demonios que atacan su ciudad, majestad- habló firmemente Brynn, el lobo de plata.

-¡Alabados sean los dioses!- exclamó el rey- Pero han de estar exhaustos, permítanme extenderles la hospitalidad de Ogathas, les prepararé un festín digno de los caballeros de la Ciudad de los Dioses.

-¿Festín? Creí que estaban sitiados...- murmuró César a los oídos de Brynn, pero el general lo calló con un rápido movimiento de su mano.

-Sería un honor, majestad- contestó el lobo de plata.

-¡Perfecto! ¡Ales! Lleva a nuestros invitados a sus habitaciones, la cena estará lista en un par de horas.

Ales hizo una reverencia hacia el rey, y con un sutil ademán le indicó a los guerreros que lo siguieran.

Marina se había quedado rezagada mientras continuaba observando la ciudad de hierro, algo no le parecía correcto, el ambiente, el lugar, el olor, algo había en Ogathas que le ponía la piel de gallina.

-¿Dónde están todos los habitantes?- se preguntó la guerrera.

XIV

Un festín entre las sombras.

Mientras Ales dirigía a las tropas de Brynn entre los pasadizos de la ciudad, Marina decidió alejarse del grupo para investigar por qué no había nadie en las calles. Poco a poco fue avanzando más lento que el resto de los guerreros hasta que estos se perdieron entre la neblina que comenzaba a cubrir a la ciudad, una vez que estuvo completamente sola cubrió su rostro con la capucha negra y se perdió entre las sombras de la ciudad.

Brynn también había notada la ausencia de personas en la ciudad, todo sobre Ogathas le erizaba la piel; los centinelas, el Rey Obren, las enormes estructuras de hierro, sentía una presencia demoniaca en el aire, lo que le era aún más extraño ya que en todo el camino no hubo ningún indicio de la presencia de demonios, para ser una ciudad que había sido sitiada se encontraba en perfectas condiciones a no ser por la extraña ausencia de personas en las calles.

-¿Por qué no hay nadie en la ciudad?- preguntó el caballero de plata a su guía.

-¿A qué te refieres?- contestó Ales sin detener el paso.

-¿A qué me refiero? A que no hay nadie en las calles, no hay mercaderes, familias, guardias, no hay personas asomadas en las ventanas, ni hombres trabajando.

-¡Oh, eso! En Ogathas existe toque de queda desde que los demonios atacaron, el cobijo de la noche parece alentar a los demonios, nuestra gente está más protegida dentro del refugio de sus casas.

-¡O está atrapada, e indefensa! ¡Como bestias en corral!- explotó César, pero fue tranquilizado por un ademán de Brynn.

-También protegemos a nuestros ciudadanos de ellos mismos, los demonios han demostrado poder adquirir diversas formas, nos han atacado desde los más imponentes espectros hasta diminutos insectos infectados, incluso algunos... tomaron la forma de hombres. Encerrados en sus casas, si alguno de ellos llegara a transformarse, lo sabríamos de inmediato y la amenaza estaría contenida.

Las palabras de Ales golpearon el corazón de Brynn, "tomaron la forma de hombres" ¿acaso ese era el futuro que le esperaba a su hermano?

-¡Así que utilizan a su propia gente como carnada!- César avanzó hasta el guía y con sus fuertes brazos lo levantó del suelo obligándolo a verlo a los ojos. La cicatriz en su rostro palpitaba y sus dientes rechinaban entre ellos-. ¿Cómo pueden ofrecernos un festín cuando su gente está presa en su misma ciudad? ¿Dónde están los demonios que dijiste habían azotado a tu pueblo? ¿¡Dónde?!

-Esta debe ser la primera vez que escucho a alguien molesto por no estar rodeado de demonios- contestó Ales a duras penas.

-¡Te burlas!- César estaba al borde de la locura, si Brynn no lo hubiera obligado a soltar a su guía, el enorme caballero hubiera aplastado los huesos de Ales.

-Si el pueblo de Ogathas está a salvo no hay nada que reprochar- dijo Brynn limpiando las vestimentas de Ales-, pero quizá un festín a forasteros no es lo más apropiado.

-Quizá...- contestó Ales retomando el paso- pero órdenes son órdenes.

La discusión murió en ese momento ya que ante ellos se elevaba el palacio real de Ogathas, un gigantesco cilindro de hierro rodeado de picos con tan solo unas cuantas ventanillas que adornaban la cima de la torre, y una enorme puerta de hierro que les impedía el paso.

Ales sacó de entre sus ropajes una larga llave de metal y se acercó a la puerta, ante él un rostro de hierro forjado abría sus fauces pidiendo la llave que cargaba el mensajero; al introducirla una serie de engranes y poleas comenzaron a moverse frenéticamente elevando en su totalidad a la pesada puerta.

Las tropas de Brynn entraron al palacio, admirados por la ingeniería de la puerta de hierro, una vez cruzado el umbral Ales activó una palanca que hizo descender de nuevo a la puerta, se acercó a ella y con la misma llave hizo cerrar de nuevo los cerrojos. De inmediato una serie de antorchas iluminaron el interior del palacio, mostrando la oscura belleza de su interior.

Las paredes de hierro reflejaban el calor de las antorchas, poco a poco el metal que sostenía la lumbre se enrojecía provocando un espectáculo hermoso y a la vez aterrador.

Uno de los caballeros, que había comenzado a sudar, estuvo a punto de preguntar cómo era posible que aguantasen semejante calor, pero sus dudas fueron disipadas cuando del techo se abrieron varias ventanas circulares dejando caer sobre ellos una brisa refrescante.

Algunas de las antorchas se apagaron mientras que otras bajaron su intensidad.

-Todo parece estar automatizado- señaló Brynn mientras se maravillaba por la tosca belleza de la torre de hierro.

-Así es- contestó Ales-, las antorchas se prenden cuando hay gente en la habitación y conforme pasa el tiempo se turnan para no sobrecalentar el metal, los escapes de viento transportan la brisa por todo el palacio descargando ráfagas de aire para mantener fresca la torre.

-El aire es transportado de la ventanas en la cima de la torre, ¿no es así?- preguntó Brynn.

-En efecto, la torre está fortificada y solo existe una entrada, la puerta principal, por lo que no hay ventanas, pero los conductos en la cima nos proveen de aire.

-¡Qué maravilla de ingeniería!- exclamó el guerrero que había matado su pregunta ante las ráfagas de viento- debió haber tomado siglos crear algo así.

-Mucho más, joven guerrero- contestó Ales- pero antes los conductos solo servían para refrescar el jardín subterráneo del rey, la torre solía tener ventanas y balcones, pero los constantes ataques de demonios nos obligó a soldarlas.

-¿Constantes? Pensé que habían sido atacados hace horas- exclamó el guerrero cuyo nombre era Sandro.

-Ese fue el último ataque, Ogathas ha sido un faro para los demonios desde hace mucho tiempo.

Sandro y el resto de los guerreros de Andromeca se miraron en silencio, algo no cuadraba en la historia de Ales, y poco a poco la ausencia de más personas les comenzaba a alterar los nervios, ¿dónde estaban los sirvientes? ¿los guardias? ¿la familia real?

-Por favor síganme, la cena estará lista en un par de horas, mientras tanto pueden descansar, curar sus heridas y recuperar sus energías.

Ales guió a los guerreros por unas escaleras en espiral que subían y se adentraban en la torre como los túneles que deja un gusano en una manzana.

-Aquí puede descansar hasta media docena de ustedes- dijo abriendo la puerta a una enorme habitación con doce camas- los demás descansarán un piso más arriba.

A pesar de no ser del agrado de muchos, en especial de Brynn, los guerreros tuvieron que elegir y separarse.

Sandro y once guerreros más se quedaron en la primera habitación, Brynn, César y los demás siguieron a Ales un piso más arriba.

-En esta habitación pueden descansar el resto de ustedes- Ales abrió la puerta e invitó a los guerreros a pasar, pero cuando Brynn quiso entrar fue detenido por el guía- usted no, mi señor, el Rey siempre ofrece a los generales una habitación particular.

-Mi lugar es con mis hombres, Ales, muchas gracias- Brynn apartó al guía con un movimiento de su mano y continuó su camino, pero de nuevo fue detenido por una fuerte mano que le apretaba el brazo.

-Me temo que debo insistir- Brynn miró con furia a Ales y cerró los puños preparado para obligarlo a soltar su brazo, pero su furia fue calmada por las palabras del guía-, no es mi decisión, no me causa placer, por mí pueden dormir dónde quieran, pero órdenes son órdenes, y si yo no las cumplo el castigo es mío, la culpa es mía, y los he traído para solucionar nuestros problemas no para causar nuevos.

Brynn asintió con la cabeza, después de todo era un hombre de honor y un caballero, y dejó que Ales lo guiara un piso más arriba hasta su habitación.

Marina deambulaba por las calles de Ogathas cuando una tormenta se desató sobre el bosque y la ciudad, la furia de la lluvia era tal que riachuelos se desbordaban sobre las escaleras de la ciudad de hierro. Rápidamente buscó refugio en una de las casas de la ciudad pero nadie atendió su llamado, trató de asomarse por las ventanas pero estas estaban selladas; intentó lo mismo en cinco casas distintas mientras la lluvia y el viento golpeaban su cuerpo, pero nadie abría la puerta. La desesperación de la guerrera llegó a un punto de quiebre y la obligó a tomar vuelo y arrojarse contra una de las ventanas de madera de una casa, la fuerza de su cuerpo fue tal que destruyó la ventana dejando a la guerrera adolorida en el piso de una habitación.

-¡Hola! ¡Perdón por la interrupción, pero se está cayendo el maldito cielo allá afuera!- exclamó la guerrera incorporándose mientras se quitaba el polvo de la ropa- ¡¿Hay alguien aquí?!

Pero nadie contestó, el único ruido que se escuchaba era el incesante golpeteo de las gotas sobre la ciudad. Los relámpagos iluminaban por segundos la habitación en la que se encontraba Marina, era un cuarto sencillo, con una cama y un ropero, y nada más. Un extraño olor inundaba la habitación, no era desagradable, al contrario, era dulce y penetrante, conforme se acercaba a la puerta el olor era más intenso.

Al tratar de abrir la puerta esta no cedió, la manija daba vueltas como si no estuviera cerrada con llave, pero la puerta no se abría, era como si algo del otro lado la detuviera.

-¡Hola! No quiero importunar, ¿hay alguien ahí?- Marina tocó varias veces a la puerta, pero nadie contestó. La curiosidad se apoderó de ella y de nuevo se vio en la necesidad de tomar vuelo y patear con todas sus fuerzas la puerta hasta hacerla caer.

De inmediato el olor dulce inundo sus fosas nasales, una luz ámbar iluminaba la habitación de manera intermitente, el piso estaba cubierto de una extraña sustancia como cera... de hecho, toda la habitación estaba cubierta de esta sustancia, las paredes estaban adornadas por agujeros en forma de rombo, y del techo cuatro protuberancias envueltas en cera emitían destellos ámbar que salían de una bolsa viscosa que colgaba de ellas.

-¿Qué carajos...?-el instinto le hizo desenvainar su espada de cristal- Esto parece un... un panal, esta casa ha sido transformada en un panal- No había terminado de murmurar sus palabras cuando un terrible sonido le erizó la piel y la hizo voltear al techo, las protuberancias habían suspirado y comenzado a inflarse como si respiraran.

De inmediato una de las protuberancias se dejó caer quedando colgada del techo justo frente a Marina; la guerrera sintió un grito ahogarse en su garganta pues ningún sonido pudo salir de su boca. La cera que envolvía a la protuberancia comenzó a derretirse rápidamente dejando ver el rostro invertido de un ser humano, los otros tres capullos descendieron del techo y de igual manera mostraron un rostro invertido debajo de la cera que los cubría.

La realidad de la situación era evidente para Marina, el rostro frente a ella era el de un hombre maduro, junto a él un rostro de mujer con rasgos finos se pandeaba a centímetros del suelo, y los otros dos capullos... escondían los rostros de dos niños.

Las bolsas viscosas que emitían la luz ámbar comenzaron a contorsionarse como si cientos de gusanos se movieran dentro de ellas. Marina estaba petrificada, el ruido de la lluvia sobre el techo, los rayos, y la infernal imagen que tenía ante sus ojos habían empotrado sus piernas en suelo, atrofiadas por el miedo y el asco.

Los ojos del rostro frente a la guerrera se abrieron y la miraron fijamente, la boca se abrió emitiendo un suspiro que congeló la sangre de la asesina del sur. En un arranque de coraje Marina blandió su espada contra el capullo, cercenando la cabeza de un solo golpe. Los movimientos en la bolsa viscosa se detuvieron en seco y dejó de emitir luz ámbar, pero comenzó a supurar por la herida una extraña sustancia parecida a la miel pero del color de la sangre.

-¡Qué asco!- exclamó Marina levantando sus botas que se habían empapado de esta sustancia. De pronto la bolsa viscosa explotó, dejando salir una docena de gusanos del tamaño de medio brazo de un hombre adulto, tenían bocas por todo el cuerpo y se contorsionaban al moverse, de inmediato las demás bolsas en los otros capullos comenzaron a reventarse.

No tuvo que pensarlo dos veces antes de salir corriendo sorteando los capullos colgantes y evitando a los asquerosos gusanos, salió por la ventana de la habitación por la que había entrado, buscó entre sus ropajes una esfera negra como la que había utilizado en Mon Aloth para prender su espada con fuego, y se dispuso a arrojarla dentro de la casa cuando su mano fue detenida por el fuerte puño de un caballero con armadura negra.

Era el guardia personal del rey Obren, su armadura le cubría todo el cuerpo y se confundía con la oscuridad de la noche, solamente la luz de los relámpagos iluminaba su cuerpo.

-¡Suéltame! ¡Esta casa está infestada de demonios! ¡Tenemos que incendiarla antes de que se esparzan!

Pero el caballero negro no dijo nada, seguía sosteniendo firmemente la mano de Marina mientras ella forcejeaba para librarse.

-¡Suéltame maldito idiota!

El caballero aplastó la mano de la guerrera haciendo explotar la esfera negra, un grito de agonía se hizo escuchar en toda la ciudad, superado tan solo por los truenos de la tormenta, la mano de la guerrera se había incendiado hasta los huesos al igual que la del guardia, sin embargo este seguía sosteniéndola con fuerza. Marina no podía pensar, el dolor era insoportable, el olor a piel quemada le provocaba nauseas, todas sus fuerzas se habían desvanecido, su vista era nublosa y le costaba respirar.

El guardia negro la alzó frente a él y con la otra mano golpeó fuertemente el estómago de la guerrera haciéndola escupir sangre y tirar su espada.

Mientras se recuperaba del dolor escuchó al guardia suspirar tal cual lo habían hecho los capullos dentro de la casa; sintió cómo el caballero balanceó su cuerpo con la clara intención de arrojarla de nuevo dentro de la casa, pero en un último arranque de supervivencia Marina aprovechó el balanceo para tomar su espada y clavársela por debajo de la barbilla al caballero.

De inmediato el caballero soltó a Marina, dándole la oportunidad de utilizar todo su peso para clavar hasta el fondo su arma. La espada de la guerrera salía por encima del cráneo del caballero de la armadura negra, levantando su casco dejando ver un rostro decrépito completamente cubierto por lo que aparentaban ser piquetes de abeja, la coyuntura de sus labios estaba cosida con alambres al igual que sus ojos.

El cuerpo del caballero comenzó a contorsionarse y del pequeño orificio de su boca comenzaron a salir horribles insectos que caminaban por su rostro. Intentó agarrar de nuevo a la guerrera, pero esta vez Marina fue más rápida y esquivó el ataque, recogió su espada haciendo caer al casco sobre los hombros del guardia y rápidamente se posicionó detrás de él para asestarle una fuerte patada que lo arrojó dentro de la casa.

Los gusanos gigantes comenzaron a morder el cuerpo del caballero mientras que los insectos que emanaban de entre los pliegues de su armadura entraban por los orificios de las criaturas y comenzaban a consumirlos por dentro.

En agonía y a punto de desmayarse, Marina tomó otra esfera negra y la arrojó con todas su fuerzas a la habitación la cual de inmediato se prendió en llamas, mismas que comenzaron a consumir a los demonios dentro de ella.

Tambaleándose comenzó a caminar entre las calles de Ogathas buscando acercarse lo más posible a la gran torre de hierro en busca de Brynn y los demás, sin embargo el dolor y las náuseas la obligaron a frenar su paso y vomitar en uno de los callejones. Las rodillas le temblaron y tuvo que sostenerse contra una ventana cerrada de una de las casas; al recargar su frente contra la madera para tratar de recobrar el aliento escuchó dentro de la habitación un suspiro idéntico al de los capullos, y fue entonces cuando lo supo... todas las casas de Ogathas eran ahora panales para incubar demonios, toda la ciudad se había transformado en una gigantesca colmena.

Tres golpes secos sonaron en la gruesa puerta de madera de la habitación, el contraste entre el hierro y la madera hacía parecer al cuarto una celda o calabozo. La claustrofobia que se sentía en la habitación tan solo era soportable por el constante suministro de aire a través de los conductos en el techo.

-¡Ya era hora!- exclamó Sandro quien se levantó de su cama para abrir la puerta.

-Valientes guerreros de Andromeca, la cena está servida- Ales ahora vestía unas finas sedas de color púrpura y su semblante se notaba más tranquilo y relajado.

Los caballeros de la Ciudad de los Dioses se habían despojado de sus armaduras, mas no de sus armas.

-Les aseguro que no es necesario portar sus armas en el gran comedor.

-Somos caballeros, no comensales, nuestras armas viajan con nosotros- contestó Sandro.

-Si así lo desean- Ales hizo un gentil ademán invitando a los guerreros a salir de la habitación y acompañarlo.

Mientras subían varios pisos más, Sandro notó la prácticamente idéntica estética de todos los niveles de la torre. Cada piso era exactamente igual al anterior, mismo número de antorchas y conductos de aire, mismo número de habitación, la total ausencia de adornos.

-¿Dónde está el general Brynn y el resto de las tropas?- preguntó el guerrero.

-Los demás caballeros, incluyendo al general, se han adelantado y los están esperando en el gran comedor.

Ales llevó a los guerreros hasta un piso ligeramente distinto a los demás, en lugar de varias habitaciones tan solo contaba con una gran puerta de hierro al final de un corto pasillo iluminado por antorchas. De nuevo el guía utilizó su llave en la puerta y de inmediato se escuchó el sonido de los engranes que comenzaron a ocultar hacia la derecha la gigante pieza de hierro.

-Por favor síganme- Ales entró a la oscuridad de la habitación desapareciendo entre las sombras.

Sandro y los demás se quedaron fuera de la puerta mirándose en silencio, algo no estaba bien; el caballero tomó su espada y la desenvainó un par de centímetros indicándole a sus compañeros que estuvieran alertas y en guardia. Poco a poco comenzaron a entrar entre las sombras hasta que todos se encontraron dentro de la habitación.

-Muchas gracias- susurró Ales saliendo rápidamente de la habitación, cerrando la puerta.

Los gritos de los guerreros apenas podían escucharse a través de la enorme estructura de hierro.

Tres golpes secos sonaron en la puerta de la habitación donde se encontraban César y los demás.

-Valientes guerreros de Andromeca, la cena está... ¡general Brynn!- al abrir la puerta Ales se encontró frente a frente con el lobo de plata, vistiendo aún su armadura y cargando su espada- ¿Qué hace en esta habitación?

-Ya estuve en mi habitación, me limpié y afilé mi arma, ahora estoy con mis hombres, donde es mi lugar, de hecho pienso bajar para platicar con el resto de la compañía.

Ales sintió como si un balde de agua fría le cayera encima.

-No hace falta, general, sus hombres ya lo esperan en el gran comedor.

-¡Perfecto! Morimos de hambre, ¡vamos!

Ales hizo una ligera reverencia y comenzó a guiar a Brynn y al resto de sus tropas hasta el gran comedor. De nuevo sacó su llave de entre sus ropas y accionó los engranes que hicieron mover a la pesada puerta de hierro.

-Después de ustedes, general- dijo el guía indicando con su mano el interior de la habitación.

Brynn fue el primero en entrar, seguido de sus caballeros, una vez dentro escuchó como la puerta se cerraba tras de ellos.

-Por favor, tomen asiento- Las antorchas iluminaban una mesa rectangular gigante, con todos los asientos vacíos a excepción de la cabecera, donde se encontraba el Rey Obren. Ales se adelantó y tomó asiento a la derecha del rey.

-¿Dónde está el resto de mis hombres?- preguntó molesto Brynn tomando ligeramente el mango de su espada.

-Como puede ver, general, nuestra mesa es grande, mas no lo suficiente para atender a todo un batallón, por eso cenamos por tiempos, mis sirvientes ya tuvieron el placer de atender al resto de sus hombres.

-Su mensajero dijo que nos estaban esperando- contestó César dando un paso al frente.

-¿Eso dijo? Ales tan solo sigue órdenes, quizá sintió que tomarían como ofensa el que los hubiéramos separado para cenar, me disculpo por las palabras de mi sirviente. Pero por favor, tomen asiento.

Recelosos tomaron asiento, Brynn en la cabecera opuesta al rey, César a su izquierda, y el resto de los caballeros en los demás lugares.

-¿Y bien? ¿Qué les parece Ogathas hasta ahora?- preguntó el Rey.

-Vacío...- contestó César.

-Es verdad, el toque de queda le ha quitado la vitalidad a nuestra ciudad... pero al menos nos mantiene seguros.

-Hablando de eso, majestad, su ciudad parece estar en perfectas condiciones, cuando Ales nos encontró mencionó una escena muy diferente a la que hemos vivido- dijo Brynn.

-¡Ogathas resiste! ¡Ogathas es fuerte!- La enorme panza del rey hacía temblar la mesa- Los demonios no son un problema esta noche.

-Entonces no veo razón para quedarnos, no quiero ser descortés, pasaremos la noche en su ciudad agradecidos por su hospitalidad, pero partiremos antes de que el sol salga mañana.

-¡Ah! Pensé que los caballeros de Andromeca nunca le daban la espalda a una batalla.

-¡Cuando la hay! ¡Pero aquí no hay nada! ¡Ni demonios, ni gente!- explotó César.

-Siento mucho que piensen de esa manera, caballeros, sobretodo porque al marcharse antes de que salga el sol seguirán sin ver lo hermosa que es la ciudad con vida, deberían al menos quedarse hasta que todas las puertas de la ciudad se abran nuevamente.

- Lo lamento, majestad, pero partimos mañana.

Por un momento el gran comedor se quedó en total silencio, interrumpido por momentos con el sonido de los ductos de ventilación abriéndose.

-¡Está bien!- exclamó el rey entre carcajadas- Entonces hagamos que esta noche valga la pena, ¡Ales! Ve por los sirvientes para que sirvan la cena.

-Sí, majestad- Ales se levantó solemnemente de la mesa y desapareció detrás de una puerta de madera empotrada en la pared.

La tensión podía cortarse con un cuchillo, nadie de los presentes hablaba, ni siquiera el rey, tan solo se miraban en silencio.

El ruido de los conductos de aire y el crujido de las flamas en las antorchas rompían el silencio por momentos.

-Me comenta Ales que los encontró en Mon Aloth... ¿Cómo está la ciudad?- preguntó el Rey dándole un largo sorbo a su copa de vino rojo.

-Destruida... majestad- contestó tajantemente Brynn.

-¡Oh, ya veo! Es una verdadera pena, ¡hermosa ciudad!-el Rey le dio otro gran sorbo a su copa de vino y se reclinó sobre el respaldo de su silla-... hermosa en verdad.

Por unos momentos de nuevo invadió el silencio al comedor, la impaciencia de los guerreros se hacía notar en sus gestos y movimientos; algunos jugaban discretamente con los cubiertos, otros golpeaban el suelo con sus pies, algunos, como César, frenéticamente buscaban a su alrededor algún indicio de Ales y la cena.

-No desesperen caballeros, pronto llegará la cena- contestó el Rey con una ligera sonrisa en su rostro.

Después de que los conductos de aire dejaran caer la brisa sobre la mesa se empezó a escuchar un ligero zumbido que poco a poco se hacía más fuerte. Al principio solo Brynn lo detectó y de inmediato volteó la mirada hacia una de las puertas de madera que daban al comedor, sin embargo ninguno de sus caballeros parecía escuchar aquel ruido. No obstante el zumbido comenzó a hacerse cada vez más notorio.

-¿Qué es ese ruido?- preguntó César moviendo la cabeza tratando de descifrar el origen del zumbido.

-Deben ser las antorchas- contestó el Rey sin prestarle mucha atención al comentario.

-No, no son las antorchas...- Brynn posicionó su mano sobre el mango de su espada alertando a sus caballeros.

En ese momento las dos puertas de madera se abrieron y entraron seis enormes sirvientes vistiendo túnicas doradas que les cubrían todo el cuerpo, y una capucha larga que evitaba se les viera el rostro. Los sirvientes cargaban bandejas de oro que fueron posicionando frente a los caballeros de Andromeca.

Ales entró a la habitación después de los sirvientes y tomó su lugar junto al Rey, los demás sirvientes rodearon la gran mesa y permanecieron estáticos detrás de los caballeros.

Brynn notó que frente al Rey no había ninguna bandeja, de igual manera con Ales.

-¿No piensa acompañarnos para cenar, majestad?- preguntó Brynn.

-Me temo que cené junto a sus otros hombres, general, espero no le moleste que simplemente los observe.

-¿Y tú?- preguntó César mirando fijamente al mensajero de piel oscura y ojos verdes.

-Ales cenó junto conmigo- respondió tajantemente el Rey.

Algo desconcertaba a Brynn sobremanera, el zumbido parecía haber dejado de aumentar, sin embargo podía escucharlo en toda la habitación.

-Por favor, empiecen- dijo el Rey invitando a los guerreros a destapar sus bandejas y comenzar a cenar.

En ese momento por fin Brynn dio con el origen del zumbido, provenía de los enormes sirvientes en el comedor, era exactamente el mismo zumbido que escuchó al llegar a la ciudad y ver a los centinelas.

-¡Esperen! ¡No destapen las bandejas!- gritó Brynn levantándose de un salto de su silla y desenvainando su espada, pero ya era demasiado tarde, varios caballeros destaparon al unísono sus bandejas y fueron recibidos por enormes gusanos que los atacaron de inmediato.

Los sirvientes rompieron filas y se abalanzaron contra los caballeros, por segundos Brynn pudo esquivar el enorme puño de uno de ellos y con la poderosa Fergorn cortó la espalda de su atacante, sin embargo el sirviente no se inmutó y dando la media vuelta pateó al general mandándolo por los cielos.

César había escuchado la alerta de Brynn y de inmediato desenvainó su espada, sin embargo uno de los sirvientes lo atacó por la espalda estrellando su cabeza contra la mesa, la sangre explotó salpicando a los demás caballeros.

-¡César!- gritó Brynn abalanzándose contra el sirviente que lo había atacado. El sirviente destapó la bandeja de Brynn y tomó con una mano al gusano que se encontraba oculto en ella, la bestia se retorcía y chillaba como puerco en matadero, el sirviente arrojó al gusano con todas sus fuerzas pero este fue partido en dos por la espada del lobo de plata. Brynn atravesó el rostro de su oponente haciendo que la capucha cayera hacia atrás, lo que vio le heló la sangre.

En lugar de una cabeza su espada había atravesado lo que aparentaba ser un panal, pero forjado de carne humana. Al retirar su espada un chorro de una sustancia parecida a la miel comenzó a brotar de la herida, el cuerpo del sirviente se convulsionó mientras docenas de pequeñas patas comenzaban a rasgar el panal tratando de abrirse camino entre la piel, Brynn dio un paso atrás asqueado y observó a su alrededor como sus hombres peleaban con todas sus fuerzas contra los espectros gigantes, uno de sus caballero había cercenado la cabeza de su atacante, sin embargo del panal habían brotado asquerosos insectos voladores que lo atacaron sin piedad con sus aguijones.

Unas manos fuertes y poderosas alzaron al enemigo frente a Brynn arrojándolo por los aires contra una de las antorchas en la pared, el fuego comenzó a esparcirse por la bestia.

-¡César!- gritó Brynn lleno de alegría al ver que su amigo era aquel que había arrojado al monstruo. De inmediato César tacleó al demonio presionando su cuerpo contra el fuego. Las llamas consumieron el panal junto con los insectos, sin embargo comenzaron a expandirse al cuerpo de César.

El guerrero estaba cubierto de sangre y su cráneo estaba abierto de par en par.

-¡¿Qué carajos haces César?! ¡Te estás incendiando!- gritó Brynn corriendo a ayudar al enorme guerrero, pero fue detenido por un estridente grito.

-¡Ya estoy muerto general! ¡Todos lo estamos!- César detuvo a Brynn con un gesto de su mano, el general observó con lágrimas en sus ojos como el cuerpo de César comenzaba a llenarse de flamas, miró a su alrededor y notó como sus hombres peleaban frenéticamente contra los gusanos, los demonios enormes, y los insectos que emanaban de estos. Muchos de sus hombres eran ya no-muertos, sin embargo seguían peleando con todas sus fuerzas tratando de acercar a los demonios lo más posible a las antorchas.

Entre la conmoción logró ver al Rey Obren bebiendo de su copa de vino, sentado plácidamente disfrutando del espectáculo junto a su fiel mensajero Ales.

-¡Maldito bastardo!- gritó Brynn con todas sus fuerzas, sin embargo entre los gritos de sus hombres su voz se perdió y no llegó a los oídos del Rey. Dominado por la ira Brynn se subió a la enorme mesa y comenzó a correr hacia el rey esquivando a los gusanos.

Ales observó al lobo de plata abalanzarse contra ellos y empujó al rey de su silla salvándolo de la estocada de Brynn.

-¡Huya majestad!- gritó Ales mientras se interponía entre Brynn y el Rey, dándole tiempo de huir por una de las puertas de madera.

Brynn se arrojó contra Ales atravesándolo con su espada. El mensajero comenzó a reír descontroladamente, su quijada se dislocó y su rostro comenzó a partirse en dos dejando salir unas largas patas parecidas a las de una araña. Brynn trató de sacar su espada del cuerpo de Ales pero estaba atascada, de entre las patas de araña comenzó a asomarse un tentáculo grueso cubierto de dientes y trató de arrojarse contra Brynn, pero el rostro de Ales fue cerrado de golpe por dos fuertes manos cubiertas de llamas, el golpe fue tal que las patas y el tentáculo fueron cercenados y cayeron al piso.

-¡Pronto! ¡Ve por el Rey o sálvate! ¡Pero no te quedes aquí!- exclamó César cubierto de fuego, su voz estaba empapada en agonía y coraje. Tomó entre sus brazos a Ales y se arrojó nuevamente contra una de las antorchas.

-¡Caballeros de Andromeca!-exclamó Brynn- ¡Los que aún vivan, huyan! Y aquellos que han muerto...- Brynn observó a sus hombres mutilados, incendiados, con los huesos rotos y la carne desprendida de sus huesos- aquellos que han muerto... ¡Enséñenles a estos malditos demonios lo que es el verdadero infierno!

Las palabras de su general revivieron dentro de los caballeros un fuego mil veces más incandescente que el de las antorchas. Mientras que los caballeros que aún vivían tomaban del cadáver calcinado de Ales la llave de la gran puerta de hierro y escapaban, los caballeros que ahora eran no-muertos, comenzaron a destrozar a sus atacantes sin importar que estuvieran calcinados, infestados de insectos o con los huesos rotos, comenzaron a abalanzarse contra los demonios como si fueran bestias salvajes y desquiciadas. Ya no sentían dolor, ya no había miedo, lo único que importaba era demostrarles a esos bastardos que el verdadero terror... era enfrentar a un caballero de Andromeca.

XV

La Reina Madre.

Brynn descendió por la espiral de escaleras hasta llegar al salón principal por el cual habían entrado, frente a él se encontraba la imponente puerta de hierro, las antorchas iluminaban con fuerza las paredes de metal dejando círculos al rojo vivo. La imagen de sus hombres en agonía siendo masacrados carcomía la mente del caballero de plata, sentía que el mundo le daba vueltas, unas nauseas casi incontrolables golpeaban su estómago, el sudor frío que recorría su cuerpo le incomodaba y al mismo tiempo era un verdadero alivio cuando los ductos de ventilación le dejaban caer su brisa.

Se encontraba perdido, todas las puertas y escaleras subían hasta el gran comedor, era imposible que el rey Obren hubiera seguido su camino por alguna de ellas, en especial porque su enorme cáliz de vino se encontraba tirado a la mitad del gran salón.

Brynn cayó al suelo de rodillas y dejó caer su espada, por un momento permaneció en silencio con los ojos llenos de lágrimas, tan solo para explotar con un grito de desesperación que hizo eco en las paredes de hierro.

-¡General! ¿Se encuentra bien?- una voz familiar hizo salir a Brynn de su trance, cinco de sus hombres habían escapado de la masacre y se encontraban ahora en el salón principal, a pesar de estar heridos aún seguían vivos, habían evitado convertirse en no-muertos. La imagen de sus hombres casi le hace explotar el corazón de alegría al caballero de plata, quien de inmediato se levantó y abrazó a un par fuertemente.

-¡Lo lograron! ¿Y los demás?

Los guerreros no contestaron, tan solo bajaron la mirada y apretaron los puños. Brynn no supo que decir.

-General, tenemos la llave que utilizó Ales para abrir la puerta, ¡debemos escapar de inmediato!

-¡De prisa! ¡No podemos perder más tiempo!

Los caballeros corrieron hasta la puerta e insertaron la llave en el rostro de hierro, de inmediato los engranes y poleas comenzaron a elevar la gigantesca puerta.

Como un golpe en la cien, una terrible realidad invadió al caballero de plata.

-¡Marina! ¡¿Dónde está Marina?!

-¡Nunca entró con nosotros general!- durante todo este tiempo Brynn había enfocado toda su atención en lo extraño de la ciudad y la situación en la que se encontraba, después su mente se vio inundada únicamente por la masacre en el gran comedor, había perdido por completo el recuerdo de Marina, pero ahora que la puerta se había levantado y veía ante él la tormenta que azotaba la ciudad, la ausencia de la guerrera era evidente.

-¡Deben encontrarla! ¡Seguramente corre peligro!

-¡Pero general...!- el guerrero fue interrumpido por Brynn quien lo tomó de los hombros y lo miró fijamente.

-¡Nunca dejamos a nadie atrás! ¡Nunca!- los caballeros asintieron con la cabeza y traspasaron el umbral. Brynn estaba a punto de hacer lo mismo cuando escuchó el soplido de los ductos de ventilación y algo dentro de su memoria lo paralizo en seco, "... antes los conductos solo servían para refrescar el jardín subterráneo del rey". Las palabras de Ales resonaron en su mente como campanas, lentamente volteó hacia el gran salón y observó de nuevo como los ductos de ventilación se abrían para dar paso a la brisa.

-¡¿Qué sucede, general?! ¡Tenemos que irnos ahora!

-Vayan ustedes... yo... yo aún tengo algo que hacer.

-General ¡¿pero qué carajos está diciendo!?- Brynn no contestó, accionó la palanca junto a él y la enorme puerta de hierro comenzó a descender nuevamente- ¡General! ¡¿Qué carajos está haciendo?!

-Sálvense... y salven a Marina- estas fueron las últimas palabras de Brynn antes de que la enorme puerta de hierro cayera de nuevo. Los gritos de sus hombres eran casi imperceptibles a través del metal.

Poco a poco Brynn caminó hasta el centro del salón principal y esperó a que los ductos volvieran a abrirse; sintió la brisa refrescar su cuerpo y relajar sus músculos. Observó a su alrededor y notó que uno de los ductos se encontraba muy cerca de una estatua de hierro empotrada en la pared; el caballero enfundó su espada y se acercó a la estatua con paso ligero. La estatua representaba a Alithia, la reina de las bestias y la naturaleza; de nuevo los ductos se abrieron y dejaron caer sobre él la brisa del exterior, Brynn cerró los ojos y comenzó a contar- Cinco... cuatro... tres... dos...- con una fuerza impresionante en sus piernas brincó hasta afianzarse del rostro de la estatua y con sus poderosos brazos se impulsó hacia el techo-... uno...- el ducto de ventilación se abrió justo en el momento preciso para que Brynn entrara en él, con sus guantes de plata raspó el metal para afianzarse de él y comenzó a subir como cangrejo. Al poco tiempo se encontró con una intersección, el ducto se dividía hacia la derecha y hacia abajo; sin pensarlo dos veces Brynn se dejó caer por el ducto que descendía y comenzó un largó descenso que parecía no tener fin.

Ante él se abrió una compuerta y una luz ámbar inundó el ducto, de inmediato supo que había llegado al final de su camino y comenzó a frenar su descenso clavando sus guantes de plata en las paredes de hierro, sin embargo la caída fue dura y el dolor impresionante, escuchó el crujir de sus huesos y por más que intentó no gritar el dolor escapó de sus labios sin pedirle permiso.

-verdaderamente son únicos los caballeros de Andromeca...- una voz ronca y rasposa hizo despertar de su trance a Brynn, frente a él se encontraba el rey Obren dándole la espalda, el soberano contemplaba una enorme bolsa viscosa que palpitaba e iluminaba la habitación con su luz ámbar- teniendo la oportunidad de huir, algo que nunca sucede, has decidido perseguirme hundiéndote en lo más profundo de este infierno, ¡mi infierno!

Brynn apoyó su espada en el suelo para poder levantarse, el sabor de la sangre en su boca le hizo saber que la caída lo había dañado más de lo que esperaba.

-Había escuchado que el "lobo de plata" de la Ciudad de los Dioses nunca había sido herido en batalla, supongo que siempre hay un primera vez...

La habitación era un enorme panal cubierto de lo que aparentaba ser cera, cientos de capullos adornaban las paredes y docenas más colgaban del techo mientras goteaban miel roja.

-Habría pensado que un caballero de Andromeca temería ante todo volverse un no-muerto, así que ¿por qué estás aquí? ¿Acaso tu sed de venganza es tal que prefieres enfrentarme antes que huir?

El dolor punzaba cada parte del cuerpo de Brynn, sin embargo comenzó a acercarse con paso pesado hacía el Rey quien aún le daba la espalda.

-Quiero respuestas...- murmuró el caballero

-¿Respuestas?- el rey comenzó a reír a carcajadas- ¿qué clase de respuestas crees que escucharás? Cayeron en la trampa y ahora sufren las consecuencias, como moscas en telaraña.

-No ese tipo de respuestas...- Brynn arrastraba la espada cortando la cera del suelo, cada paso le hacía temblar las rodillas por el dolor- Todos estos demonios, todo este tiempo, Ales, los centinelas, la gente de la ciudad... y tú ¡intacto! ¿¡Cómo es eso posible!? ¿Cómo puedes ser inmune a la maldición de Alithia?

Por un momento el silencio se adueñó de la habitación, tan solo los suspiros de los capullos se alcanzaban a escuchar.

-Inmune...-murmuró el rey, tan bajo, tan callado, que tan solo los oídos expertos de Brynn lograron detectar su voz- todo comenzó en este lugar, lo que alguna vez fue un jardín subterráneo, hermoso y fresco, de la noche a la mañana amaneció convertido... en algo más.

Brynn se encontraba a tan solo pasos del rey, empuñó su espada levantándola del suelo dispuesto a atacar.

-Inmune, ¡Inmune! Cuando se trata de demonios solo existe una verdad universal...- Brynn se abalanzó contra el rey cortando el viento a su paso, pero su golpe fue detenido por las palmas del soberano que había dado la media vuelta con una velocidad sobrehumana- ¡Nadie es inmune a los demonios!

Lo que vio el caballero de plata le hizo vomitar en automático, la enorme barriga del Rey Obren se encontraba abierta como si sus intestinos le hubiesen explotado, su panza había estado conectada al enorme capullo frente a él y docenas de gusanos habían pasado de sus entrañas al enorme saco viscoso. El enorme hoyo supuraba sangre y miel roja, mientras que extraños y delgados tentáculos se agitaban dentro de él.

-¡También eres un maldito demonio!- exclamó Brynn zafándose del agarre del rey y retrocediendo de un brinco.

-No solo un demonio, caballero, el primero de Ogathas... un rey transformado en reina- la cabeza del Rey Obren comenzó a palpitar como si fuera un corazón, y extraños bultos aparecieron donde no había cabello; unas patas de insectos se abrieron camino entre la piel de la cabeza explotando hacia la superficie bañando de sangre el rostro del rey, un terrible chillido le heló la sangre a Brynn quien sin darse cuenta había estado retrocediendo presa del miedo.

-Pero... ¿por qué arriesgar tu vida por esta historia? ¿por qué abandonar a tus hombres para saber esto? No fue curiosidad ¡no!, fue algo más ¿pero qué?- la espalda de Brynn tocó la pared de cera- Acaso... ¡¡Acaso también estás infectado?! ¡Buscas la cura! ¡Pero no hay cura!- la risa del rey se mezclaba con los chillidos que emanaban de su cabeza- Pero no temas, pronto vivirás entre nosotros, y cuando mis hijos nazcan comenzará una invasión que ni todas las ciudades de Armoria podrán detener, tal y como ella lo predijo.

-¿Ella? ¿Quién es ella?- preguntó Brynn empuñando su espada.

-Pronto lo sabrás... todos lo sabrán- Un grito aterrador emanó de la cabeza del rey cimbrando las paredes haciendo convulsionar a los capullos. De inmediato la reina madre se abalanzó contra Brynn pero fue detenida por uno de los capullos del techo que descendió justo detrás del asqueroso insecto, deteniéndolo con un par de brazos que emanaron de entre la cera.

Un rostro apareció entre la cera del capullo, un rostro familiar que le alegró el corazón a Brynn para de inmediato destrozárselo.

-¡Sandro!- exclamó el general.

-Huya mi general, Detrás de usted la habitación continúa, la pared es tan solo cera... ¡Huya!

No hubo tiempo para ceremonias, Brynn comenzó a destazar la pared tras de él con la poderosa Fergorn, en poco segundos logró cortar una abertura lo suficientemente estrecha para dejarlo pasar.

-¡Huya general! ¡Ahora!- estas fueron las últimas palabras que escuchó Brynn antes de escapar por la abertura, sabía perfectamente que el rey devoraría a Sandro o peor, pero su sacrificio no sería en vano.

Brynn cojeaba por los pasillos subterráneos de Ogathas seguido muy de cerca por el ruido infernal de los rápidos pasos del rey, ahora la reina madre. El miedo y la desesperación se apoderaban poco a poco del guerrero de plata.

-¡No importa si huyes de mí! ¡No puedes huir de tu maldición! Si Alithia te ha tocado con su flama no hay nada que puedas hacer, pronto terminarás como yo, ¡serás uno de nosotros!- los gritos de Obren resonaban entre las paredes, pero más aún en la mente de Brynn y en su corazón; le enfermaba pensar que su hermano terminaría como aquellas criaturas.

Para recuperar su aliento se vio forzado a descansar su espada sobre la oscura pared de hierro, en pocos segundos sintió un terrible calor apoderarse de su armadura, de inmediato despegó su espalda y tocó la pared; por alguna razón estaba caliente, muy caliente. Recargó su peso para inspeccionar mejor el lugar, logrando así activar un mecanismo que hizo abrir una puerta frente a él, perfectamente camuflada como aquella de la entrada a la ciudad.

No había nada que pensar, era mejor ocultarse en aquel lugar que ser encontrado. Al entrar la puerta cerró automáticamente tras de Brynn, sin embargo no le importó, lo que tenía enfrente había cautivado absolutamente toda su atención, Gigantescas calderas alimentaban un centenar de tubos que se metían entre las paredes como si fueran serpientes, una docena de escapes soltaban vapor y silbaban como demonios.

El sistema que controlaba las calderas era extenso mas no complicado, de hecho era muy parecido a las calderas de Brizenger de Andromeca, quizá si pudiera sobrecalentaras haría explotar al palacio entero... a la ciudad completa, eliminando así a todos los demonios dentro de ella. Escapar sería complicado, pero no había otra opción.

Brynn comenzó a mover las manivelas y palancas hasta que el vapor dejó de salir por los escapes y comenzó a acumularse dentro de las calderas y tubos.

-Arde en el infierno maldito insecto...- Brynn activó de nuevo el mecanismo de la puerta y salió corriendo lo más rápido posible buscando una salida.

Los pasillos subterráneos de Ogathas parecían un laberinto y poco a poco las paredes comenzaban a sentirse calientes.

-Está funcionando...- una ligera sonrisa se dibujó en el rostro de Brynn- ahora debo encontrar una maldita salida.

Como si la hubiera invocado, frente a él se abría paso un pasillo que subía a la superficie. Rápidamente intentó correr hasta la puerta pero cada paso le dolía hasta el alma.

-Creo que tengo más huesos rotos de los que creí- se dijo a sí mismo mientras escupía sangre.

Al llegar a la puerta el pánico se apoderó de nuevo de Brynn al notar que estaba cerrada por afuera. El miedo y la desesperación le hicieron perder la cabeza y comenzó a reír a carcajadas.

-Perdóname Riquel... nunca debí dejarte solo, al menos hubiéramos sufrido juntos.

De pronto un chillido aterrador hizo eco entre los pasillos de hierro, de entre las sombras apareció el Rey Obren y comenzó a correr impulsándose con los brazos y piernas como si fuera un animal, chorreando sangre de entre sus entrañas abiertas y con las patas de insectos moviéndose amenazantemente en su cabeza.

-¡Eres mío, general!

-No, majestad... aún no.

Segundos antes de ser embestido por la bestia, Brynn se arrojó al suelo dando una maroma que lo salvó del inminente golpe. El rey se estrelló con la puerta de hierro haciéndola explotar. La luz de los relámpagos iluminó el pasillo y la lluvia comenzó a colarse por la entrada.

Jadeando y cojeando Brynn salió a la superficie dejándose empapar por la tormenta; junto a él se encontraba el cuerpo sangrante del Rey Obren, con las entrañas abiertas llenándose de agua de lluvia.

Brynn observó a su alrededor tratando de encontrar a sus hombres mas no vio a nadie, por momentos esto lo inundó de felicidad, pues si no estaban ahí significaba que habían logrado escapar, sin embargo la felicidad duró poco al ver el cuerpo de uno de sus hombres cruzar los cielos y estamparse contra la pared de una de las casas.

-¡No!- exclamó Brynn cayendo de rodillas contra el suelo.

El cuerpo del rey se levantó de un salto y se lanzó contra Brynn, pero una espada de cristal lo atravesó por la nunca saliendo por su boca, tan solo para después partir su cabeza a la mitad con un rápido movimiento.

-¡Marina! ¡Estás viva!- exclamó Brynn aún en trance.

-No por mucho, ¡vámonos de aquí!- Marina apoyó al caballero de plata sobre sus hombros y juntos avanzaron hacia la gran puerta de hierro. Al llegar Marina activó el mecanismo que abría las puertas y comenzaron el largo camino a través del enorme túnel de hierro, pero a pocos pasos de lograr salir se encontraron frente a ellos a tres centinelas, el zumbido que emanaba de sus cascos le trajo recuerdos nefastos a Brynn quien empuñó su espada con todas sus fuerzas dispuesto a pelear.

-Supongo que hasta aquí llegamos...- dijo Marina empuñando su espada.

-También ellos...- contestó Brynn empapado de coraje.

Los centinelas levantaron sus lanzas y comenzaron a caminar con paso pesado hacia los guerreros, pero se detuvieron en seco cuando uno de ellos comenzó a incendiarse y a gritar en agonía mientras se golpeaba frenéticamente contra las paredes.

-¿Pero qué carajos?- se preguntó Marina ante el espectáculo. De inmediato otro de los centinelas comenzó a inmolarse y cayó al piso en agonía, el tercero volteó hacía atrás y al hacerlo fue recibido por una lluvia de flechas que lo atravesaron y lo hicieron caer.

-¡Pronto! ¡Larguémonos de aquí!- Zágatos y el resto de los perros negros habían llegado a las puertas de Ogathas justo a tiempo. Tomaron en brazos a Marina y a Brynn, y comenzaron a correr haca los bosques. Cuando estuvieron a punto de llegar a los árboles, una enorme explosión los empujó hacia el suelo cubriéndolos de lodo.

El cielo se iluminó por unos momentos con un pilar de fuego de proporciones descomunales, las enormes paredes de hierro brillaron al rojo vivo y el aire transportó junto con él los gritos y chillidos de centenares de demonios que morían calcinados atrapados entre las paredes de Ogathas.

El rojo de las llamas se reflejaba en los ojos de Brynn y Marina, los cuales alcanzaron a ver como la enorme torre colapsaba en sí y avivaba las llamas; después cerraron los ojos y perdieron el conocimiento.

XVI

El juicio de tres.

La sensación del agua fría golpeando su piel hizo despertar a Riquel, el repentino despertar convulsionó su cuerpo, y sintió los fuertes amarres que lo detenían, estaba de rodillas con la espalda recargada sobre algo, un poste quizá, con sus manos y pies amarrados a este. El olor a sangre era leve pero perceptible ante sus agudos sentidos, era su sangre, sangre seca que bañaba su nuca, cuello y sien.

-¿Quién eres y qué haces aquí?- una voz rasposa y aguda penetró los oídos del guerrero, sin embargo la confusión lo dominaba, poco a poco el dolor comenzaba a apoderarse de su cabeza y la luz del sol golpeaba directamente su rostro.

-¿Qué?- respondió confundido.

Una mano esquelética y pálida ordenó a un hombre encapuchado que se acercara a Riquel. De inmediato el león de oro sintió la piel de su pecho arder por el fierro al rojo vivo que había sido introducido en su cuerpo; los gritos de dolor rebotaron entre las paredes del lugar creando un eco ensordecedor.

-Te lo preguntaremos una vez más, si tu respuesta no es la verdad el fierro ardiendo entrará por el ojo que aún tienes descubierto... una eternidad a ciegas es un verdadero infierno. ¿Quién eres y qué haces aquí?

Riquel aún temblaba de dolor, pero el calor del fierro ardiendo a tan solo centímetros de él lo obligó a reaccionar de inmediato.

-Mi nombre es Lev Rohari, y soy un guardia de la Ciudad de los Dioses...- las palabras de Riquel fueron interrumpidas por el fierro ardiente atravesando su hombro.

-No, amigo mío, no lo eres.

La voz le pareció peligrosamente familiar al león de oro, por primera vez subió la mirada y observó a sus interrogadores. Frente a él se encontraba un pódium de más de cuatro metros de altura, detrás de este tres hombres lo miraban fijamente, al centro se encontraba un ser casi esquelético, de cabellos largos y grises, con los ojos sumidos y los labios morados, a su izquierda se encontraba un hombre cubierto en ropajes, apenas se podía percibir un poco de su mejilla izquierda y una boca rojiza, del lado opuesto se encontraba Erick, aquel guía que lo había llevado hasta la Ciudad de los Muertos.

-¡Tú!- exclamó Riquel tratando de soltarse de sus amarres, escupiendo furia entre sus dientes- maldita rata muerta, me atrajiste a tu trampa como la araña que eres, con promesas de amistad y refugio, ¡eres un maldito bastardo!

-Cuando te encontré intentaba ayudar a un compañero no-muerto, intentaba ayudar a un camarada y salvarlo de los horrores que le esperarían si fuera atrapado por cazadores, trataba de ayudarte y guiarte hacia un lugar seguro donde pudieras estar tranquilo y a salvo, donde no fueras perseguido ni humillado por estar muerto... pero tú no estás muerto.

Los demás miembros del presídium voltearon a ver a Erick, incluso el hombre con el fierro pareció sorprendido al escuchar estas palabras.

-Al morir hay muchas cosas que permanecen iguales, al menos durante un tiempo, como el tono de piel, el olor, la voz... pero hay otras que cambian de inmediato, tu cuerpo reacciona diferente, tus piernas no se cansan y puedes caminar mucho más rápido, puedes soportar el peso de una armadura sin tambalear, puedes aplastar el cráneo de un animal como si fuera un huevo, y por más que intentes negarlo, por más que quieras olvidarte de tu condición, cada fibra de tu ser te recuerda que estás muerto, que ya no eres parte del mundo...- Erick observó fijamente a Riquel- Todo el trayecto te llevé ventaja como la liebre al caracol, el cansancio pesaba sobre tus hombros, y tu repudio hacia nuestra condición era evidente. Podrás ser muchas cosas Lev Rohari, un mentiroso, un espía, un asesino quizá... pero no eres un no-muerto.

-¿Quién eres y qué haces aquí?- volvió a preguntar el hombre esquelético.

-Mi nombre es Lev Rohari y...- el hombre con el fierro ardiendo tomó a Riquel de los cabellos y acercó el metal a su ojo.

-¡Está bien! ¡está bien!- exclamó Riquel-, es verdad, no estoy muerto.

Los tres miembros del presídium clavaron la mirada en su prisionero.

-Mi nombre es Riquel... Riquel Zviera Syn, soy el capitán de la guardia real de Andromeca.

El silencio se apoderó del lugar, ninguno de los jueces movió un músculo o hizo alguna expresión, tan solo observaban fijamente a su prisionero.

Riquel pudo observar con detenimiento el lugar en el que estaba, era un gran salón que sobresalía por su austeridad, el gran pilar al que estaba amarrado y el enorme presídium era lo único que adornaba el lugar. Las inmensas paredes de mármol blanco reflejaban la luz del sol, y el viento golpeaba con fuerza las ventanas. -La Torre de Tres- pensó de inmediato.

-¡Si esto es un juicio exijo saber de qué se me acusa!- explotó Riquel.

-Esto no es un juicio- dijo el hombre cubierto en ropajes, su voz era grave y rasposa, como si le lastimara hablar- no eres uno de nosotros, así que no mereces ser tratado como tal, esto es una sentencia.

-¿Por qué estoy siendo sentenciado? ¡¿Qué clase de justicia es esta?!

-Tú dinos- contestó Erick- ¿qué haces aquí? ¿por qué estabas solo en estos bosques si no estás muerto?

Riquel no supo qué contestar, quizá la verdad lo salvaría, o lo condenaría de inmediato.

-El rey Héctor al fin ha declarado la guerra contra nuestra clase, quizá este hombre sea un espía, o un asesino.

-¿Guerra? ¿cuál guerra? El rey Héctor no le ha declarado la guerra a nadie.

-Tu falsa ingenuidad es repugnante- contestó el hombre de los ropajes- sabes perfectamente de lo que hablamos- con un gesto de su mano le indico al hombre del fierro que golpeara a Riquel.

-El rey Héctor de Andromeca es un pacifista, y jamás arriesgaría la vida de los suyos en una guerra sin sentido...- contestó Riquel escupiendo sangre.

-Por eso no es la sangre de los suyos la que piensa derramar- contestó el hombre esquelético sacando de entre sus ropas una carta manchada de sangre-. Esta carta la portaba un zorro mensajero de Omun Lando, la capital del Centro.

Rey Héctor,

Yo, el rey Oscar de Omun Lando, acepto con honra la petición de unir espadas contra un enemigo en común, los seres del bosque del Este, mi armada y mi vida estarán junto a usted en el campo de batalla. Que los dioses bendigan esta unión y la de todas las ciudades del Centro.

Larga vida a los vivos.

Rey Oscar de Omun Lando.

-¿Eres un espía, Riquel? ¿Estás aquí para poderle decir a tu rey dónde se encuentra nuestra ciudadela?- preguntó Erick.

-¡No! ¡No soy un espía, ni asesino, ni estoy aquí por ustedes!- exclamó Riquel- ¡y no puedo creer lo que esa carta dice! El rey Héctor jamás haría algo así.

-Pues ya lo hizo, y tú estás aquí, justo cuando la guerra ha sido declarada, el capitán de la guardia real ¡vivo y en nuestra ciudad! Debes admitir que es una terrible coincidencia.

-¡No estoy aquí por ustedes!

-¿¡Entonces por qué estás aquí?!- explotó el hombre envuelto en ropajes dejando ver un rostro severamente descompuesto, más de la mitad era ya tan solo hueso. Pero Riquel se negaba a contestar.

-El león de oro... es así como te llaman en la ciudad ¿no es así?- dijo Erick cortando el silencio- ahora eres un león solo y herido, quizá pronto seas también ciego, al menos muestra la dignidad de un caballero de Andromeca y habla con la verdad.

Riquel no contestó, tan solo agachó la cabeza y cerró los ojos. Erick se mostró visiblemente decepcionado ante la actitud del guerrero, y le indicó al hombre del fierro que atravesara el ojo del prisionero.

-Está bien, ¡remuevan mi vendaje!- gritó Riquel frenando al hombre con el fierro- ¡remuevan mi vendaje, les digo! ¿Quieren la verdad?... entonces remuevan mi vendaje.

Los tres miembros del presídium se miraron entre ellos, la petición era extraña, no obstante aceptaron y le indicaron al torturador que removiera el vendaje del ojo derecho de Riquel.

Poco a poco Riquel sintió los vendajes desprenderse de su piel, como la piel de una víbora que se cae para dar paso a una nueva. El torturador se alejó de inmediato al ver lo que tenía frente a él.

El ojo de Riquel ahora era completamente negro y mucho más grande que su contraparte, las venas a su alrededor parecían gusanos que se movían por debajo de su piel, la parte derecha de su rostro ahora mostraba un tono grisáceo y extrañas y profundas grietas surcaban su mejilla mientras descendían por su cuello hasta llegar al pecho.

-¡Un demonio!-exclamó el torturador abalanzándose contra Riquel, empuñando fuertemente el fierro ardiendo.

-¡Detente!- vociferó Erick.

-¡¿Pero qué carajos te sucede?!- dijo el hombre esquelético- ¡es un maldito demonio!

-¡No! ¡no lo soy! Al menos no todavía, por eso vine, estoy buscando a una bruja.

-¿Una bruja?- pregunto el hombre de los ropajes y la cara putrefacta- ¡hay cientos de brujas en estos bosques!

-Pero solo una tan vieja como para saber si existe una cura...-dijo Erick observando fijamente a Riquel- una bruja tan vieja como los dioses, y tan sabia como uno de ellos, una bruja que todo lo ve y todo lo sabe... pero nadie puede encontrarla.

-¡Esa bruja es un maldito mito!- exclamó el hombre esquelético- Si ese hombre no es un demonio lo será en un par de días, quizá esta misma noche, ¡debemos quemarlo en la hoguera!

-La bruja es real...-contestó fríamente Erick.

-¡¿Y cómo carajos sabes eso?!-exclamó el hombre esquelético.

-Porque fue ella quien me dijo que debía erigir esta ciudadela... hace demasiadas eras como para poder ser contadas. Si no fuera por ella...-Erick volteó hacia sus compañeros y los miró fijamente- Ustedes dicen que debe morir en la hoguera, yo digo que necesita la oportunidad de continuar con su camino, así que lo mejor será decidirlo en un juicio.

-¿Juicio? ¡No hay tiempo para un juicio!-exclamó el hombre del rostro carcomido- ¿qué haremos si se transforma hoy? No es uno de nosotros, no merece un juicio.

-Uno de nosotros...-murmuró Erick- ¿y qué somos nosotros? Parias, sombras, rechazados, un despojo del mundo al que alguna vez amamos y pertenecimos, este es un refugio para personas con esas características... y él es una de esas personas.

-¡Es un demonio!- exclamó el hombre esquelético.

-¡Pero nosotros no! No somos monstruos ni espectros, somos hombres ¡hasta el día que el fuego nos consuma! y seguiremos comportándonos así aunque la carne se desprenda de los huesos y la peste emane de nuestro ser. Si creen que puede ser un peligro esta noche entonces enciérrenlo en una celda, pero aún es hombre, como tú y como yo, y merece un juicio.

El silencio inundó la habitación, el hombre de los ropajes apretaba sus puños con furia, pero aquel hombre anciano y esquelético de cabellos grises mostró una ligera sonrisa en su rostro.

-Tienes razón, pero pasará la noche encerrado, no podemos darnos el lujo de tener un posible demonio suelto en las calles.

Erick asintió con la cabeza y ordenó al torturador que pusiera a Riquel en una celda.

Esa noche la luna se había ocultado detrás de las nubes, no había estrellas ni viento, la oscuridad se había adueñado de la Ciudadela, tan solo las antorchas atravesaban a la noche con su tintineante luz. Riquel podía apreciar estas luces desde la diminuta ventana de su celda. Sabía que aún se encontraba en la gran Torre de Tres, por lo que estaba justo en el centro de la ciudadela, el olor del río que bañaba a la Ciudad de los Muertos inundaba la prisión de piedra y acero en la que se encontraba el caballero, haciendo que su mente viajara a lugares donde nunca había ido. Al cerrar sus ojos podía ver un oscuro pantano, después una inmensa caverna de paredes húmedas, y a una bella y pálida mujer envuelta en sufrimiento; trató de tocarla pero fue detenido por una fuerte mano cubierta de espinas. De inmediato Riquel despertó de su trance y escuchó una pequeña conmoción fuera de su celda, de pronto los cerrojos de la puerta se abrieron y entró Erick portando una pequeña antorcha.

-¡Pronto, sígueme!

-¿Qué haces aquí?- preguntó Riquel cerrando sus puños.

-¡Liberándote, maldita sea!

-¿Por qué confiaría en ti?

-¡No confíes en mí, solo sígueme!

Riquel decidió que incluso después de su traición, Erick seguía siendo su mejor opción para sobrevivir. Al escapar de la celda Riquel observó a tres no-muertos inconscientes en el suelo.

-¿Tú hiciste esto?- preguntó el león de oro.

-Alguien tenía que hacerlo.

Pronto se encontraron a las orillas del río, frente a ellos un pequeño bote con una manta negra y tres pequeños costales, flotaba amarrado a un poste.

-Tendrás que remar contra corriente, una vez que llegues a los picos de madera tendrás que continuar a pie, en los costales hay comida suficiente para 7 días, si tienes sed bebe del río.

-¿Por qué haces esto?- preguntó Riquel, pero Erick siguió hablando sin prestar atención.

-Continúa avanzando hacia el Este, incluso cuando creas que el bosque ha terminado sigue avanzando, cuídate de los cazadores, eventualmente ella te encontrará a ti.

-¿Por qué haces esto?- preguntó de nuevo Riquel, esta vez Erick lo tomó de los brazos y lo miró fijamente.

-Todos merecemos una segunda oportunidad... ¡Vete!

Riquel asintió con la cabeza y subió al bote.

-¿Estarás bien tú cuando se enteren que me dejaste ir?- preguntó Riquel mientras se alejaba en el bote.

-Ya estoy muerto ¿recuerdas? ¿Qué es lo peor que podría pasarme?

Riquel sonrió y poco a poco se fue perdiendo en la oscuridad de la noche.

-Buena suerte... Lev Rohari- murmuró Erick.

XVII

Los picos de madera.

Debajo de la manta negra se encontraba la armadura de la guardia real y la espada que Riquel había tomado de la armería de Andromeca, no era el momento de vestirse con ella, pero saberla a su lado le dio seguridad. Mientras remaba contracorriente pudo apreciar con mayor detalle la extraña belleza de la Ciudad de los Muertos, las antorchas alumbraban las calles y estructuras acentuando sus defectos; sí, la Ciudadela era enorme y carecía de lujo, mas no de belleza, sus grietas, puentes, casas y calles formaban un cuadro que hipnotizaba al caballero. Al voltear se maravilló por la gran altura de la Torre de Tres, pensar que aquella enorme ciudad había sido creada por manos deshechas después de la muerte le era casi incomprensible, era evidente que los no-muertos eran mucho más de lo que alguna vez llegó a pensar, pero la extensión de estos misterios era aún incalculable y quizá nunca los entendería por completo.

El sol comenzaba a levantarse entre las montañas cuando la pequeña barca arribó a la orilla del río, justo donde los guetos de la Ciudadela terminaban. Riquel tomó sus cosas y buscó el refugio de las sombras para vestir de nuevo su armadura. Una vez vestido corrió hacia el Este como le había indicado Erick y rogó a los dioses no encontrar a nadie en su camino. Cuando estuvo lo suficientemente lejos de la ciudad se obligó a descansar un par de minutos y comió un poco de lo que había en los costales; un par de manzanas y un trozo de carne seca, no era un festín pero lo disfrutó como si lo fuera, en pocos minutos el caballero había retomado su camino, repuesto del cansancio y con el hambre y la sed saciadas.

-¿Pero qué carajos es eso...?- frente a Riquel se alzaban enormes troncos de madera labrados como lanzas, pegados los unos con los otros formando una especie de muralla que se extendía hasta los confines más recónditos del bosque-

Seguramente los troncos llegan hasta el acantilado por el que entré- pensó el caballero mientras inspeccionaba la barrera que lo detenía.

Los troncos eran tan gruesos como el ancho de un caballo, y tan altos como los mismos árboles, tratar de subir por ellos era imposible, bordearlos era impensable, ¿cómo podría continuar su camino?

Por varios minutos el león de oro recorrió la muralla buscando alguna grieta por la cual escabullirse; no fue sino hasta que estuvo al borde de la locura cuando los rayos del Sol atravesaron una delgada hendidura entre dos de los gigantescos postes, dejando ver al caballero la salida que tanto había esperado.

El espacio era muy angosto, pero lo suficientemente amplio como para pasar por él... sin armadura. De nuevo se vio obligado a remover su peto, casco y botas, arrojando uno por uno a través de la hendidura, después aventó los costales de comida, y por último atravesó él la abertura con su espada por delante.

Una vez que había traspasado la barrera de madera, Riquel pudo continuar su camino, sin embargo el sentimiento de alivio poco duró, el último vestigio de civilización había quedado atrás, frente a él se encontraba un bosque plagado de misterios, olvidado por hombres y dioses por igual, no tenía un rumbo claro, tan solo sabía que debía dirigirse al Este, ¿pero por cuánto tiempo? ¿días? ¿semanas? ¿cuál era la extensión del bosque?

No había tiempo de pensar en esas cosas, ya habían pasado casi diez días desde que había dejado la Ciudad de los Dioses, no había tiempo que perder en dudas y miedos.

-Me pregunto si tú habrás tenido más suerte que yo, hermano- murmuró Riquel mientras observaba el cielo a través de las ramas de los árboles. De pronto el cielo se oscureció sin previo aviso y una ráfaga de viento arrojó a Riquel por los cielos, una enorme ave negra, del tamaño de una embarcación pesquera, había cruzado los cielos batiendo sus alas como si fueran tornados, eclipsando al sol por unos instantes con su enorme cuerpo.

El imponente ser cruzó los cielos sin prestarle atención al caballero, y desapareció en el horizonte.

-¿Qué clase de criaturas habitan en este maldito bosque?- Riquel se levantó limpiando el lodo de su armadura- Me alegra que no hayas venido conmigo, hermano, ojalá los dioses siempre te protejan de los horrores que he visto en tan pocos días.

Riquel continuó con su camino hasta llegar a un pequeño pantano inundado por la niebla, a pesar de seguir siendo temprano, las copas de los árboles estaban tan pegadas que no dejaban pasar la luz del sol.

Con mucha precaución el caballero comenzó a avanzar lentamente sobre el traicionero lodo, golpeando con la punta de su espada el camino frente a él para determinar si era lo suficientemente estable como para soportar su peso.

El silencio del pantano le ponía la piel de gallina, tan solo el leve burbujear del lodo se dejaba escuchar de vez en cuando; una vez más el caballero golpeó con su espada el camino frente a él, pero esta vez el filo de su arma impacto contra algo extraño, una superficie lo suficientemente dura como para evitar que la espada la atravesara, pero mucho más suave que una roca o un tronco. De pronto el lodo bajo sus pies comenzó a burbujear como si hirviera, y fue derribado por un fuerte golpe en los pies. De entre el fango emergió una gigantesca criatura, del grueso de un árbol y tan larga como una torre; Riquel se levantó de inmediato y empuño su espada en posición de ataque mientras esperaba a que la monstruosa serpiente se decidiera a atacar.

El cuerpo del monstruo se camuflaba con los demás troncos del bosque, Riquel sabía que estaba siendo rodeado, que su enemigo lo vigilaba cautelosamente buscando el ángulo y el momento perfecto para atacar. Sus agudos sentidos le permitían escuchar la escamosa piel mientras avanzaba entre los troncos, las ligeras vibraciones en el agua le advertían de la cercanía de la bestia, de inmediato giró hacia su derecha y se encontró frente a frente con la cola de la serpiente, misma que lo golpeó tan fuerte que le hizo salir volando e impactarse fuertemente contra un árbol.

El golpe había aturdido a Riquel y su puño había perdido la espada, la gigantesca serpiente emergió de entre el fango y se abalanzó contra el guerrero quien por tan solo centímetros logró esquivar el golpe. La monstruosa criatura sacudió su cabeza con dolor, pues el impacto había partido al árbol como si fuera una hogaza de pan. Mientras el cuerpo de la serpiente se convulsionaba Riquel observó que en su cola había quedado clavada su espada.

Tan rápido como el viento corrió entre el lodo y de un brinco logró afianzarse de la cola de la bestia, sin embargo la serpiente sintió el peso del cuerpo del guerrero y comenzó a golpear su cola contra el fango y los árboles, no obstante Riquel permanecía fuertemente agarrado de las escamas del monstruo, parecía que sus brazos eran más fuertes que nunca y comenzó a avanzar hacia su espada.

La serpiente comenzó a reptar a gran velocidad entre árboles y fango tratando de librarse del guerrero, sin embargo el agarre era tal que parecía ser una escama más. Riquel tomó el mango de su espada y la removió con fuerza del cuerpo de la bestia, pero al hacerlo perdió el agarre y cayó al fango perdiéndose entre las profundidades del pantano.

Al emerger del lodo Riquel se encontró solo en la oscuridad, no había rastros de la criatura por ningún lado, ya no podía escuchar la escamosa piel contra los troncos ni sentir las ondas en el agua... pero sabía que seguía ahí, en algún lugar, esperando el momento perfecto para atacar.

El león de oro cerró los ojos tratando de concentrarse, pero esta vez algo era distinto, a pesar de que sus párpados cubrían sus ojos, aún podía ver de una manera extraña lo que existía a su alrededor, a través de su ojo negro podía notar la sangre que corría por las venas de su cuerpo, veía su mano llena de venas empuñar una silueta negra, sus piernas, su pecho, y no muy lejos de él podía observar con detalle todas las venas de la criatura que se encontraba escondida; era como si su ojo de demonio pudiera ver a través de la oscuridad, neblina e incluso de su misma carne.

Las venas de la bestia comenzaron a moverse, se disponía a atacar, Riquel apoyó sus pies en el fango y permaneció sereno esperando a su adversario. La serpiente apareció de entre las sombras como por arte de magia y se abalanzó contra el guerrero a gran velocidad, sin embargo el león de oro había previsto esto gracias a lo que su ojo negro había visto; de inmediato se hincó y tomó impulso para atravesar con toda la fuerza de su cuerpo el pecho de la serpiente; al cerrar sus ojos pudo ver como la silueta de su espada atravesaba el corazón de la bestia desparramando su sangre dentro de ella.

Al caer el monstruo la tierra bajo de él se cimbró haciendo tambalear al caballero.

-¡¿Pero qué clase de demonios habitan en este maldito bosque?!- exclamó Riquel limpiándose el cuerpo.

-No era un demonio...- una voz vieja y rasposa sonó detrás de Riquel haciéndolo voltear, pero no había nadie-... era una criatura hermosa y antigua, casi tan antigua como el mismo bosque- al voltear de nuevo observó a unos cuantos pasos de él a una persona cubierta en su totalidad por un manto negro, este ser acariciaba la piel de la serpiente con una mano llena de arrugas-y ahora está muerta gracias a tu espada.

-Disculpa si no vi la diferencia entre uno y el otro- contestó Riquel recobrando el aliento.

-Deberías... tu eres uno de esos dos- contestó la voz rasposa.

-¡¿Quién eres?!- exclamó Riquel apuntando con su espada.

-Sabes perfectamente quién soy, no estarías tan dentro del bosque si no estuvieras buscándome.

-¡La bruja!- exclamó Riquel sorprendido y aliviado, pero la mujer del manto negro no dijo nada- Entonces sabes por qué estoy aquí.

-Creo que es bastante evidente- la anciana movió su mano señalando el rostro de Riquel.

-Entonces...-Riquel comenzó a avanzar lentamente hacia la anciana- ¿existe una cura?

La bruja se levantó haciendo tronar sus huesos, la enorme capucha le tapaba gran parte del rostro, aun así Riquel supo que lo miraba fijamente.

-Creo que sí- por un instante Riquel perdió la fuerza en las piernas, la alegría casi hace reventar a su corazón- pero me temo que la respuesta no te dará la paz que estás buscando.

-¿A qué te refieres, bruja?

-¿Sabes por qué existe la maldición de Alithia?

-¡Claro que lo sé! trató de sacrificarse para revertir la maldición de la inmortalidad, pero no pudo controlar su sacrificio ¡y creó estas monstruosidades!- exclamó Riquel tocándose el rostro.

-No...- contestó tajantemente la bruja- así fue como nació la maldición, sin embargo su existencia hasta el día de hoy se debe al hecho de que Alithia sigue viva.

Riquel no comprendía muy bien las palabras de la bruja, buscaba desesperadamente una respuesta, una cura, no acertijos ni historias.

-¿A qué te refieres, bruja? ¡sé breve pues no tengo mucho tiempo!

-Has tenido más tiempo que cualquier otra criatura, guerrero, jamás había visto a una bestia, planta u hombre soportar la infección por tanto tiempo... así que escucharás mi historia si quieres conocer la cura.

-Cuando Alithia decidió sacrificar su esencia para revertir la maldición de los hombres, cubrió su cuerpo con fuego para poder destruirse, pero al hacerlo comprendió que la maldición era mucho más fuerte de lo que pensaba, era algo siniestro, maligno, de un poder inmensurable, aquel que había maldecido a los hombres era un ser de una increíble maldad y poder, sabía que su sacrificio no tendría efecto así que trato de detenerlo... pero ya era demasiado tarde, el fuego que la envolvía explotó consumiendo todo a su alrededor, transformando a todo ser que tocara en una criatura deforme carente de sentido. Poco a poco el fuego se fue expandiendo por distintos rincones de la tierra creando ola tras ola de demonios y espectros.

Las manos de la anciana comenzaron a temblar, era evidente que la historia la conmovía demasiado.

-¡Estúpidos dioses! Siempre usando a los hombres como peones, ¡olvidan que también nacimos del mismo titán!... en fin, los dioses trataron de detener el fuego así que mandaron a sus campeones- la bruja suspiro y quedó en silencio, después aclaró su garganta y continuó con el relato- Kermak, el campeón de Alithia había muerto en la explosión, transformado en polvo y ceniza en un instante; solo quedaban Yllithien y Zephiro... ¡ah!

Yllithien, el más valeroso de todos, un campeón en toda la extensión de la palabra... yo fui testigo de cómo hasta la sombra más oscura le temía a su poderosa Luxorian, "luz del amanecer", el brazo izquierdo del guerrero podía destazar al mismo Sol si se lo propusiese. Era de esperarse que fuera él quien se ofreciera para apagar las llamas de Alithia y terminar con su vida, con su sufrimiento. Sin embargo, incluso el más poderoso de todos los campeones... fue vencido por los horrores provocados por la diosa de las bestias, ¡algo logró hacer que detuvo la expansión de las llamas! pero la maldición continúa, lo que quiere decir que Alithia vive.

-¿Qué sucedió con Zephiro, por qué los dioses no han hecho nada?

-¡¿Los dioses?! Los dioses abandonaron este lugar, Zephiro probablemente hizo lo mismo.

La bruja se acercó a Riquel y con sus viejas y duras manos tocó el rostro infectado.

-Si quieres acabar con la maldición, debes acabar con Alithia.

-¡Matar a un dios! ¿Hacer lo que incluso los campeones no pudieron lograr?

-O dejar de ser tú en el intento...

Riquel miró hacia el cielo y sintió el calor de los rayos del sol que al fin comenzaban a penetrar entre las ramas de los árboles.

-¿Dónde puedo encontrar a Alithia?

-¡Oh, mi querido guerrero! Estás lejos, muy lejos, cada paso que has dado para encontrarme te ha alejado de ella, Alithia se encuentra al Oeste, donde todo comenzó, en la cuenca de la cual emanó la vida... en el cadáver del titán.

Riquel cayó de rodillas al fango y comenzó a llorar lágrimas negras.

-Tú has visto este lugar, guerrero, lo has visto en tus sueños, ella te habla como si fueras su hijo, le habla a todos los seres que ha tocado, has visto el camino, el bosque, el pantano, la oscura caverna... la has visto a ella.

-Nunca llegaré a tiempo, cruzar de nuevo me tomaría meses, llegar hasta la caverna...-la voz se le cortó al león de oro y no pudo seguir hablando.

-Levántate valiente guerrero... no todo está perdido- la bruja le ayudó a levantarse- Por la superficie sería imposible, en efecto, pero hay otra manera de llegar, más rápida, directa... y peligrosa.

Riquel volteó la mirada y observó parte del rostro viejo y pálido de la bruja, su boca era morada y las arrugas profundas como grietas.

-Más al Este, al final del bosque, encontrarás una montaña de piedra rodeando una caverna, ese es el camino al abismo... el camino al reino de Azermis.

-¡Los señores del abismo! ¿Quieres que entre al mundo de los muertos?

-Una vez adentro encontrarás que todo está conectado, cada lugar, cada persona, cada bestia, trasladarte de un rincón de Armoria al siguiente será tan fácil como caminar un par de pasos. ¡Aún hay tiempo! ¡Encuentra a Alithia y mátala!

-Pero...- Riquel no pudo terminar su objeción, la bruja había desaparecido, incluso con su ojo de demonio no podía verla más; de pronto su voz volvió a escucharse entre el viento.

-Y si encuentras la respuesta sobre el destino de los campeones de los dioses... por favor vuelve a visitarme y cuéntame la historia.

Riquel buscó sus costales de comida entre el lodo y el fango, por fortuna la comida aún permanecía en buen estado, tomó una gran bocanada de aire y continuó su camino hacia el este, el relato de la bruja le quemaba la mente, ahora sabía que existía una cura... pero tendría que recorrer el mismísimo infierno para encontrar a la diosa causante de su mal y matarla, pareciese que cada paso que daba lo alejaba más de la cura.

Con su mente en el Oeste no pudo darse cuenta que estaba siendo vigilado. Poco a poco comenzaron a aparecer cazadores de entre los árboles, tres frente a Riquel y tres detrás de él.

-¿Qué llevas en esos costales?-preguntó uno de los cazadores.

Riquel no contestó, tomó el mango de su espada con fuerza y observó detenidamente a los cazadores; eran cuatro hombres y dos mujeres, todos con la piel sucia cubierta de cicatrices y araños, los dientes amarillos y podridos, y las ropas mal zurcidas. Portaban ballestas y cuchillos, y traían a cuestas brazos y piernas cercenadas de algunos no-muertos.

-Te hicieron una pregunta, bastardo- dijo uno de los cazadores escupiendo una flema negra a los pies de Riquel.

-No es mi respuesta lo que buscan...- contestó Riquel.

-Es de mala educación no contestar...- el cazador fue interrumpido por el filo de la espada de Riquel que atravesó su boca y cortó su cabeza por la mitad. De inmediato los demás cazadores se abalanzaron sobre el león de oro, a pesar de sobrepasarlo en número no eran rival para el capitán de la guardia real, brazos y piernas salieron volando por los cielos mientras gritos de dolor inundaban el bosque.

Los seis cazadores yacían en el suelo revolcándose en su dolor, Riquel tomó de nuevo sus costales y se disponía a seguir su camino cuando sintió un dolor punzante en una de sus piernas, al voltear observó como uno de sus agresores recargaba la ballesta, el dolor en su pecho al impactarse la flecha le hizo tirar su espada y los costales, tres flechas más impactaron su cuerpo haciéndolo caer de rodillas frente a los cuerpos mutilados de los cazadores.

La vista poco a poco se le nublaba, el dolor era casi insoportable y comenzaba a perder el conocimiento, el cazador volvió a cargar una flecha y se disponía a disparar cuando una enorme hacha cortó su cráneo por la mitad. Una imponente criatura totalmente cubierta por una tosca armadura comenzó a aplastar los cuerpos de los cazadores; lo último que vio Riquel antes de perder el conocimiento fue a la criatura acercarse a él.

XVIII

El sótano.

El sol se filtraba entre las ramas de los árboles y golpeaba la hermosa armadura dorada del león de Andromeca. El dorado del metal reflejaba la luz sobre los troncos, jugueteando con las sombras de las hojas y los arbustos. Elsa siempre había admirado la armadura de su capitán, tan bellamente adornada y al mismo tiempo imponente como un verdadero felino, estaba asombrada por su ligereza y resistencia, pareciese que portaba una túnica de seda en lugar de una armadura, sin embargo aquel conjunto de dorado metal había soportado incontables batallas y aún mantenía su despampanante brillo.

Elsa descendió de su caballo y lo acarició suavemente, se levantó la careta del casco y acercó su rostro hacia el del corcel.

- A partir de este punto nos aguardan terribles horrores y será muy difícil que encuentres el camino de vuelta a la ciudad, regresa ahora por donde vinimos.

El corcel dio media vuelta y comenzó a galopar de vuelta hacia la ciudad de los dioses dejando atrás a la guerrera.

El camino no había representado ningún reto hasta el momento para la valiente guerrera, había mitigado el hambre cazando un par de ardillas y saciado la sed con el rocío de las plantas, sin embargo la desesperación crecía con cada día carente de alguna pista o rastro del paradero de Riquel. Su búsqueda comenzó a dar frutos cuando encontró una inscripción en un árbol que parecía ser una indicación hacia algún lugar. Elsa tocó el gravado y lo observó atenta por varios segundos, la guerrera empuñó su lanza y apretó los dientes con furia.

Cautelosamente fue siguiendo las indicaciones gravadas en los árboles hasta llegar a un punto del bosque donde ya no había senderos, la maleza crecía sin forma ni razón, las marcas en los árboles indicaban que debía seguir derecho sin embargo Elsa continuó caminando hacia su derecha entre arbustos y ramas entrelazadas, en pocos minutos se encontró en un claro del bosque rodeado de árboles y, en el centro, una vieja choza de la cual emanaba humo por la chimenea. De inmediato la guerrera se refugió en las sombras de los helechos y esperó pacientemente.

A los pocos momentos escuchó gritos y vítores resonar entre los árboles, cuatro cazadores aparecieron de entre la maleza cargando de brazos y piernas a un hombre vestido con la armadura de la guardia real de Andromeca, de inmediato Elsa se dispuso a salir de su escondite y arremeter contra ellos, sin embargo se obligó a detenerse, quizá habría más de ellos dentro de la cabaña y sería emboscada, tan solo rogaba porque aquel cautivo no fuera su capitán.

El guerrero trataba con todas sus fuerzas de librarse del fuerte agarre de los cazadores, contorsionaba su cuerpo mientras gritaba con furia.

-Grita todo lo que quieras, eso nos gusta...- dijo uno de los cazadores, su voz era aguda y rasposa, las palabras silbaban entre sus dientes rotos. De pronto el caballero logró liberar una de sus piernas golpeando fuertemente el rostro de uno de los cazadores haciéndole explotar la nariz en sangre; con un rápido movimiento logró zafarse de los demás y comenzó a combatirlos con sus puños, a pesar de ser más que él no lograban darse abasto ante sus fuertes golpes y patadas, a uno de ellos le rompió el brazo y a otro la quijada. Elsa estaba dispuesta a correr a ayudarlo cuando observó cómo salía de la cabaña un corpulento hombre que se abalanzó contra el guerrero golpeándolo fuertemente en el rostro hundiendo una parte de su casco; el caballero se levantó aún tambaleándose y se arrojó contra el gran hombre, pero fue detenido por un machete que cercenó su brazo izquierdo en un segundo; uno de los cazadores lo había tomado por sorpresa y aprovechó el impulso del guerrero para cortarle el brazo.

Entre gritos y sangre fue llevado al interior de la cabaña dejando a la guerrera con un sentimiento de furia e impotencia casi incontrolables. Los gritos enmudecieron de repente y a los pocos minutos el hombre corpulento y dos cazadores más salieron de la cabaña portando ballestas... salían a cazar.

Elsa calculó que dentro de la cabaña se encontraban aquel cazador con el brazo roto, el de la mandíbula quebrada y al menos uno más, esta vez no sería ella la emboscada así que sigilosamente comenzó a avanzar hasta la cabaña. Al llegar a una de las ventanas notó que solo los cazadores heridos permanecían en la choza pero no vio al caballero de la guardia real por ningún lado; uno de ellos le daba vueltas a un enorme caldero sobre las llamas de la chimenea, mientras que el otro se untaba una pomada de hierbas en la quijada.

Un fuerte golpe sonó del otro lado de la puerta llamando la atención de los cazadores.

-¿De vuelta tan pronto? No me digas que todos los demás caballeros ya llegaron a la Ciudadela- el cazador se disponía a abrir la puerta cuando una ráfaga dorada atravesó la madera empalando su ojo derecho. De inmediato el otro cazador trató de tomar un machete que estaba en la mesa, pero su mano fue destrozada por el puño de oro de la guerrera, quien tomó el machete y cortó la cabeza empalada del cazador.

Con la cabeza aún en la punta de su lanza y chorreando sangre, amenazó al cazador de la mandíbula y mano rota.

-¿Dónde está el caballero?

Sin poder hablar el cazador señaló una puerta en el suelo de la cabaña, un enorme candado la mantenía cerrada.

-La llave, ¡ahora!

El cazador frenéticamente movía su cabeza de lado a lado tratando de explicar que ni él ni su compañero tenían la llave en su poder.

-Entonces no me sirves de nada- la guerrera tomó del cuello al cazador y hundió su cabeza en el caldo hirviendo, el cuerpo se contorsionaba en dolor mientras trataba con todas sus fuerzas de librarse, sin embargo en cuestión de segundos su cuerpo quedó inmóvil. Al soltar al cazador su cuerpo volcó el caldero desparramando su contenido en el piso, el delicioso olor del estofado inundo la cabaña, no obstante Elsa casi vomitó al ver entre las patatas y zanahorias el brazo cercenado del caballero.

Con toda su furia comenzó al golpear el candado hasta partirlo a la mitad, abrió la puerta y se encontró frente a unas escaleras que llevaban a un oscuro sótano.

Rápidamente tomó uno de los leños de la chimenea y lo usó como antorcha para iluminar su camino hacia el sótano; las escaleras eran una espiral que se adentraba entre la roca y la tierra, el olor a humedad se mezclaba con el putrefacto aroma a muerte. Al llegar al final de las escaleras notó dos antorchas apagadas, una en cada pared, con la última flama de su madero prendió ambas antorchas, sin embargo ninguna luz podría haber mitigado los horrores frente a ella. Una docena de no-muertos se encontraban encadenados y enjaulados mientras sollozaban en silencio; algunos tan solo eran un vestigio de lo que alguna vez fue un cuerpo, ahora sin piernas, brazos u ojos, algunos parecían llevar varias semanas sino es que meses en aquel terrible lugar.

Al prender las fogatas los cuerpos temblaron en pánico.

-¿Vienen por más, malditos cerdos? ¡Acérquense bastardos!- gritó el caballero de Andromeca.

-Todos son valientes los primeros días, pero si sigues gritando te cortarán la lengua- dijo uno de los no muertos.

-¡Pero antes les arrancare los dedos a mordidas!- exclamó el caballero.

-¡Por los dioses!- exclamó Elsa

-¡Una mujer! ¡una mujer!- los no muertos comenzaron a susurrar y a convulsionarse tratando de ver mejor a la guerrera- ¡esa armadura no es de un cazador!

El caballero observó la armadura dorada brillar con la luz de las antorchas y gritó con furia.

-¡Tú! ¡¿Quién eres y por qué traes la armadura del capitán?! ¡¿Qué ha sido de él?! ¡¿Dónde está?!

Elsa corrió hasta el caballero y cortó sus cadenas con la poderosa Exereas, al liberarlo este cayó sobre sus brazos. Elsa se levantó la careta dejando ver su hermoso rostro.

-¡Elsa! ¡¿Qué demonios haces aquí?!- exclamó el caballero.

-¡Rescatándote, maldita sea! Tenemos que irnos de aquí de inmediato, los demás cazadores deben estar en camino.

-Espera, no podemos dejar a estas personas aquí.

-¡Váyanse, idiotas!- exclamó uno de los no-muertos- ¿qué nos espera? ¿una eternidad lisiados, siendo un despojo de carne y huesos? ¡Váyanse ahora!

-¡No!- exclamó el caballero incorporándose, si quieren morir entonces prenderé fuego a este maldito lugar, pero servir de alimento para esos bastardos no es su destino, ¡pronto Elsa, ayúdame a liberarlos!- Elsa comenzó a cortar las cadenas y amarres de los no-muertos con una velocidad casi sobrehumana.

De pronto la guerrera sintió unas fuertes manos tomarla de los hombros y arrojarla hacia la pared.

-¡No hay nada peor que volver a cazar la comida que ya cazaste!- exclamó el cazador de enormes proporciones- ¡Pero al menos tenemos una presa nueva que ha caído directamente en nuestra alacena!- Los otros tres cazadores reían mientras apuntaban con sus ballestas a la guerrera.

Los cazadores se disponían a disparar cuando uno de ellos recibió el fuego de una de las antorchas directamente en la cara; el caballero que había estado escondido entre las sombras había tomado una de las antorchas sin que nadie lo viera. Mientras el cazador gritaba de dolor, el caballero tomó su ballesta y atravesó el cuello del otro.

-¡Maldito bastardo!- exclamó el cazador corpulento, pero justo cuando iba a atacar fue detenido por una avalancha de no-muertos que se dejaron caer sobre él y sobre el cazador restante.

-¡Vete y cumple tu palabra, guerrero! ¡Préndele fuego a este lugar!

El caballero levantó a Elsa y juntos salieron corriendo, al llegar de nuevo a la cabaña cerraron la puerta del sótano y trabaron la puerta con el atizador de la chimenea, de inmediato tomaron los leños de la chimenea y comenzaron a prenderle fuego a la cabaña, en pocos minutos el lugar era un torbellino de fuego y humo negro.

Una vez que se encontraron lejos del fuego pudieron descansar unos minutos.

-¡Esos malditos! ¡Nos estaban comiendo! ¡Comiendo, Elsa! Algunos de los no-muertos llevaban meses siendo destazados poco a poco.

-Lo sé, Tyr, lo sé.

-¡Bastardos! ¡Mi brazo!- el caballero observaba su brazo izquierdo que ahora era un muñón mal cosido.

Elsa lo miraba fijamente detrás de su casco dorado.

-Puedo sentir tu mirada- contestó Tyr sin voltear a verla.

-Eres... eres un no-muerto.

-¿Qué esperabas encontrar en estos bosques?- contestó Tyr enojado.

-Al capitán.

-¡A Riquel! ¡¿Y qué demonios haría el capitán en este maldito lugar?! ¡¿Acaso está muerto?!

-No lo sé, no lo creo, temía que fuera víctima de los cazadores, cuando te vi... pensé que eras él.

-Por fortuna me encontraste... gracias.

Elsa tan solo asintió con la cabeza.

-Ven, te llevaré a la Ciudadela, es el lugar a donde van los no-muertos que no son capturados por los cazadores o devorados por las bestias del bosque.

-Si estás buscando al capitán entonces iré contigo.

-No serás de mucha ayuda sin un brazo.

-Aun así tres brazos son mejor que dos.

Ambos se quedaron observando en silencio, pero al final Elsa aceptó.

Los dos caballeros continuaron su camino mientras el sol descendía entre los árboles, Elsa le platicaba a Tyr sobre su aventura en el castillo para obtener información sobre el paradero de Riquel, omitió el detalle de la maldición de Alithia, pero relató con emoción cuando encontró la armadura que ahora portaba.

-Estás llena de sorpresas, quizá el general se precipitó al correrte de la guardia real, si te viera ahora estaría orgulloso, estoy seguro.

-¿Qué ha sido del general?

-No lo sé, desde que fuimos atacados por unos malditos demonios planta en el camino hacia Mon Aloth no lo volví a ver, espero que esté bien.

-De seguro lo está, el león y lobo de Andromeca son bestias difíciles de matar.

Ambos sonrieron en silencio y continuaron su camino, sin embargo una duda comenzó a carcomer la mente de Tyr.

-Elsa... ¿cómo sabías sobre la Ciudadela?

Elsa se quedó en silencio mientras seguía caminando.

-Llevo perdido en el bosque semanas y jamás había escuchado sobre dicho lugar, ni siquiera los otros no-muertos la mencionaron.

-Solo digamos que esta no es la primera vez que visito estos bosques.

XIX

Viejas historias.

Oniris se encontraba en su habitación, un enorme cuarto escondido detrás de las paredes de su estudio, despertando de un largo sueño. Al estirarse los huesos de su cuerpo crujieron como hojas secas, sus viejos pies tocaron el suelo de piedra mas no sintieron el frío, la piel del anciano era más blanca que su bata, y las arrugas de su cuerpo más profundas que las grietas en las paredes del cuarto; antes de levantarse de su hermosa cama observó con detenimiento sus manos, como si entre sus dedos se entretejiera una vieja historia que lo hipnotizaba, su mano izquierda portaba las arrugas de un hombre que ha vivido demasiadas vidas, pero su mano derecha portaba las llagas que solo nacen del fuego. Todo su brazo derecho portaba cicatrices de quemaduras que alguna vez llegaron hasta el hueso, frotó sus llagas como si fueran un libro en braille y apretó la quijada con furia.

-Un día más...- suspiró Oniris antes de levantarse por completo de cama.

La princesa Cassandra se encontraba, como todas las mañanas, en el último piso de la biblioteca devorando capítulo tras capítulo de su libro favorito; sus radiantes ojos rojos surcaban las hojas a gran velocidad sumergiéndola cada vez en un trance provocado por la historia. Tan profunda era su lectura que no escuchó los pesados pasos detrás de ella, no fue sino hasta que sintió el esquelético roce de una mano que dejó su libro para levantarse de un salto.

-¡Oniris! ¡Maldita sea, me asustaste!

-Discúlpeme princesa, trate de advertirle de mi presencia, pero parecía no escucharme.

-Ya sabes que a estas horas prefiero no ser interrumpida- dijo al princesa recuperando el aliento- ¿Qué necesitas?

-Busco a la reina, majestad, pero no puedo encontrarla.

-Mi madre ha salido, hace dos noches que ha ido a encontrarse con mi padre en la ciudad de Ergos.

-¿¡Hace dos noches?! ¿Por qué no he sido notificado?

-Pocos lo saben, no es una gran noticia, tan solo ha ido para discutir en persona algunos asuntos del reino.

-¡El reino se encuentra sin regente!

-¡El reino me tiene a mí!- exclamó enfurecida la princesa.

-Majestad... no pretendía ofenderla, pero con la declaración de guerra por parte de Andromeca contra los no-muertos, el reino necesita una cabeza que domine a las masas.

-Y esa seré yo, si es que se requiere antes de que regrese mi madre, y si por algún motivo necesitara ayuda... para eso estás aquí con nosotros ¿no es así?

-Majestad...

-¿O acaso tus días como consejero real se han terminado, anciano?

Oniris permaneció callado un par de segundos, tomó una gran bocanada de aire, e irguió su espalda de tal forma que pareció aumentar el doble de estatura, con paso amenazante se acercó hasta la princesa y observó sus ojos rojos detenidamente. Sin dejarla de observar tomó el libro que la princesa había dejado y acarició la portada con su mano negra.

-El tormento del amanecer...- dijo el anciano arrastrando las palabras- extraña lectura para comenzar los días... todos... los... días.

-Cuestionas mi liderazgo y ahora mis lecturas.

Oniris omitió el comentario de la princesa y comenzó a ojear el libro.

-Cuando era joven solía leer este libro, mi padre me dijo que era la historia perfecta para entender a los dioses. Verá, princesa, nunca fui muy docto en el arte de la adoración, de chico jamás me vi maravillado por la historia de los titanes, jamás pensé en los dioses como seres creados por la luz del Sol, ni en los hombres como hijos de la luz de la Luna; no fue hasta mi adultez que la existencia de dioses se volvió un pensamiento difícil de ignorar. Sin embargo aún tenía dudas ¿por qué adorábamos seres que nunca se habían interesado en nosotros?

¿Por qué necesitábamos de ellos? ¿Acaso no nos habían abandonado ya?

>>Mi padre decía "No trates de entender a los dioses, pues tú no eres uno de ellos, entiende primero el mundo que te rodea, quizá así comprendas sus razones", y eso hice, he dedicado mi vida a entender el porqué de todo cuanto me rodea, sin embargo nada me ha explicado mejor los motivos celestiales... que este libro.

-Es tan solo una historia entretenida...- contestó la princesa arrebatándole el libro al anciano.

-Ambos sabemos que no es verdad, majestad, este libro fue escrito hace mucho tiempo, algunos dicen que fue escrito incluso antes de que los dioses escogieran a sus campeones, sin embargo la historia que cuenta... es muy actual; un pueblo de la noche a la mañana descubre que está obligado a vivir el mismo día una y otra vez, al principio todo es caos y sufrimiento, pero poco a poco el pueblo comienza a acostumbrarse hasta que se vuelve parte de su vida, sin embargo un niño que ha vivido atrapado en la edad de trece años por varias generaciones decide utilizar cada día para acercarse a los dioses y encontrar respuestas, durante siglos dedica su vida a rezarle a sus deidades implorando que contesten a sus plegarias, pero nada sucede... hasta el día que uno de los dioses decide contestarle, después de mucho rezar el dios aparece frente al pequeño, y al preguntarle por qué los han condenado a vivir el mismo día por toda la eternidad, la respuesta del dios lo deja helado... "Porque quisimos".

>>En efecto ese libro me enseñó a entender a los dioses, ¿por qué nos maldijeron con esta inmortalidad? ¿Por qué nos maldijeron con demonios? Porque los dioses hacen lo que quieren con nosotros.

La princesa observaba detalladamente al hechicero.

-¿Qué tratas de hacer, anciano? ¿Asustarme? ¿Amenazarme?

-¡En lo absoluto, majestad! Tan solo compartí con usted una historia.

-¡Nadie te pidió que lo hicieras!

-Pero sí que la cuidara, educara, protegiera...

-¿Y eso haces contándome historias que ya conozco?

-Enseñándole la esencia que desconoce... mientras sus padres se encuentren lejos debe recordar que usted es como el niño de la historia, valiente, osada... sin embargo... perdida en mundo que cree conocer. Cuando trate de buscar respuestas, una guía... espero sepa buscarlas en el lugar adecuado, no como el pequeño de la historia.

-Y supongo que el lugar correcto es en tus consejos...- contestó sarcásticamente la princesa. De inmediato Oniris comenzó a reír a carcajadas.

-Ya hay demasiadas sombras en esta mente como para dar luz a nuevos consejos... Se aproxima una tormenta, princesa, espero que esté preparada, porque es más fácil ahogarse dentro de estas paredes que fuera de ellas...

El anciano desapareció de la biblioteca dejando atrás a la princesa apretando con furia su libro favorito.

XX

Joe.

Poco a poco el calor de las llamas comenzó a quemar la piel de Riquel obligándolo a despertar, costó de todo su entrenamiento para no agitar su cuerpo y delatarse a sí mismo. Poco a poco entreabrió los ojos para observar de dónde provenía el calor, notó que su cuerpo se sentía pesado, mas no por su armadura, pues esta se encontraba frente a él amontonada contra un árbol, quizá estaba sometido con un gran peso sobre él para que no escapara, sin embargo no sentía ningún amarre en sus manos o pies; tampoco podía sentir el peso de su espada, seguramente había sido removida por precaución.

Frente a él se encontraba una modesta fogata cuyo calor golpeaba la cara del guerrero, sobre la fogata había cuatro ardillas y un mapache cocinándose lentamente, detrás de las llamas se alcanzaba a percibir la enorme silueta de aquel ser que había destrozado a los cazadores, parecía inmóvil observando las llamas, o al menos eso creía Riquel, pues no podía apreciar bien su rostro.

-Quizá está dormido, si me muevo rápido creo que podré huir, no sé por qué siento mi cuerpo pesado pero no estoy amarrado...

-Sé qué estás despierto- sonó una voz madura, grave y con eco, detrás de las llamas.

-¡Mierda!- pensó Riquel levantándose de un brinco y con la rapidez de un rayó tomó un pedazo de madera en llamas para defenderse.

-Si te quisiera muerto ya lo estarías... tranquilízate, no pretendo hacerte daño- la voz del imponente ser rebotaba dentro de su grueso casco de metal, de hecho todo su cuerpo se encontraba cubierto por una pesada armadura que no dejaba asomar ni un rastro de piel, ni siquiera sus ojos eran visibles.

-Si eso es verdad ¿¡por qué me despojaste de mi armadura y mi espada?!

-Las flechas atravesaron el acero y la piel, tenía que removerlas de tu cuerpo, tu espada está justo tras de ti... en ese árbol.

Riquel volteó cautelosamente y observó su espada enterrada hasta el mango en la corteza de un gran árbol.

-Dije que no pretendo hacerte daño, mas no sé si tú eres mi enemigo, no eres un cazador eso es obvio, y vistes la armadura de un caballero de Andromeca... pero ya he conocido impostores antes de ti.

-¿Por eso clavaste mi espada en ese árbol? ¡Para que no pueda removerla!

-Puedes removerla... inténtalo.

Las fuertes palabras del enorme guerrero rebotaban en el silencio del bosque, sin embargo él no parecía moverse, era como si estuviera clavado en el tronco sobre el cual estaba sentado, su sobrenatural calma ponía muy nervioso al león de oro.

Sin dejar de apuntar el leño encendido hacia el guerrero, Riquel se acercó hasta el árbol donde se encontraba su espada, tomó fuertemente del mango y jaló con todas sus fuerzas pues sabía que remover su arma sería tarea difícil. Sin embargo la espada salió con tal fuerza que partió gran parte de la corteza a la mitad.

-¿¡Qué demonios...?!- Riquel observó su mano empuñando la espada, parecía que el arma era ligera como una pluma, aventó la espada al cielo para cacharla con la otra mano pero esta no abrió a tiempo y la espada se clavó en la tierra.

-¿¡Qué me has hecho?! ¿Por qué mi cuerpo se siente pesado y lento?- Riquel tomó su espada y amenazó al imponente guerrero.

-Yo no he hecho nada, es natural, el cuerpo se vuelve pesado cuando muere...

-¿Muere? ¡¿MUERE?!

-¡Muere! Notarás que tu cuerpo es más lento... para ti, sin embargo eres más rápido y fuerte que antes, hablas sin necesidad de aliento, comes sin hambre, bebes sin sed... vives sin vida.

Riquel sintió que todo su cuerpo perdía la fuerza, unas ganas casi incontrolables de vomitar se adueñaron de su cuerpo mientras caía de rodillas al suelo.

-Por los dioses... ya no queda nada... ya... ya no soy nada... ¡Ya no queda nada!- Riquel se levantó del suelo empapado en lágrimas negras- ¡Entonces es mejor que me arroje a las llamas ahora mismo!- Riquel corrió hacia la fogata y de un brinco se abalanzó contra el fuego, pero una enorme y poderosa mano golpeó su pecho y lo clavó en el suelo.

-Arrojarte a esta patética fogata tan solo lastimará tu cuerpo, mas no acabará con tu vida.

-¡Entonces encenderé una fogata cien veces más grande que esta!

-¡Basta!- la imponente voz del guerrero espantó a las aves de los árboles- ¿quién eres? ¿qué haces en este infierno de bosque? No estás perdido, y no buscas la Ciudadela, ¡así que dime quién eres y qué haces aquí!

-¿Qué importa? ¡Ya nada importa! Ya no soy un hombre, ya no soy un caballero, un hermano, ¡nada! Los dioses me han condenado a ser un demonio y ahora un no-muerto, ¿qué más necesitan de mí para seguirse burlando?... quizá ver mi cuerpo envuelto en llamas les provoque el placer que están buscando.

-Los dioses dejaron de interesarse por los hombres hace eras, ¿qué haces aquí? ¿quién eres?

Riquel comenzó a reírse a carcajadas.

-¿Qué hago aquí? Buscaba una maldita bruja.

-Hay cientos de brujas en Armoria.

-¡Ah! Pero ninguna como esta bruja... verás... esta bruja es tan vieja que presenció el momento en que Alithia explotó en llamas ¡Y nos condenó a esta maldita condición!

-¿Y la encontraste?

-¡Claro que la encontré!- la risa de Riquel era casi incontrolable- Después de días de sufrimiento, fatiga, hambre, sed, dolor, de abandonar a mi hermano, al reino, de dejarlo todo atrás, ¡de pelear contra una maldita serpiente gigante!... ella me encontró a mí.

-¿Qué buscabas? ¿qué te dijo?

-¡¿No es evidente?! ¡Buscaba una maldita cura! Pero ya no sirve de nada.

-¡¿Existe una cura?!

-Maldita sea... ¿por qué no me dejas en paz? ¡No sé si exista una maldita cura! Quizá sí, quizá no, ¡¿de qué sirve eso ahora?!

-¡¿Existe, sí o no?!

-¡Sí! Existe, y es una locura... ¿quieres saber lo que me dijo la estúpida bruja?- Riquel se encontraba a tan solo centímetros del enorme guerrero, desafiándolo con su mirada cubierta de lágrimas negras- La cura es atravesar este ¡maldito bosque! y llegar al reino de Azermis, al mismo infierno, y atravesarlo para llegar al Oeste, al final del bosque, adentrarme en las cavernas... ¡y matar a Alithia!

Ambos se quedaron en silencio un momento, después Riquel se alejó sollozando y se sentó en el tronco frente a la fogata.

-He llegado al final de mi camino, te agradezco que me hayas salvado de los cazadores, pero eso ya no importa... ¡Por los dioses! Cómo quisiera volver a ver la gran ciudad una vez más, abrazar a mi hermano, decirle que lo amo, que siempre lo hecho, que es lo mejor que me ha pasado en la vida, que siempre quise ser como él a pesar de saber que nunca lo lograría, ojalá pudiera verlo a los ojos, pero no con estos ojos de demonio, sino con los míos, y agradecerle el haberme cuidado todo este tiempo... en verdad lamento no poder cumplir mi promesa, hermano... nunca te he fallado pero esta vez... esta vez es inevitable.

-Los demonios no son inmortales...- la voz del enorme guerrero sonó tras Riquel obligándolo a voltear.

-¿Qué?

-Los demonios no son inmortales, si les atraviesas el corazón con una flecha...mueren, no importa que tan grandes o poderosos sean... tu corazón fue perforado por una flecha, sin embargo sigues aquí; y jamás había visto a un no-muerto que conservara el calor de su cuerpo, el rubor de su piel. Tan solo eres la mitad de un demonio y la mitad de un no-muerto, pero el hombre no ha muerto, aún pelea ¡aún existe!

-Y de qué sirve... si lograra librarme de la maldición de Alithia, aún sería un maldito no-muerto.

El enorme guerrero se sentó tranquilamente junto a Riquel y suspiró.

-Cuando juraste ser un caballero de Andromeca... ¿qué juraste?

La pregunta desconcertó al león de oro, ¿qué tenía que ver eso ahora?

-Juré dedicar mi vida a salvaguardar la de los demás.

-¿Solo las vidas de los habitantes de Andromeca?

-No... Las vidas de todos los hombres.

-¿Y ese juramente murió junto contigo?

-¿Por qué me atormentas de esta manera? ¿Qué ganas?

-No te atormento, te hago ver la realidad de tu situación. Tu armadura te delata, eres un caballero de la ciudad de los dioses, y como tal juraste tu vida a una misión más allá de tus miedos y ambiciones; quizá has sido maldecido... pero eso te concede habilidades que ningún otro hombre ha tenido jamás, ¡ni siquiera el poderoso Yllithien! La fuerza de un demonio, los sentidos de un ser nacido en las tinieblas, la resistencia y rapidez de un cuerpo sin vida, y el corazón de un hombre noble. Tienes la obligación de utilizar este mal que te carcome para beneficio de Armoria, quizá seas el único que pueda llegar hasta Alithia y acabar con el sufrimiento de miles de una vez por todas- el enorme caballero postró su mano sobre la espalda de Riquel, y con gentileza presionó su piel-. No sé por qué has sido maldecido de esta forma, pero no puedes permitir que tu muerte sea en vano.

Riquel permaneció en silencio mientras observaba las flamas de la fogata frente a él, sentía que el corazón le palpitaba sin control, pero en realidad no había ningún latido en su pecho ni aliento en su respiración, el frio en sus manos no se debía al sudor, y la pesadez que lo encorvaba no era su armadura. Miró su brazo derecho y notó que ahora era gris, sus uñas negras y afiladas parecían las garras de algún animal, su piel comenzaba a ponerse dura y cuarteada, y sus venas resaltaban como gusanos.

-Ni siquiera sé hacia dónde dirigirme...

-Yo sí lo sé- el enorme caballero se levantó de inmediato e irguió su espalda- te enseñaré el camino hacia el reino de Azermis, y por los dioses juro que pelearé a tu lado hasta que cumplas tu misión.

-¿Hasta asesinar a Alithia?

- Te acompañaré hasta las entrañas del infierno, hasta el oscuro rincón donde nació la maldición, te acompañaré hasta que mi cuerpo no pueda moverse, y al final, cuando el cuerpo de Alithia no sea más que cenizas en el suelo, si aún lo deseas, yo mismo prenderé fuego a la fogata que acabe con tu vida.

-¿Por qué harías tal cosa?- Riquel aún permanecía sentado observando su brazo.

-Porque he esperado eras para encontrar la manera de darle muerte a los demonios, de acabar con la plaga que atormenta los reinos de los hombres, ¡porque he esperado eras para mi venganza!

-¿Tu venganza? ¿quién eres? ¿por qué me salvaste y ahora quieres ayudarme?

-Mi nombre dejó de tener importancia hace mucho tiempo, tanto que algunas veces me es difícil recordar quién era cuando estaba vivo, no necesitamos saber nuestros nombres para querer ayudarnos, para reconocer lo que es justo o necesario; así como tú tienes una misión yo tengo la mía, dada por la misma bruja que tú has buscado, pero hace muchas eras ya.

-¿Acabar con los demonios?

-No, querido amigo, esa es tú misión.

-Pero... ¿tu venganza?

-¡Mi venganza es solo mía! ¡mía! Y no necesitas saber de ella para aceptar mi ayuda.

Riquel comprendió que el enorme guerrero había perdido la razón en algún momento de su pasado, no sería capaz de arrancarle la verdad sobre el porqué de su ayuda, mucho menos la razón por la cual lo acompañaría hasta el corazón del abismo, pero en esos momentos la verdad de sus motivos no importaba, era el único ser con el que contaba, quizá el último con el que compartiría un soplo de vida.

-Mi nombre es... Lev Rohari- Riquel se levantó del tronco donde se encontraba sentado y le extendió la mano al enorme guerrero- y acepto tu ayuda en esta infernal misión.

Sin necesidad de ver sus ojos, el león de oro sintió la penetrante mirada del guerrero.

-Puedes llamarme Joe- el enorme guerrero estrechó fuertemente la mano demoniaca de Riquel- ahora come, aunque no sientas hambre o sed tu cuerpo aún añora el sabor de la carne y la frescura del agua, poco a poco te acostumbrarás a existir sin necesidad de vivir, mañana en la mañana partiremos hacia el reino de Azermis.

¿Quién era ese misterioso caballero? ¿Por qué su insistencia en ayudar a Riquel? ¿Quién o qué se escondía detrás de esa gruesa armadura? Todas estas dudas inundaban al caballero de oro, pero la más importante era aquella que no dejaba de resonar en los oscuros rincones de su mente... ¿Podía confiar en él?

XXI

Un mapa hacia el abismo.

Al filo del bosque, donde los árboles terminan y la luz desaparece, un oscuro pantano mostraba el camino hacia una enorme caverna de la cual emanaba una bruma negra y espesa, como el humo de una fogata cuando se apaga con agua; la caverna estaba rodeada de extrañas formaciones rocosas que serpenteaban entre las aguas del pantano. Pero estas no eran piedras comunes y corrientes, eran los vestigios de lo que alguna vez fue un enorme titán de piedra, las eras habían tratado de enterrarlos entre capas de tierra y agua, y aun así permanecía visible la enorme silueta del gigante.

Al entrar a la caverna poco a poco las paredes se achicaban dificultando el camino hacia el abismo, el olor a humedad empapaba los sentidos, y la bruma negra nublaba la vista formando espectros que desaparecían en un instante. Poco a poco las paredes de roca comenzaban a cubrirse con oscuras espinas de las cuales brotaban horrendas flores. Con cada paso hacia las profundidades horrendas visiones de seres deformes y demonios infernales inundaban los pasillos de piedra y espinas, sin embargo parecían estar inadvertidos de la presencia del intruso; al final las enredaderas de espinas formaban un capullo que protegía a una pálida mujer cuya luz iluminaba la caverna, el rostro de tristeza y dolor era casi insoportable, la mano del guerrero trató de tocarla, pero una enorme mano cubierta de espinas lo detuvo clavándole las puntas hasta el hueso.

Brynn despertó en un grito, cubierto de sudor y jadeando como un perro.

-¡Vaya! Creí que nunca despertarías... buenos días- la voz de Zágatos hizo voltear al lobo de plata.

-¿Dónde estoy? ¡¿Dónde está Marina?! ¡Mis hombres!

-Marina está bien, fue al mercado por algunas cosas que necesitamos para nuestro viaje a casa, tú estás en el cuarto de una posada que generosamente has pagado con tu arco de plata, y tus hombres... bueno, creo que ambos sabemos lo que le ocurrió a tus hombres ¿no es así?

Brynn aún trataba de analizar las palabras del insolente asesino, su mente trabajaba a marchas forzadas recordando lo sucedido en la horrible ciudad de hierro, Ogathas. Recordó la masacre en el gran comedor, la persecución del rey Frederick, y la visión de los enormes centinelas acercándose a él en el largo pasillo de metal.

-Tú... tú nos salvaste- dijo Brynn tocándose las sienes tratando de mitigar el dolor que se acrecentaba en su cabeza.

-Si he de serte sincero... pensaba rescatar solo a Marina, pero como estaban los dos juntos... y qué bueno, sin tu arco no hubiéramos podido pagar esta posada.

-Nunca debimos haber ido a ese maldito lugar, jamás debimos habernos desviado de Mon Aloth, debimos haber regresado de inmediato- los ojos de Brynn se cubrieron de lágrimas, sintió como el corazón se cuarteaba con cada rostro de sus hombres que acosaba su mente.

-"Debimos" "pudimos" "quisimos", nada de eso cuenta ahora, ¿quieres llorar por tus hombres? ¿por Marina? Podrás hacerlos desde la comodidad de tu hogar en tan solo unos días.

La furia trataba de dominar al lobo de plata, sin embargo utilizó toda su fuerza de voluntad para controlarse y no arrancarle la cabeza al guerrero del sur.

-¿Dónde estamos?

-En Omun Lando, en el círculo de ciudades centrales, pero no estaremos aquí mucho tiempo, las cosas se están calentando en este lugar y no tengo intensiones de seguir peleando batallas que no son mías, de hecho... si no hubieras despertado, te hubiéramos dejado aquí.

-"Hubiéramos"...-murmuró Brynn- nada de eso cuenta ahora...

Ambos se quedaron en silencio, sin embargo el lobo de plata no parecía prestarle atención al perro negro.

-¿Dónde está Marina?- preguntó Brynn sin mirar a Zágatos- ¿Quisiera agradecerle por salvarme la vida?

-¿Agradecerle?-Zágatos arrastró la silla en la que estaba sentado hasta encontrarse a tan solo centímetros del rostro de

Brynn- Por tu culpa casi es devorada por demonios, tu necedad, tu estúpido orgullo, tu "juramento de caballero" llevaron a todo aquel que pisó Ogathas al mismo infierno. No tienes nada que agradecer, deberías estar de rodillas pidiendo perdón a gritos.

Brynn no contestó, apretaba los puños con tal fuerza que sus palmas comenzaron a sangrar, se limitó a esquivar la mirada del guerrero pues sabía que una sola mueca, un solo guiño, y le arrancaría los ojos a mordidas.

-Pero bueno...- Zágatos se levantó de golpe tirando la silla- si tanto lo deseas, supongo que podrás encontrarla en el mercado de la ciudad- antes de salir de la habitación el guerrero dijo unas últimas palabras- Mañana antes de que salga el sol partiremos hacia el Sur, tan solo un guante de tu armadura puede comprar una docena de viajes hasta Andromeca, quizá tu reputación te lleve sin necesidad de pagar, sugiero que regreses lo antes posible, se aproxima una tormenta... y aún existen guerreros en la ciudad de los dioses dispuestos a morir por ti.

La ciudad de Omun Lando era casi tan bella y enorme como Andromeca, se encontraba ubicada al centro de una enorme y verde planicie, los árboles que marcaban el inicio de los bosques de Alithia ya no se alcanzaban a ver, de hecho no había nada cerca de la gran ciudad, tan solo hectáreas de pasto que viajaban hasta el horizonte.

La vida dentro de la ciudad era vivaz y opulenta, las personas vestían con finas telas y extravagantes tocados, las casas y edificios eran tan hermosos y vibrantes de color que parecían sacados de una pintura, y justo al centro de la gran ciudad se elevaba el castillo del rey Oscar, una verdadera oda a la belleza y opulencia de la realeza, con columnas tan grandes como árboles, enormes vitrales de colores, y pendones de finas telas con el escudo de la ciudad.

Brynn conocía perfectamente ese estandarte, lo había visto muchas eras atrás, cuando los ejércitos del centro atacaron a la ciudad de los dioses, incluso después de tanto tiempo el lobo de plata sentía en su corazón un pesado resentimiento, escondido, escarbando las paredes de su inconsciente, pero ahí estaba y lo hacía sentir intranquilo en la gran ciudad.

Al llegar al pintoresco mercado el caballero fue inundado por los exquisitos olores de las plantas y especias que ahí se vendían, llamarle mercado a este lugar no le hacía justicia, plantas, animales, telas, especias, metales preciosos y todo lo que la imaginación pudiese denominar se encontraba de una u otra manera entre los callejones del mercado; sin embargo lo único que buscaba era a la guerrera que le había salvado la vida, Marina.

Mientras avanzaba por los corredores llenos de gente sintió una fuerte punzada en un costado de su cabeza, tan fuerte que lo hizo arrodillarse y morderse los labios para no gritar, al cerrar los ojos fue atacado por las mismas visiones sobre la mujer pálida que había soñado la noche anterior. Esta vez las imágenes fueron más vívidas, como si en realidad estuviera en esa caverna rodeada de espinas, sin embargo notó que no era él quien caminaba por los oscuros pasadizos de su visión, sino su hermano, Riquel, quien avanzaba con paso pesado, no portaba su armadura habitual y la mitad de su cuerpo estaba cubierto por lo que parecía ser brea.

Poco a poco fue despertando de su visión mientras era ayudado por las personas del mercado, tambaleándose y aún temblando agradeció a aquellos que le ayudaron y avanzó hasta uno de los puestos donde comenzó a comprar provisiones para un largo viaje.

-Así que al fin piensas regresar a Andromeca, ya era hora- la voz de Marina sonó detrás del caballero de plata.

-¡Marina!- Brynn no puedo controlar su alegría, su rostro se iluminó al ver a la guerra sana y salva-No tienes idea del gusto que me da verte bien.

-Bueno... cada quien tiene su definición de "bien"- Marina levantó su mano, aquella que había sido incinerada por la bomba de fuego, en su lugar se encontraba una mano de madera y metal, aún podía moverse pero no de la misma manera que antes.

-Marina, tu mano...

-No es un gran problema, es como si vistiera un guante sobre mis huesos.

Brynn bajó la mirada y con voz cortada murmuró- Lo siento tanto... en verdad lo siento tanto- Marina golpeó con su mano de madera el hombro del caballero.

-¡Hey! No soy una doncella a la que tenías que rescatar, soy un soldado, y fue mi decisión ir a Ogathas, y me da gusto haber ido, ¿de qué otra forma hubieras sobrevivido? Recuerda que aún me debes tu espada.

-Sí... respecto a eso... voy a necesitar mi espada un poco más.

-¡Por los dioses! Estoy segura que en Andromeca podrán forjarte una igual o mejor.

-Pero no voy a Andromeca.

-¡¿Qué demonios estás diciendo?!

-Tengo... tengo que regresar al bosque.

-¡¿Acaso eres un maldito demente?!- Marina abofeteó con todas sus fuerzas al caballero llamando la atención de los presentes- ¡¿Tantas ganas tienes de morir?!

-No espero que lo entiendas, pero tengo que regresar... mi hermano me necesita.

-¡¿Tu hermano?! ¡¿Qué carajos hace tu hermano en el bosque?! ¡¿Cómo sabes que está ahí?!

-Simplemente lo sé.

-¡Eres un maldito estúpido! ¡Ni siquiera sabes a dónde ir, tan solo quieres meterte al bosque y morir!

-Sé que debo avanzar hasta encontrarme con los restos de los viejos titanes.

-En verdad estás demente- Marina observaba al caballero con los ojos desorbitados por la furia- por tu necedad todo tu batallón está muerto, exiliado, o quizá sufrieron un destino mil veces peor, y ahora quieres regresar solo, si el bosque no te mata el pantano seguramente lo hará.

-¿Pantano?- los ojos azules de Brynn brillaron como antorchas, avanzó hasta Marina y la observó detenidamente mientras su respiración se agitaba- Nunca mencioné un pantano, pero en efecto... hay uno, y debo cruzarlo ¿cómo sabías del pantano?

La voz de Marina comenzó a temblar- Todos saben sobre el maldito pantano- la guerrera comenzó retirarse pausadamente.

-No, no es así, nadie sabe de ese pantano porque nadie ha regresado de los adentros del bosque, nadie ha escrito, cantado o escuchando de dicho pantano... excepto tú.

-Supongo que lo debí haber escuchado entre las leyendas del Sur... si quieres ir y morir es tu decisión, ¡yo me largo!- Marina trató de salir corriendo pero fue detenida por el fuerte brazo de Brynn.

-Tú sabes cómo llegar, no intentes negarlo, y vas a dibujarme un mapa para que pueda dar con él.

-¡Suéltame maldito bastardo!- Marina desenvainó su espada de cristal y amenazo al lobo de plata- vuelve a tocarme y no seré la única con una mano menos.

-¡Dibújame el maldito mapa!

-¡No! ¡No pienso ser parte de tus locuras! ¡si quieres morir será por tu cuenta!- Marina empujó a Brynn y trató de huir pero de nuevo fue detenida por el caballero. Brynn se encontraba furioso, el cuerpo le temblaba y los ojos los tenía cubiertos de lágrimas.

-Necesito llegar hasta donde están los titanes, necesito salvar a mi hermano, ¡necesito de ti! ¡por favor!

En ese momento media docena de guardias llegaron hasta donde se encontraban Brynn y la guerrera.

-¡¿Hay algún problema?! Están asustando a la gente.

Marina y Brynn se miraron fijamente, el caballero no pudo emitir palabra alguna pero con sus labios le suplicó a la guerrera que le dibujara el mapa.

-No, no hay ningún problema... ya me iba- La guerrera dio media vuelta y desapareció entre la multitud. Los guardias se acercaron a Brynn pero fueron detenidos por su espada.

-Si dan un paso más, valientes caballeros, me temo que tocarán el suelo por partes- los guardias reconocieron su armadura y su espada.

-No queremos comenzar un conflicto entre nuestras ciudades, por favor retírese del mercado- dijo uno de los guardias guardando su espada.

Brynn tomó sus provisiones y regresó a la posada.

Brynn puso sobre la mesa una carta sellada con cera.

-¿Qué es esto?- preguntó Zágatos.

-Una notificación de mi puño y letra sellada con el emblema de mi armadura, en ella relato cómo nos ayudaron en la batalla y, sobretodo, como salvaron mi vida, si se presentan en Andromeca serán tratados como héroes, y recompensados como tal... se los aseguro.

-¡Vaya! Creí que nunca seríamos recompensados- contestó Zágatos sarcásticamente, Brynn notó el veneno en las palabras del perro negro, pero hizo caso omiso a su furia.

-Una cosa más...- Brynn desenvainó su espada y la puso sobre la mesa- Esto es de Marina.

Zágatos estaba maravillado ante la hermosura de la espada.

-Eso sí es una gran recompensa... pero... ¿y tú? ¿piensas viajar desarmado?

-Esperaba poder tomar prestada una de sus espadas de cristal.

-Las espadas de cristal son únicamente para los asesinos del Sur...- Zágatos palmeó el mango de su espada- pero si tu palabra vale la mitad de lo que dices, podemos hacer una excepción- El asesino del sur desenvainó su espada y se la otorgó a Brynn- No puedo decir que fue un placer o un honor, ciertamente espero que nuestros caminos no se vuelvan a cruzar - Zágatos extendió su mano para estrechar la del caballero. Con la furia haciendo temblar sus dedos, Brynn estrechó la mano del guerrero, de inmediato Zágatos lo jaló hacía sí y comenzó a susurrarle al oído.

-Si yo fuera tú buscaría a aquel que me traicionó e hizo que perdiera a todos mis hombres.

-¿Qué...?

-Mon Aloth, Ogathas, ambos estaban condenados desde hace mucho y aun así fueron enviados a "rescatarlos", algo está sucediendo en ese maldito bosque, algo que no es normal... y alguien en Andromeca sabe perfectamente qué.

Ambos guerreros se alejaron y se miraron fijamente.

-Buena suerte, caballero de Andromeca, los dioses parecen quererte vivo... ojalá descubras por qué.

Brynn no contestó, tan solo observó con detenimiento a los perros negros del sur, aquellos asesinos sin honor, leyes o normas, mercenarios que habían buscado la manera de hacerse ricos a expensas de él... y que le habían salvado la vida.

-Buen viaje...- fue todo lo que dijo Brynn antes de salir de la habitación. Montó sobre un caballo que compró con una parte de su armadura y comenzó el viaje de regreso a los bosques de Alithia.

XXII

La mujer de las flores.

Las puertas de la cámara del trono se abrieron de par en par, un hombre delgado de tez bronceada, nariz aguileña y barba de lija, entró a gran velocidad portando consigo un papiro en la mano.

-¡Majestad! ¡Majestad! uno de nuestros zorros ha regresado con un mensaje de la ciudad de Lemas, han firmado el tratado de guerra con Andromeca, ahora el rey Héctor se dirige a la ciudad inundada de Jorgën.

Un hombre alto, fornido y de tez negra descendió del hermoso trono de oro y se acercó hasta el mensajero; tomó el papiro y comenzó a leer.

-Es impresionante el poder de un enemigo en común...- el hombre sonrió y le otorgó el papiro al mensajero- Todas las ciudades del centro aliadas con Andromeca para incinerar a los no-muertos del Este... si me lo hubieras dicho hace eras te hubiera quemado en la hoguera por loco, y sin embargo está sucediendo.

El rey Oscar de Omun Lando era un hombre cuya sola presencia imponía respeto, su cuerpo portaba las marcas de incontables batallas, sus ojos verdes contrastaban con su piel negra la cual estaba cubierta por las más finas telas y las joyas más raras.

-¿Cómo van los preparativos, Jorhas?

-Conforme lo planeado, aún faltan algunas provisiones pero...- Jorhas pudo sentir la penetrante mirada del rey golpear su mente- Todo estará listo en tiempo y forma, se lo aseguro, majestad.

-Bien, no volveremos a tener una oportunidad como esta, no quiero retrasos ni excusas ¿está claro?

-¡Sí, majestad!

De pronto el sonido de gritos y ajetreo llamó la atención de ambos hacia uno de los balcones. Al asomarse notaron una conmoción en el mercado, los guardias se habían reunido alrededor de dos figuras que se mostraban difusas a la lejanía.

-¿Qué demonios está pasando?

-¿Quiere que investigue, majestad?

-No hace falta, Jorhas, los guardias ya están ahí.

De pronto un destello de luz iluminó el rostro del rey, el sol se había reflejado en la hermosa armadura de Brynn y había delatado su identidad.

-¿Acaso...? ¿Acaso es el general Brynn de Andromeca?- preguntó Jorhas retóricamente.

-¿Por qué no he sido informado de su presencia?- el rey tomó del hombro al mensajero y lo observó fijamente mientras rechinaba los dientes.

-Majestad, nadie ha sido informado, no hubo bestias que avisaran su visita, mucho menos presentaciones formales o grandes entradas.

-¡Y no obstante ahí está! Su presencia podría arruinarlo todo ¡todo!

-No veo ningún otro caballero de Andromeca alrededor, mandaré la orden de su...- Jorhas fue abofeteado con tal fuerza que rebotó contra uno de los pilares del balcón.

-Acaso... estás... ¡demente! No es un maldito bandido, es el general de la guardia real de Andromeca, el hecho de que no veas ningún caballero no quiere decir que no los haya.

En ese momento la conmoción se detuvo, Brynn abandonó el mercado dejando atrás a los guardias.

-Reúne a tus espías y averigua por qué está aquí, no hagas nada sin mi autorización, tan solo quiero información.

-Sí, majestad- dijo Jorhas mientras se limpiaba la sangre del labio.

El rey Oscar se asomó nuevamente por el balcón y habló para sí casi en un murmullo.

-He esperado eras por una oportunidad como la que tenemos enfrente, y justamente se aparece la única persona que podría evitarlo, si esto es una coincidencia los dioses se burlan de mí.

-¡Otra cerveza para mis valientes amigos!

Los gritos y vítores se escuchaban por todo el bar, los perros negros del sur llevaban horas celebrando su próximo regreso a casa y habían hecho amistado con todos los comensales del lugar, la comida y la bebida fluían como un río interminable de decadencia, algunos de los guerreros cogían sobre las mesas con prostitutas y meseras, mientras que otros empezaban peleas tan solo por diversión.

En una de las mesas se encontraba Zágatos con tres perros negros más, y un comensal que se había unido a la celebración. En cuanto llegaron las cervezas el hombre alzó su tarro y brindó por sus nuevos amigos.

-¡Salud! Por los perros negros del sur, ¡los guerreros más valientes de todo Armoria!

-¡SALUD!- gritaron los guerreros al unísono.

-¿Están seguros que tienen que regresar mañana al Sur? Aún no han visto lo mejor de la ciudad.

-¡Oh, vaya que lo hemos visto! Esta no es la primera vez que venimos, amigo- contestó Zágatos.

-Aun así, después de haber peleado contra los demonios del bosque, merecen un descanso más largo que tan solo un par de días.

-Ya hemos descansado lo suficiente fuera de nuestro hogar, no puedo esperar a dormir en mi propia cama, a oler el mar de nuevo, a sentir la arena bajo mis pies...

-Pero quizá antes pasemos por Andromeca- las ebrias palabras de uno de los perros negros se escaparon de su boca, al escucharlas Zágatos golpeó su pierna con tal fuerza que estuvo a punto de quebrársela.

-¿Andromeca?-preguntó el comensal- pero la ciudad de los dioses queda justo del lado opuesto, ¿por qué tendrían que pasar por ahí?

Zágatos miraba con furia a su compañero mientras se revolcaba en suelo sobándose la pierna.

-No le hagas caso a mi amigo- contestó Zágatos sin dejar de mirar a su compañero- está ebrio, le prometimos que si regresábamos con vida iríamos a la ciudad de los dioses, supongo que confió demasiado en esa promesa.

-Oh... entiendo, por un momento creí que escoltarían al general de Andromeca de regreso.

Zágatos permaneció en silencio unos momentos observando al comensal.

-¿Por qué creerías eso?

-Hoy hubo una conmoción en el mercado, todo mundo está hablando de eso, no creí que tuvieran algo que ver hasta que habló su amigo.

-No tiene nada que ver...

-¡Jamás escoltaríamos de nuevo a ese imbécil!- Uno de los perros negros que había estado fornicando en una esquina pasó por la mesa de Zágatos para robar un trago de cerveza- ¡Ese idiota es un suicida, de seguro sus entrañas ya cuelgan de los árboles del bosque de Alithia!

Zágatos respiró profundamente y cubrió su rostro con sus manos "Eres un maldito estúpido" pensó mientras escuchaba a su compañero escupir palabras.

El comensal se levantó de la mesa, terminó de un solo trago su cerveza y dejó unas monedas de plata.

-Gracias.

-¡Espera! ¿Cuál dijiste que era tú nombre?- preguntó Zágatos.

-No lo dije- el comensal sonrió y desapareció entre la multitud.

-Eres... un... ¡IDIOTA!- Zágatos atravesó la mesa y se abalanzó contra su compañero rompiéndole la nariz de un solo puñetazo.

-¡Majestad! El general Brynn se dirige hacia los bosques de Alithia

-De seguro vino por provisiones para él y sus hombres, quizá me preocupé de más.

-No, majestad, cabalga solo. Parece ser que perdió a todos sus hombres.

La copa de vino se resbaló de la mano del rey Oscar rebotando sobre los escalones de oro del trono.

-Jorhas... ¿has recibido alguna notificación sobre el paradero del capitán Riquel?

-¿Del león de oro? No, majestad, ¿debería?

-Cuando el rey Héctor nos visitó se me hizo extraño verlo sin sus perros falderos, al preguntarle por qué había viajado sin ellos me explicó que el general Brynn iba a ser necesitado en la ciudad de los dioses, y que el capitán se encontraba de viaje con permiso de ausencia, de hecho creía que lo encontraría aquí. Ambas historias me parecieron extrañas por lo que mandé aviso a nuestros espías en todas las ciudades centrales para que me notificaran si sabían algo.

-Pero no hemos recibido ninguna notificación.

-¡Exacto! ¡¿No lo entiendes?! Andromeca se encuentra en estos momentos sin rey, general, capitán y una gran porción de su guardia real. Y por primera vez tenemos a nuestro alcance al lobo de plata, solo y lejos de su hogar.

-¿Qué desea hacer, majestad?

-¡Persíguelo! ¡Persíguelo como el perro que es! Incinéralo en el bosque y esparce sus cenizas al viento, funde su armadura y espada y hazme una nueva armadura para presumirla ante los dioses.

-Tan solo nos lleva una noche de ventaja, si partimos ahora lo alcanzaremos antes de que caiga la noche.

-¡Entonces hazlo, maldita sea! Una vez que regreses daré la orden y marcharemos hacia Andromeca.

-Como ordene, majestad.

El corcel se detuvo en seco ante la cordillera de árboles frente a él, un salvaje relinchido asustó a las aves obligándolas a volar fuera del refugio de las ramas.

-Tranquilo, tranquilo... yo también tengo miedo- Brynn descendió del caballo y acarició suavemente su cuello- . Más adelante el camino es peligroso, regresa a casa amigo, gracias por la ayuda.

El corcel frotó su cabeza contra el cuerpo de Brynn y dio la media vuelta cabalgando a todo galope.

El lobo de plata observó al caballo hasta que su silueta se perdió en el horizonte, después dio la vuelta y contempló por algunos momentos el denso bosque que se abría paso frente a él.

-Espera por mí, hermano, aún hay tiempo...

Fue necesaria toda la fuerza de voluntad que aún vivía en los adentros del caballero para empujarlo a dar el primer paso dentro del bosque, de inmediato su pie se hundió en el lodo dándole la bienvenida a un paraje totalmente distinto al de la hermosa pradera que dejaba atrás.

El tiempo era incalculable dentro del bosque, las ramas de los árboles bloqueaban el cielo haciendo imposible medir el tiempo por la posición del sol, mucho menos ubicar los puntos cardinales, Brynn se limitaba a caminar en línea recta sin importar los obstáculos del camino, sabía que tenía que dirigirse hacia el Oeste y eso era justamente lo que haría, sin importar qué se cruzara en su camino.

Una vez que el cansancio y el hambre llegaron al punto de ser insoportable, Brynn encendió una pequeña fogata y puso sobre las brasas un par de filetes que había comprado en el mercado de Omun Lando. Apoyó su espalda contra la fuerte corteza de un árbol y esperó pacientemente a que las llamas cocinaran la carne, el calor del fuego golpeaba su rostro y el sonido del bosque comenzaba a arrullarlo poco a poco. Sin darse cuenta se quedó dormido en pocos minutos, dejando que su mente lo trasladara en sueños hasta la caverna del Titán donde se encontraba la pálida mujer encerrada entre espinas, sin embargo esta vez observó a su hermano pelear contra un caballero totalmente cubierto con el mismo tipo de espinas que adornaban la caverna. Todo el lado derecho de Riquel estaba cubierto por una extraña brea negra y la manera en la que peleaba era muy distinta a la habitual, sus golpes y pasos eran pesados y salvajes, totalmente ajeno a la manera calculada y ágil a la que estaba acostumbrado. De pronto el caballero de la espinas tomó del cuello a Riquel y comenzó a atravesar su piel con las espinas que lo cubrían, en pocos segundos había cercenado la cabeza del león de oro.

De inmediato el lobo de plata despertó de su pesadilla con el corazón a punto de explotarle dentro del pecho, los oídos le zumbaban y el sudor frío goteaba de su frente. Conforme se fue tranquilizando, sus sentidos recobraron la agudeza de siempre, detectando pequeños sonidos, casi imperceptibles, de hojas crujiendo de una manera demasiado armoniosa como para ser producto del viento.

Lentamente bajó su mano hasta empuñar delicadamente el mango de su espada de cristal, y poco a poco fue irguiéndose contra el árbol. Cuando escuchó los pasos a una distancia adecuada, Brynn se abalanzó contra las sombras y embistió con su espada al intruso, sin embargo la hoja de su espada fue detenida por una espada de cristal idéntica a la suya.

-Te estás volviendo lento...- el rostro de Marina apareció de entre la sombras alumbrada por la tenue luz de la fogata.

-Y tú descuidada...- Brynn bajó su espada y regresó a la fogata- ¿Qué estás haciendo aquí?

La hermosa e imponente Fergorn cayó a un lado del caballero haciendo vibrar su acero.

-Tu espada es muy pesada para mí, no sé cómo puedes blandirla en batalla, y no creo que exista un mercader en todo Armoria que pague su verdadero valor.

-¿Viniste hasta aquí solo para devolverme mi espada?

Marina tomó uno de los filetes y comenzó a devorarlo frente a Brynn.

-También... está el hecho... de que...- Marina fue interrumpida por el lobo de plata.

-Termina de comer y luego habla, no puedo entender una palabra de lo que estás diciendo.

Marina terminó de pasar bocado molesta por el comentario de Brynn.

-Decía que también está el hecho de que no soy una maldita bandida, soy una guerrera y tengo honor, no pienso dejar que te adentres hasta el pantano de los titanes con una espada inferior a esa.

-¡Vaya! ¡Qué amable!- contestó Brynn sarcásticamente mientras tomaba uno de los filetes.

-¡Escúchame maldito idiota! Mis manos gotean con la sangre de miles de personas, pero todas y cada una de ellas murieron por una razón, eran mi objetivo o mis enemigos, ¡todos murieron con honor! No pienso tener tu muerte en mis manos solo por una estúpida espada- Marina sacó de entre su ropa un trozo de papel, lo arrugo con furia y se lo aventó en la cara a

Brynn- No sé por qué estás tan obsesionado con este maldito bosque, pero caminando a lo estúpido no llegarás muy lejos, fue muy fácil seguir tu rastro, si yo pude no dudes que los demonios también, ahí tienes tu mapa, síguelo y quizá llegues a la caverna de los titanes, suicida imbécil.

Marina dio la media vuelta enfurecida y comenzó a alejarse de Brynn, pero fue detenida por la voz del caballero susurrando.

-Mi hermano está en esa caverna, Marina, no puedo dejarlo solo.

-¡¿Cómo sabes que tu hermano está ahí?! ¿Por qué no mandas una bestia a todas las ciudades de Armoria para saber si lo han visto?

-Porque sé que no está en ninguna ciudad, hasta hace un par de días estaba convencido que se encontraba en los bosques del Este...

-Un no-muerto...- Marina se vio sorprendida ante el comentario de Brynn, la curiosidad fue suficiente para regresar unos cuantos pasos.

-No, mi hermano aún vive...

-Entonces ¿por qué carajos estaría en ese bosque?

Brynn permaneció en silencio unos momentos con la mirada perdida en la fogata.

-¡Olvídalo! Me largo, estoy harta de tus malditos secretos, ojalá valgan la pena las muertes que han provocado.

-¡Buscaba a una bruja! ¿está bien? A la más anciana de todas, tan anciana que presenció la explosión de Alithia, si los rumores son ciertos ella sabría cómo curar...-ambos se miraron fijamente mientras las llamas iluminaban sus rostros- Sabría cómo curar la infección, sabría cómo curar a mi hermano.

-Tu hermano es un demonio...

-¡No! No sé... quiero creer que aún no, que todavía es un hombre, pero incluso si lo fuera no puedo abandonarlo, ¡no puedo permitir que se transforme en una de las cosas que nos atacaron en Ogathas! Antes preferiría aventarlo a la hoguera...

Marina regresó a la fogata y se sentó a un lado de Brynn.

-¿Cómo sabes que está en la caverna del titán?

-Lo he visto en sueños, he visto parte del camino, la caverna, creo que he visto a la misma Alithia... y lo he visto a él.

-Entonces... por qué no estás con él, por qué no lo acompañaste al Este, por qué te encontré en Mon Aloth y seguiste tu camino hacia Ogathas, arriesgando tu vida y la de todos tus hombres...

Los ojos de Brynn se llenaron de lágrimas y el tono de su voz se llenó de tristeza y vergüenza.

-Porque hice una promesa hace mucho tiempo, Marina, una promesa que me obliga a cumplir mi deber como caballero antes que cualquier otra cosa.

Marina se levantó indignada, enfurecida, no podía creer lo que estaba escuchando, sintió unas ganas casi incontrolables de golpear a Brynn hasta deformarlo, se abalanzó contra él y lo tomó del cuello.

-¡¿Todo esto es por tu maldito honor de caballero?! ¡¿Por tu juramento al rey?!

Brynn se levantó de inmediato empujando a la guerrera con una sola mano.

-¡Jamás! No podría importarme menos mi juramento ¡maldita sea! ¿Crees que ser un caballero es más importante que mi hermano?, ¿que un cargo pesa más que la sangre? ¡No seas estúpida!

Brynn le extendió la mano a Marina para ayudarla a levantarse, sin disculparse comenzó a relatar su historia.

-Hace mucho tiempo, muchas eras, yo era un hombre muy distinto al que tienes frente a ti, no era el general de la guardia real de Andromeca, ni siquiera era un caballero de alto rango, tan solo era un soldado más entre cientos... ni siquiera quería ser soldado, la plaza era mía por derecho de nacimiento, mi padre había sido el general de la guardia y uno de los consejeros más queridos del rey Héctor, por eso mi hermano y yo entramos al ejército de Andromeca; él siempre estuvo fascinado... yo no. No podía importarme menos mis deberes, mi honor, la ciudad, corría el rumor que las ciudades centrales se estaban aliando para destronar al rey Héctor, tomar Andromeca y centralizar el reinado de Armoria, todo mundo estaba preparándose para una gran guerra... todos menos yo.

-¡Por los dioses! Esa guerra fue hace...

-Mucho tiempo, como ya dije... En esa época lo único que me interesaba era pasar mis noches en la cama de alguna mujer y perder mis mañanas en peleas estúpidas y sin sentido, cada noche descubría una nueva cama como si la mía fuera mi peor enemigo, nunca hice la cuenta pero estoy convencido que conocí la habitación de toda mujer en Andromeca, para mí eran tan solo un pasatiempo, nunca había sentido por alguna algo más que no fuera deseo...

>>Sin embargo un día todo eso cambió, yo solía llevarle flores a la tumba de mi padre todos los días, sin excepción, buscaba las flores más hermosas que pudiera encontrar en el reino, generalmente eran flores importadas de las ciudades centrales, pero un día llegó una caravana de mercaderes del sur, entre ellos venía una anciana florista y su hija... nunca he presenciado la magia, Marina, pero ese día fui testigo de cómo se detuvo el tiempo, ni siquiera me atrevía a pedirle las flores a ella, tuve que hablar con la anciana, de hecho me tomó varios días reunir el coraje para pedirle las flores a ella... nunca había estado tan nervioso en mi vida, no sabía qué era lo que sentía pero estaba convencido que no era normal. Intenté cortejarla durante mucho tiempo pero siempre encontraba una manera muy educada de rechazarme, sin embargo los dioses me sonrieron y permitieron que me hiciera caso... no pasó mucho tiempo antes de que comenzáramos a vivir juntos, no era un opulento palacio pero era una casa acogedora, justo en el centro de Andromeca, hecha de madera por mis propias manos, no era hermosa... pero era nuestra.

>> Nada me importaba más que ella, ni siquiera mi hermano, ni siquiera la inminente guerra que cada día se acercaba más a nuestras puertas... hasta que la guerra explotó frente a mis narices. Las campanas nos llamaron a las armas, mi hermano y yo estábamos con el primer batallón deteniendo las oleadas de soldados de la ciudades centrales, la sangre se colaba entre los pliegues de mi armadura, mientras yo destazaba y cercenaba, mis escuderos se encargaban de incinerar los cuerpos con aceite y antorchas, el olor a sangre y a carne quemada me hizo vomitar más de una vez, después llegó la caballería de

Omun Lando, si no hubiera sido por nuestros arqueros hubiéramos sido aniquilados en cuestión de minutos. Mientras corríamos de regreso a la ciudad para reagruparnos, el cielo se iluminó de rojo, enormes bolas de fuego habían sido disparadas contra la ciudad, las catapultas salieron de entre los árboles y nos rodearon, la llamas se extendieron por cada rincón de Andromeca, recuerdo que era de noche pero parecía de día, la luz del fuego cubría la tierra y los cielos, los que habíamos sobrevivido del primer batallón éramos los encargados de salvaguardar a los civiles dentro de las murallas de la ciudad, yo llevaba en brazos a un hombre que había sido alcanzado por las llamas cuando fui detenido por Oniris, el consejero real, y dos guardias, lo guardias tomaron entre brazos al herido y Oniris permaneció en silencio observándome... no tuvo que decir nada para que yo comprendiera lo que había sucedido, de inmediato corrí hasta la enfermería y a ahí estaba... envuelta en vendajes y pociones, las flamas la habían atrapado en nuestra casa.

>> Nunca había sentido una furia como la que se apoderó de mí ese día, sin importarme las órdenes o los protocolos salí al campo de batalla totalmente fuera de mí, no sabría relatar lo que sucedió, no lo recuerdo. Las historias dicen que destacé a más de doscientos soldados, que las flechas rebotaban en mi armadura sin que ninguna penetrara mi piel. Fui yo quién asesinó con mi propias manos al Rey de Omun Lando, aplasté su cráneo con tal fuerza que sus ojos rebotaron en mi peto... dicen que lo hice frente a su hijo, el príncipe Oscar. En tan solo una noche un soldado había terminado con un batallón y un líder de la rebelión, "un lobo hambriento" fue como lo describieron...- Brynn levantó su espada- Fergorn... esta espada y mi armadura, fueron forjadas con la armadura del rey de Omun Lando. La guerra terminó a los pocos días.

>>No le di importancia a la celebración, ni siquiera al hecho de que me nombraran general, tan solo me importaba ella... pero las heridas habían sido muy graves, su cuerpo había muerto, mi razón de vivir ahora era un no-muerto, condenada a los bosques del Este por la misma ciudad que yo había salvado ¡No podía permitirlo! Escapé con ella al sur, a su lugar de origen, pensé que el mar le daría fuerzas, quizás Adwyl, el señor de los

mares, podría bendecirnos... al menos eso creía. Estuve varios días con ella en una cabaña frente al mar, solía ir al mercado por comida mientras ella permanecía observando las olas desde una ventana, odiaba salir a la luz... se avergonzaba de sus cicatrices.

>> Uno de esos días regresé del mercado y encontré la cabaña envuelta en llamas, de inmediato entré derrumbando la puerta... y ahí estaba ella, sentada esperando a que el fuego la envolviera. Cuando me vio me gritó que me fuera, que la dejara morir, ¡¿Pero cómo podía hacer eso?! Frente a mí estaba el amor de mi vida, cada fibra de mi cuerpo se movía por ella y para ella, no me importaban sus cicatrices o su condición, para mí era tan hermosa como el primer día y la amaba mil veces más, no me importaba vivir la eternidad en esa cabaña, recluidos del mundo, no me importaba abandonarlo todo si permanecía con ella. Traté de cargarla fuera de la cabaña pero se había encadenado al suelo, de entre su ropa sacó un sobre y lo guardó entre los pliegues de mi saco, con lágrimas en los ojos me miró una última vez, me besó... y me gritó que me largara, me suplicó que me fuera, que la dejara morir a solas, sin que mis ojos la juzgaran... sentía el calor del fuego sofocarme, el humo raspaba mi garganta y mi nariz, los ojos me ardían, pero no podía dejar de verla, quería morir a su lado... Unas fuertes manos me tomaron del torso y me arrastraron fuera de la cabaña, unos pescadores habían visto el incendio y entraron a salvarnos, solo pudieron sacarme a mí.

>>Me tomó varios días reunir el coraje para leer aquello que había guardado entre mis ropas, eran dos cartas, una firmada por el rey Héctor... y otra escrita de su puño y letra, la primera era una petición mandada a todas las ciudades de Armoria preguntando por el valiente "lobo de Andromeca", la ciudad de los dioses suplicaba que regresara. La segunda... en la segunda ella me pedía que regresara, que mi destino se había escrito y debía cumplirlo, ella estaba orgullosa de mí, no quería verme envuelto en un mundo de sufrimiento, quería verme triunfar, trascender, convertirme en el hombre que sabía podía ser... En la carta me suplicaba que regresara y tomara el mando de la guardia real, que fuera el mejor general, el mejor caballero, que la historia me recordara por encima de Yllithien.

>> Ella quería que regresara a mi mundo, a mi vida... pero ella era mi mundo, ella era mi vida. Desde ese día solo vivo para cumplir su último deseo, no lo hago porque sea mi deber, porque sea mi destino, lo hago porque su muerte no fue en vano, no me interesa el rey, la reina, Andromeca, los dioses... nada en esta vida me importa, si por mi fuera ya sería una pila de cenizas desde hace eras, lo único que me mantiene vivo es esa promesa, e incluso es más fuerte que mi amor por mi hermano.

Las brasas de la fogata tronaron y pequeñas luces explotaron dentro de las flamas. Marina miraba atónita a Brynn, nunca lo había analizado tan meticulosamente como en esos momento, frente a ella se encontraba un mítico caballero, y a pesar de estar vivo... estaba más muerto que cualquiera de sus hombres.

-¿Cuál era su nombre?- preguntó Marina tragando saliva.

Brynn suspiró y por un momento pareció sonreír, sin embargo no pudo emitir palabra alguna pues se abalanzó contra Marina tirándola al suelo, un par de flechas rozaron sus cabellos a tan solo centímetros de distancia.

XXIII

Fenrir.

-¡¿Estás bien?!- preguntó Brynn ajetreado, Marina tan solo pudo asentir con la cabeza, las flechas llovían alrededor de ellos. Brynn trataba de cubrir con su cuerpo a la guerrera del Sur.

-Tenemos que cubrirnos, ¡corre hacia los árboles frente a nosotros!- exclamó el lobo de plata. De inmediato la guerrera corrió hacia el refugio de un gran tronco, segundos después apareció el guerrero junto a ella.

-¡¿Quién demonios nos está atacando?!-exclamó Marina.

La armadura de Brynn era tan resistente que había generado leyendas alrededor de ella, sin embargo un par de flechas habían logrado atravesar sus hombreras y permanecían en la plateada armadura como adornos. Brynn las retiró con furia y las observó detalladamente. Eran flechas gruesas y duras, no estaban hechas de un solo metal sino de varios y las puntas estaban talladas como serruchos.

-Estas flechas son de Omun Lando, las reconocería aun en el fin del mundo, para haber atravesado mi armadura seguramente las dispararon con ballestas.

-¡Qué bueno que te traje tu espada de vuelta!- exclamó Marina con un aire de sarcasmo en sus palabras.

-Supongo que no traes también mi arco ¿verdad?- la guerrera tan solo se encogió de hombros.

Tres flechas golpearon la corteza del árbol raspando la madera.

-Si nos persiguen de frente se encontrarán con el filo de nuestras espadas y sus ballestas no servirán para nada, pero no son idiotas, seguramente nos empezarán a rodear para emboscarnos- dijo Brynn con una calma casi espectral que más que darle seguridad a Marina, la asustó sobremanera.

-Cuando tengan que recargar sus armas es cuando nos moveremos, yo te diré si es de mi lado o del tuyo.

-¿Pero cómo sabrás eso?- preguntó Marina desconcertada.

-Tranquila, lo sabré...-Brynn cerró sus ojos y comenzó a percibir los sonidos que le rodeaban, el crujido de las llamas de su fogata, la piel de la carne chamuscándose, las hojas y ramas rompiéndose por el peso de sus atacantes, el sonido de las flechas rompiendo el viento, todo era tan claro como si estuviera sucediendo a centímetros de él. De pronto escuchó el crujir de las ballestas, cuatro de sus atacantes se habían quedado sin flechas y necesitaban recargar, era el momento perfecto para que Marina corriera y se escondiera entre los árboles a su izquierda; Brynn abrió los ojos y pretendía ordenarle a Marina que se moviera cuando sus oídos percibieron un sonido fuera de lo común, un sonido que de inmediato lo puso en alerta, no era tenue ni discreto, pero entre la conmoción tan solo sus sentidos entrenados podían distinguirlo de entre todos los demás.

-Marina...-dijo Brynn en un susurro- mantente callada y con paso ligero aléjate de este árbol y de todos los demás.

-¿Pero qué carajos estás diciendo? ¡Nos vamos a poner a la merced de sus flechas   !

-No... estamos por vivir otro tipo de batalla, aléjate de este árbol poco a poco y no hagas ningún ruido.

La seriedad con la que Brynn había hablado convenció a la guerrera, poco a poco comenzó a alejarse de la seguridad del árbol avanzando en línea recta hacia un pequeño claro rodeado de árboles. Brynn la seguía con paso delicado.

El ruido que escuchaba Brynn era el crujir de los troncos alrededor de él, pero este crujir se acercaba a gran velocidad. Mientras las flechas volaban junto al guerrero de plata este comenzó a contar en su cabeza los metros que le faltaban al ruido para llegar hasta donde estaba su campamento.

-Diez metros... siete metros... cuatro metros...

-¡Todos! ¡Recarguen y disparen! Los tenemos en la mira...-gritó una voz desesperada detrás de Brynn. Las ballestas crujieron mientras eran recargadas, Brynn contó el sonido de diez ballestas.

-Dos metros...

-¡Disparen!

-Uno...

Brynn brincó para cubrir con su cuerpo a Marina, por lo que tan solo escuchó el crujir de un árbol y los gritos de terror de sus atacantes.

-¡Fenrir!-gritaron al unísono.

Los gritos de terror y desesperación comenzaron a inundar el bosque, los troncos de los árboles crujían sin cesar, como si alguien los golpeara con un mazo gigante y pesado.

-¡Dejen las ballestas, no sirven de nada! ¡Usen sus espadas, maldita sea!

Los atacantes desenvainaron sus espadas... pero ya no había nada ahí.

-No se dejen engañar, sigue aquí, entre los árboles- los atacantes que aún permanecían enteros formaron un círculo, espalda contra espalda, mientras esperaban a que volviera a aparecer la criatura.

El sudor bañaba sus ojos, sus dedos temblaban tratando de afianzarse al mango de la espada, y sus rodillas luchaban con todas sus fuerzas por mantenerse de pie.

Brynn escuchó la calma y la curiosidad lo hizo voltear, el fuego de su fogata aún ardía e iluminaba el escenario de la masacre, seis de los diez atacantes se encontraban totalmente descuartizados y esparcidos entre los árboles y la tierra; los troncos de los árboles que rodeaban a la fogata se encontraban totalmente pintados por la sangre de los guerreros. Los cuatro hombres que quedaban empuñaban sus espadas con manos temblorosas y daban vueltas esperando lo peor.

De las entrañas de uno de los troncos explotó una figura infernal que emergió de entre la madera, era un ser que parecía estar formado por ramas y madera, el rostro era muy parecido al de un lobo, y el cuerpo deforme y horrendo se paraba en dos piernas como un humano.

La imponente criatura se irguió frente a los cuatro hombres cubriendo sus caras con su sombra. Los hombres subieron sus espadas en posición amenazante mientras el pánico destellaba en sus ojos.

El cuerpo de la criatura chorreaba sangre por todos lados, mas no era su sangre, sino la de aquellos a los que había descuartizado. El horrendo demonio bajó la mirada y se encorvó para apreciar mejor a los hombres, por un momento que se sintió eterno el bosque quedó en completo silencio tan solo para ser perturbado por un espectral rugido mezclado con los gritos chillones de lo que aparentaba ser una mujer.

La bestia dejó caer sus fuertes garras sobre los cuatro hombres, aplastando sus cuerpos contra el suelo transformándolos en una pulpa roja. Al terminar, la bestia chilló de nuevo, tomó uno de los cuerpos deshechos y se abalanzó con él contra uno de los árboles, desapareciendo ambos entre la madera.

-¿Qué carajos acaba de suceder?- susurró Marina.

-Fenrir...- contestó Brynn con la mirada perdida en la masacre.

-¿Qué carajos es un Fenrir?- preguntó Marina golpeando el hombro de Brynn para hacerlo reaccionar.

-Levántate despacio, puede que aún siga por aquí, trata de no hacer ruido y avanza lentamente hacia la fogata.

Marina se apoyó en Brynn para levantarse, ambos comenzaron a caminar cuidadosamente hacia la fogata, sin embargo estando a tan solo pasos de llegar al campamento, Marina pisó una rama quebrándola en dos, el sonido hizo eco en el bosque rebotando entre los árboles.

-¡Maldita sea!- pensó Brynn mientras desenvainaba su espada y empujaba a Marina al suelo.

La criatura emergió justo frente a Brynn haciendo explotar al árbol; Brynn alzó a la poderosa Fergorn, e introdujo su hoja en el pecho de la bestia cortando madera y ramas, abriendo al demonio de par en par.

Fenrir desapareció en uno de los árboles dejando los despojos de su cuerpo alrededor de Brynn.

-¡Lo mataste!- exclamó Marina.

-No, aún no, mantente alerta.

No había terminado de hablar cuando detrás de él emergió Fenrir aprisionándolo con sus garras. Con sus dedos como troncos aplastó las costillas de Brynn abriendo sus heridas; los gritos de dolor del caballero resonaron por todo el bosque. La bestia en señal de burla le rugió en la cara, su rugido era una mezcla infernal entre el aullido de un lobo y los gritos agonizantes de una mujer.

El aire se le escapaba de los pulmones al caballero, podía sentir el crujir de sus huesos y la sangre bombeando hasta su cerebro. Sin pensarlo dos veces Marina corrió hasta la fogata, tomó uno de los leños incendiados y sin importarle las flamas que quemaban su mano, arrojó el leño hacia el pecho descubierto de la bestia.

Gracias a la estocada de Brynn los órganos de Fenrir se encontraban expuestos, por lo que el leño quedó incrustado entre el corazón y los pulmones.

La bestia se estremeció de dolor soltando de nuevo su rugido infernal, el agarre que aprisionaba al caballero desvaneció su fuerza permitiéndole liberar sus brazos y clavar a la poderosa Fergorn entre los ojos del demonio. No hubo sangre, ni gritos, tan solo un estruendo ensordecedor cuando la bestia cayó al suelo.

-¡Brynn! ¡Brynn! ¿Estás bien?- Marina corrió hacia el caballero quien se encontraba inconsciente en suelo. Poco a poco Brynn fue abriendo los ojos, el cuerpo le dolía casi tanto como en Ogathas, la boca le sabía a sangre y todo le daba vueltas.

-¿Ves? Te dije que era mentira que nunca había sido herido en combate- dijo el caballero con una sonrisa en su rostro.

Marina lo ayudó a levantarse y limpió la sangre de su boca.

-¿Cómo supiste qué era esa cosa?- preguntó la guerrera.

-De pequeño mi padre solía contarnos historias de sus batallas y aventuras, solía ser particularmente meticuloso con la descripción de algunos demonios. Recuerdo a la perfección todas sus historias, hasta el más mínimo detalle, y una de ellas era sobre el lobo del bosque, Fenrir, y sobre cómo usaba los árboles como portales. En cuanto escuché el crujir de los árboles supe que era él... bueno, ella.

-¿Y quiénes son estos bastardos?- Marina trataba de reconocer los cuerpos mutilados de sus atacantes, pero quedaba tan poco de ellos que le era imposible.

-Caballeros de Omun Lando, probablemente de la guardia personal del rey Oscar, no correría el riesgo de mandar mercenarios tras de mí.

Brynn se acercó con paso pesado hasta la cabeza cercenada de Jorhas, la mano derecha del rey. Su cuerpo había sido destrozado cuando Fenrir desapareció con él dentro de un tronco, lo único que había quedado era su cabeza.

-¡Hey, tú, despierta!- exclamó Brynn mientras golpeaba con su espada la cabeza de Jorhas. Poco a poco los ojos del hombre moreno se abrieron y observaron fijamente a Brynn- Puedo empalar tu cabeza en una rama y dejar que las bestias te devoren, y serás un manojo de piel inmortal, o puedo arrojarte a las llamas y acabar con tu miseria, sé que puedes hablar aun sin aliento así que contéstame, ¿por qué querían matarnos?

La cabeza trató de hablar pero la sangre que salía de su boca se lo impedía.

-No tengo todo el día, habla ahora o te dejaré aquí.

Tomó de toda la fuerza que le quedaba a Jorhas para poder articular una sucesión de palabra coherentes.

-Sin rey... sin reina... sin león... la ciudad de los dioses... indefensa... solo quedaba el lobo.

-¡¿Indefensa ante qué?!

-Ante la invasión... de Omun Lando.

-Así que el rey Oscar sigue los pasos de su padre, ¿cuándo será la invasión?

-Cuando regresara... con tu armadura... pero las provisiones estarán listas... en dos semanas.

-¡Dos semanas! A penas tiempo suficiente como para regresar a Andromeca.

Brynn guardó su espada, tomó el costal de provisiones que había comprado en Omun Lando, y se disponía a abandonar el bosque cuando fue detenido por Marina.

-¿Qué carajos crees que estás haciendo?

-¡Debo regresar a advertirle al reino!

-¡¿Y qué hay de tu hermano?!

Brynn no supo que contestar, permaneció en silencio por lo que pareció ser una eternidad.

-Yo iré a Andromeca...- dijo finalmente Marina.

-No me debes nada, Marina, no tienes por qué hacerlo.

-No lo hago por ti...- contestó tajantemente la guerrera.

-Te tomará al menos dos semanas llegar, cuando lo hagas será en el límite de la invasión, no tendrás tiempo para convencerlos.

-Quizá yo no, pero él sí- dijo Marina señalando la cabeza de Jorhas.

-Pero... prometiste que me lanzarías al fuego- murmuró entre llantos la cabeza.

-Pero ella no...- contestó tajantemente Brynn.

-No demores más, sigue el mapa que te di y no te desvíes, quema los cuerpos que yacen aquí antes de que se conviertan en demonios, yo daré aviso a la ciudad de los dioses.

-No sé cómo podré agradecértelo, Marina- Brynn extendió su mano para estrechar la de la guerrera.

-Tan solo no mueras- Marina estrechó la mano del guerrero con su mano de madera y metal.

La guerrera del Sur despareció entre las sombras del boque con la cabeza de Jorhas debajo de su brazo, el lobo de plata permaneció en el campamento arrojando los vestigios de los cuerpos a las llamas de la fogata.

XXIV

Regreso a casa.

El crujir de la carne sobre las brasas hipnotizaba los sentidos de Tyr, mientras observaba con la mirada perdida las llamas de la fogata frente a él.

-¿Estás seguro que no quieres un poco?- preguntó Elsa tomando un trozo de carne ensartado en una vara, y mostrándoselo al guerrero.

-Me temo que no es así como funcionan las cosas ahora- contestó Tyr con una tímida sonrisa. De inmediato la guerrera se ruborizó al percatarse de sus palabras, Tyr ahora era un no-muerto, ya no necesitaba comer ni beber, quizá lo había ofendido.

-Discúlpame, no era mi intención...

-¿Ofenderme? No lo hiciste- Tyr retiró su mirada del fuego y clavó sus ojos en los de la guerrera-, no me avergüenza mi condición, no me uní a la guardia real esperando vivir para siempre, sabía que algún día acabaría así...-Tyr volvió su mirada hacia las llamas y su semblante se oscureció- pero lo que esos bastardos querían hacer conmigo, lo que hicieron con los otros no-muertos... ¡los quemaré a todos! Te prometo que los quemaré a todos, en cuanto encontremos al capitán regresaré y no descansaré hasta orinarme en las cenizas de todos y cada uno de los cazadores de este maldito bosque.

Elsa tan solo asintió con la cabeza y comenzó a comer su trozo de carne. Tyr se recostó sobre el pasto húmedo del bosque y comenzó a contemplar las estrellas.

-¿Qué tan lejos estamos de la Ciudadela?- preguntó el guerrero sin apartar la vista del cielo.

-No muy lejos, si partimos en la mañana estaremos ahí al medio día.

-Y si partimos ahora estaremos ahí al amanecer- Tyr se levantó y miró fijamente a Elsa desde el otro lado de la fogata-. Sea lo que sea que tenga el capitán, tiempo es algo de lo que carece.

-Hemos caminado por horas, necesitamos descansar.

-Yo no... y me parece que tú tampoco.

Elsa observó detenidamente al guerrero y sonrió en muestra de complicidad.

-Está bien, recoge tus cosas y apaga la fogata con tierra.

Tyr apagó la fogata y procedió a acomodarse las partes de la armadura que se había quitado, Elsa se colocó el caso de león y recogió las provisiones en un pequeño saco de piel de jabalí; ambos partieron con el cobijo de la noche mientras la bruma comenzaba a esparcirse entre los árboles.

Era difícil calcular el tiempo restante para el amanecer debido a la espesa bruma que se había formado, cada paso que daban debía ser meticulosamente calculado ya que prácticamente caminaban a ciegas. Poco a poco un extraño y fétido olor comenzaba a colarse entre la bruma, al principio ninguno de los dos guerreros le dio importancia, podía tratarse de un animal muerto o una laguna estancada, sin embargo conforme avanzaban el olor se volvía más penetrante y putrefacto.

-Ya estamos cerca- dijo Elsa sin dejar de caminar.

-¿Cómo lo sabes? No puedo ver nada con esta niebla.

-No necesito ver para saber que estamos cerca, ese olor... es el olor de la muerte, el puente de cráneos debe estar por aquí.

-¡¿El puente de qué?!

-De cráneos...- no terminaba de hablar Elsa, cuando desapareció entre la bruma. De inmediato Tyr corrió hasta donde se encontraba pero tuvo que frenarse en seco al encontrarse frente a frente con un interminable acantilado.

-¡Elsa! ¡Elsa!- gritó desesperado el guerrero.

-Aquí... estoy...- la voz de la guerrera sonó debajo de los pies de Tyr, Elsa se había afianzado de un pequeña roca y su cuerpo colgaba sobre el acantilado.

-¡Pronto, toma mi mano!- Tyr estiró el único brazo que le quedaba, acercándolo lo más posible a la guerrera.

-¡No alcanzo, estás muy lejos!

-¡Entonces utiliza tu lanza!

Elsa tomó la lanza de su espalda y lentamente la acercó hacia la mano de Tyr tratando de no balancearse demasiado.

Tyr tomó con fuerza la lanza y levantó a la guerrera como si fuera un costal de algodón.

-En verdad que la fuerza de un no-muerto es sorprendente- dijo Elsa mientras recuperaba el aliento.

-Creo que ahora estamos a mano- contestó Tyr ayudando a levantarse a la guerrera.

La niebla había comenzado a disiparse dejando ver la magnitud del acantilado al cual había caído Elsa, sin embargo sus miradas fueron cautivadas por la serie de puentes que lo cruzaban.

-Ya estamos aquí, voy a necesitar de tu ayuda para cruzar el puente.

-¿Por qué?- pregunto Tyr.

-Están diseñados para que solo los no-muertos puedan cruzarlos, carecen de barandal y los fuertes vientos los golpean incesantemente, tendré que recargarme en ti para no caer.

Tyr asintió con la cabeza y ambos avanzaron hasta uno de los puentes.

-¿Estás lista?- preguntó Tyr extendiendo su mano a la guerrera. Elsa tomó de la cintura al guerrero y juntos comenzaron a recorrer el puente con paso pesado.

Si bien los fuertes vientos golpeaban el cuerpo de ambos, Elsa no sentía la furia de los mismos sobre ella, por lo que se detuvo y le pidió a Tyr que la soltara.

-¿Estás segura? Apenas vamos a la mitad de camino.

Pero Elsa no contestó, poco a poco se alejó de Tyr y contempló su alrededor, el viento la golpeaba con fuerza, mas no tenía efecto alguno sobre ella, tan solo escuchaba su silbar cuando se colaba entre los pliegues de su dorada armadura. Le tomó un par de segundos darse cuenta que la razón por la cual era inmune al viento era la armadura del león dorado.

-Increíble...- pensó Elsa para sus adentros- ¿qué clase de propiedades posee esta armadura?

-¿Estás bien?- preguntó Tyr sacando del trance a la guerrera- ¿ya podemos continuar?

-Sí, perdón, no perdamos más tiempo.

Ambos guerreros terminaron de atravesar el acantilado y llegaron hasta el otro lado del bosque, de inmediato los ojos de Tyr se abrieron de par en par maravillados por la imponente extensión de la Ciudadela, sus incontables antorchas iluminaban al bosque como si estuviera en llamas, y la luz de las estrellas se reflejaba en el río que cortaba a la urbe como venas.

-Bienvenido a la Ciudadela- dijo Elsa acelerando el paso.

Aún era temprano y el sol no había salido en su totalidad, sin embargo una gran porción de la Ciudadela se encontraba activa y trabajando. Al percatarse de la presencia de los guerreros comenzaron a rodearlos mientras descendían por el camino, la hermosa armadura de oro de la guerrera llamaba demasiado la atención. No pasó mucho tiempo para que se percataran que la guerrera caminaba más lento que su acompañante y parecía fatigada por el trayecto.

De inmediato los no-muertos comenzaron a sonar sus cuernos haciendo que el ruido sonara por toda la ciudadela. El ruido hizo que las aves del bosque levantaran el vuelo cubriendo los cielos con su sombra, varios de los no-muertos que rodeaban a Tyr y a Elsa desenvainaron diversas armas apuntándolas a ambos.

-El no-muerto puede pasar, pero tú no- dijo un hombre cuya piel ya portaba signos de putrefacción y sus ojos carecían de brillo.

-Vengo con ella, estamos buscando...- Tyr fue interrumpido por Elsa al exclamar una palabras que fueron incomprensibles para el guerrero.

-¡Excendum ibris alterabett!

Los no-muertos guardaron silencio al escuchar las palabras de la guerra, poco a poco murmullos comenzaron a serpentear entre la gente "habla nuestra lengua" "¿cómo es posible que hable el lenguaje de los muertos?".

-¿Quién eres y por qué conoces nuestra lengua?- preguntó el hombre de la piel putrefacta acercando su espada a la guerrera.

-Eso no te incumbe, he hablado y me han escuchado, es su ley obedecer...

Tyr miraba totalmente estupefacto a la guerrera sin comprender qué estaba sucediendo.

-¡Síganme!- exclamó enfurecido el no-muerto de la piel putrefacta, mientras se habría paso entre la multitud guiando a Elsa y a Tyr.

-¿Qué carajos acaba de suceder?- le murmuró Tyr a Elsa.

-Acabo de pedir una audiencia en la Torre de Tres.

-¡¿Y qué carajos es eso?!

-El único lugar donde encontraremos respuestas.

Al llegar a la Torre de Tres los guerreros se encontraron frente a un gigantesco pilar color marfil con una única puerta, el no-muerto que había servido como guía se acercó a la puerta y jaló con todas sus fuerzas una cadena que colgaba a un lado y entraba a la torre por un orificio en la boca de una escultura. De inmediato una estruendosa campana vibró por toda la torre y cimbró los cuerpos de los guerreros.

La puerta de marfil se hundió en el suelo abriendo el paso al guía y sus dos prisioneros, el no-muerto de la piel putrefacta tomó las armas de los guerreros y se abrió camino hacia la entrada. Dentro de la torre un intricado sistema de elevadores se abría paso hacia las distintas áreas del recinto; el guía abrió la puerta de un de ellos y empujó a los guerreros dentro, sin decir ninguna palabra jaló de una palanca y el elevador comenzó a subir.

El recorrido pareció interminable, sin embargo era inevitable sentirse asombrado ante la impactante tecnología que ocupaba la torre, y sus distintas áreas como bibliotecas y jardines colgantes, que hacían palidecer a varios castillos de ciudades de vivos.

Al llegar a la cima los guerreros se encontraron frente a un enorme salón adornado tan solo por un pilar y un presídium.

Una voz rasposa y espectral resonó en el lugar invitando a los guerreros a acercarse, frente a ellos se encontraban tres seres que los miraban juiciosamente. Uno de ellos era casi un esqueleto, con los cabellos largos y las uñas como garras, otro estaba envuelto en ropajes que no dejaban ver ni un trozo de piel, y el tercero... era Erick.

-Me dicen que has convocado una audiencia... en nuestra lengua- dijo Erick observando detenidamente a la guerrera.

-Así es- contestó Elsa haciendo resonar su voz dentro de su casco.

-¡No seas insolente y retírate el casco!- exclamó el ser envuelto en ropajes con una voz enferma y aterradora.

Elsa se retiró el casco dejando ver sus hermosos cabellos rojos, su piel blanca como la porcelana y sus ojos verdes como esmeraldas.

Erick se mostraba visiblemente impactado e interesado por la guerrera.

-Toda persona que solicite una audiencia en la Torre de Tres tiene derecho a recibirla, sin preguntas ni excusas... pero esa es una regla de nosotros los muertos, escrita en la lengua de la muerte, transmitida de generación en generación... en los confines de esta ciudad- Erick se mostraba visiblemente excitado al decir estas palabras-. Dime, guerrera, ¿cómo es que conoces nuestra lengua?

-No he solicitado una audiencia para hablar sobre mí, hemos venido buscando respuestas- contestó la guerrera.

-¿Pero quién te has creído, jovencita?- explotó el ser esquelético- Quizá no estés muerta, pero eso puede arreglarse.

Erick detuvo la furia de su compañero con un gentil ademán y volteó hacia la guerrera.

-Hace tiempo... hace mucho tiempo, mientras rondaba los bosques en busca de no-muertos para traerlos a la Ciudadela, encontré escondida entre los arbustos a una pequeña niña, lo primero que me sorprendió fue que estuviera viva, lo segundo fue que estuviera sola. La encontré dormida pero temblando de frío, la hierba había enrojecido su piel y los insectos habían hecho de su sangre un festín... pero incluso cubierta de lodo y plantas, su belleza era algo especial, ojos verdes como las hojas de los árboles y, sobretodo, cabellos de fuego- Erick parecía comerse con la mirada a la guerrera- ¿algo de esto te suena familiar, guerrea?

Tyr observaba a Elsa sin poder emitir palabra alguna.

-No- contestó tajantemente la guerrera.

-Ya veo...- dijo Erick con una sonrisa maquiavélica en su rostro-entonces dime, ¿qué te trae de nuevo a la Ciudadela, Elsa?

Todo el recinto quedó en silencio, los dos seres que acompañaban a Erick en presídium voltearon a verlo con evidente intriga.

-¡¿Conoces a esta mujer?!

-¿Conoces a este hombre?- pregunto Tyr a Elsa.

-Sí, la conozco- contestó Erick terminando la discusión-pero esa es una historia para otro momento... ¿Por qué has venido?

-Estoy buscando a un hombre, su nombre es Riquel, probablemente lo conocieron portando una armadura de caballero de la guardia real.

-¡Ah, Lev Rohari!- exclamó Erick con una gran sonrisa en su rostro.

-¡¿Quién?!- exclamaron Elsa y Tyr al unísono.

-Conozco a su capitán- contestó Erick sin prestarle atención a la confusión- pero me temo que no se encuentra aquí.

-¿Dónde está? ¿Qué han hecho con él?- en cuestión de segundos Elsa desarmó al no-muerto que custodiaba sus armas, tomó su lanza y amenazó al presídium mientras Tyr sometía al guardia.

-Preguntaré una vez más, ¿dónde se encuentra el capitán Riquel?

Una daga negra y hermosa acarició el cuello de la guerrera, una silueta envuelta en una túnica negra había aparecido de la nada y ahora amenazaba con su arma a Elsa; de inmediato Tyr tomó la espada del guardia y pretendía abalanzarse sobre el enemigo cuando una mano pálida y arrugada tomó su brazo y lo arrojó a la base del presídium.

-Me temo que tienen razón los tres cadáveres- dijo la silueta con una voz vieja y rasposa, quitando delicadamente la daga del cuello de la guerrera- Riquel se encuentra en estos momento muy lejos de aquí, va camino hacia el reino de Azermis, pero su viaje tan solo comenzará en ese lugar.

-¡Bruja!- exclamó Erick estupefacto- ¡¿qué haces aquí?! ¡¿Cómo entraste aquí?!

-Soy muy buena moviéndome entre las sombras, en cuanto a qué hago aquí...- la bruja se acercó a Tyr y le ofreció su brazo para ayudarle a levantarse, el guerrero logró observar parte del rostro de la bruja, blanco como la luna y con arrugas tan marcadas como grietas en el desierto- estoy aquí porque necesito a estos dos guerreros.

- No sé qué carajos quieras con nosotros, bruja, pero tenemos una misión y...- Elsa fue interrumpida por la bruja.

-Tú misión aún no comienza, jamás alcanzarás al capitán, su propósito está muy lejos de aquí, sin embargo el de ustedes dos... Los fuegos de la guerra ya se han encendido, las ciudades del centro se han aliado con Andromeca para dejar caer su ira sobre estos bosques, sobre los no-muertos.

-¡Y estás aquí para ayudarnos!- exclamó Erick.

-No- contestó la bruja.

-¡¿Entonces para atacarnos?!- exclamó enfurecido el ser esquelético.

-¡No!- la voz de la bruja hizo temblar a toda la torre- esta guerra ha sido creada por el veneno de alguien o algo más allá del rey Héctor, ambos bandos son víctima de un engaño.

-¿Por qué alguien haría algo así?- preguntó el ser envuelto en ropajes.

-Tengo mis teorías, pero necesito pruebas, y es por eso que necesito de estos dos.

-¡¿Y qué pretendes que hagamos mientras consigues las pruebas?! ¿Esperar sentados?- explotó el ser esquelético.

-¡Prepararse para la batalla más grande que han visto en sus vidas!- exclamó la bruja- Mas no pelearán hasta que yo lo ordene.

-¡¿Y quién demonios eres tú para decirnos qué hacer?!- exclamó el ser envuelto en ropajes.

-Es gracias a ella que no vivimos entre las ramas y el fango como animales- interrumpió Erick- es gracias a ella que la Ciudadela existe, si la bruja nos pide que esperemos, esperaremos.

-¡No pienso abandonar a Riquel!- exclamó Elsa.

La bruja avanzó hacia la guerrera flotando sobre el suelo, su fría mano apretó con fuerza el brazo de la guerrera y su voz penetró sus oídos como un silbido.

-En estos momentos Riquel pelea una batalla contra el tiempo, contra los dioses y contra sí mismo, no hay nada que tú o cualquier otra persona pueda hacer para ayudarlo, pero Armoria necesita de ti, de ustedes.

XXV

El león de oro de Andromeca.

-¿Sabes? He tenido mejores conversaciones con árboles y piedras- la voz de Joe resonó dentro de su enorme casco haciendo voltear a Riquel. Ambos habían pasado un par de días caminando hacia el Este sin descanso alguno, ninguno de los dos se fatigaba, ni necesitaba alimento o bebida, sin embargo había sido un recorrido agotador, lúgubre y silencioso, pues Riquel no había emitido palabra alguna durante todo el trayecto.

-Discúlpame si no me siento de humor para platicar- contestó Riquel sarcásticamente.

-¡Pero qué dices! Hoy es un hermoso día, el sol al fin penetra las copas de los árboles, el aire se respira fresco, y las aves han comenzado a cantar... lo cual es raro, casi nunca se aventuran hasta esta parte del bosque- la voz de Joe mostraba un optimismo desmedido, casi enfermizo para Riquel.

-Lo siento, pero un día bonito no es suficiente para hacerme olvidar que poco a poco me convierto en un demonio, que la otra mitad de mí está muerta y que voy camino al reino del señor de los abismos ¡para matar a un dios!- la exaltación del caballero fue detenida por la enorme mano de Joe que se postró sobre su hombro.

-Escucha... todos en este mundo recorremos un camino de espinas, algunos se pinchan más que otros, pero todos sangramos por igual, depende de cada uno decidir si sigue avanzando por el camino o se queda estático, envuelto en las espinas.

-Bonita analogía, deberías escribir un libro- Riquel removió la pesada mano de Joe de su hombro, y continuó su camino.

-¡Hey! Quizá lo haga...

-¡Por los dioses, Joe! ¿Cómo puedes vivir así? ¡¿Acaso no te das cuenta del mundo que te rodea?! ¿de tu condición? ¡Estás muerto, maldita sea!... igual que yo.

Joe se detuvo en seco y suspiró hondamente, observó el cielo y dejó que los rayos del sol se filtraran por los escasos pliegues de su imponente armadura.

-Precisamente por eso soy optimista, porque el mundo es un lugar terrible y enfermizo, olvidado por dioses, moldeado por hombres mezquinos y avaros, infestado de demonios que visten la piel de seres amados, y muertos vivientes impulsados por su odio hacia lo que alguna vez fueron... pero entre tanta maldad, en el momento más obscuro, incluso la luz más tenue brilla como un millón de soles.

No fueron las palabras de Joe, sino la sinceridad con la que las había expresado, que hizo que Riquel detuviera su camino y contemplara al masivo guerrero. ¿Quién era en realidad ese hombre? ¿por qué a pesar de estar totalmente demente, Riquel se sentía en paz estando junto a él?

-¿Cómo moriste, Joe?

El imponente caballero regresó de su trance y continuó con su camino.

-Oh, no lo sé con claridad, algunas veces lo recuerdo de una forma, otras veces lo recuerdo de manera muy distinta... pero la mayoría de las veces no lo recuerdo.

-¿Recuerdas algo de tu vida antes de este maldito bosque?

-Algunas cosas, es como recordar pedazos de un sueño, es difícil... es tratar de juntar las piezas de mi mente, como un rompecabezas... pero he perdido la cordura conforme pasan los años, así que hay muchas piezas perdidas en el camino.

Ambos permanecieron en silencio mientras se abrían paso entre la maleza del bosque.

-¡Ah! Ya recuerdo... o al menos eso creo.

-¡¿Qué?! ¿qué recordaste?- preguntó intrigado Riquel.

-Recuerdo haber sido feliz... genuinamente feliz.

Riquel no supo qué contestar, tan solo se limitó a sonreírle al caballero, palmear su hombro y continuar con su camino.

-¿Y tú, Lev Rohari? Recuerdo que mencionaste a tu hermano con tristeza en tus palabras, háblame de él.

-Hay tanto que contar que en realidad no sé por dónde empezar, es el hombre más valiente que he conocido en mi vida, el mejor guerrero y líder que la guardia real de Andromeca ha tenido jamás, algunos dicen que es tan bueno como el mismo Yllithien... otros dicen que es mejor- Riquel suspiró tratando de ocultar la tristeza en sus palabras- él es toda la familia que tengo, mi mejor amigo, y me temo que nunca más volveré a verlo... ¡Por los dioses! ¿cuánto tiempo ha pasado? siento que han sido años desde que abandoné la ciudad, prometí encontrarme con él en 37 días... pero ya he perdido la noción del tiempo.

Joe notó el sufrimiento en las palabras del caballero y trató de cambiar el tema.

-¿Y tus padres?

Riquel sonrió con desdén aún inmerso en sus pensamientos- Nunca conocí a mi madre, algunos dicen que murió cuando yo nací y que fue desterrada a este bosque, como todos los no muertos, pero mi hermano tampoco recuerda nada de ella, así que no creo. La historia se ha ido deformando con los años hasta llegar al punto en que ha dejado de importarme.

-¿Y tú padre?

-¡Ah, mi padre!- Riquel cerró los ojos y apretó los dientes- recuerdo más sus enseñanzas que su rostro, era un gran cazador, quizá el mejor de todo Andromeca, gracias a él mi hermano y yo aprendimos a sobrevivir en el bosque... bueno, creo que me faltó poner más atención- ambos guerreros rieron espantando a los pájaros.

-¡Vaya! Tu risa sí que es fuerte, Joe- señaló Riquel al observar el vuelo de las aves.

-Esas aves no sienten miedo de nuestra risa, Lev, mantente alerta- Joe empuñó sus armas y le indicó a Riquel que hiciera lo mismo. Entre la maleza se notaba una silueta que se movía con paso pesado rompiendo las ramas a su paso.

-¿Un demonio?- preguntó Riquel empuñando su espada con firmeza.

-No ha habido demonios en estos bosques desde hace mucho tiempo- contestó tajantemente Joe.

Las ramas frente al enorme caballero se abrieron de par en par dejando ver a un gigantesco oso con marcas de batalla por toda su piel, la bestia jadeaba y se mostraba fúrica, sin embargo caminaba pausadamente, acercándose lentamente a Joe.

-¿Qué estás esperando? ¡Pelea!- exclamó Riquel dando un fuerte paso hacia adelante, irritando a la bestia.

-¡Espera, Lev!- gritó Joe deteniendo al caballero con un ademán. Poco a poco Joe dejó sus armas en el suelo y con paso pesado comenzó a acercarse a la bestia.

-¿Qué carajos estás haciendo?- susurró Riquel tratando de detener al caballero.

-Las bestias del bosque y yo compartimos una historia ¿no es así?- la bestia rugía con cada paso que daba el guerrero- una historia de dolor, de soledad... pero también de amistad, estás bestias me conocen... incluso mejor de lo que yo me conozco, me vieron ser quien era antes ¿recuerdas? Sabes quién soy aunque a veces yo mismo lo olvide. En el pasado hemos tenido batallas, algunas veces como aliados, otras como enemigos...- el enorme oso se alzó en dos patas y alzó los brazos en señal de ataque.

-¡Basta! ¡Voy a atacar!- exclamó Riquel corriendo hacia el oso, pero de nuevo fue detenido por Joe.

-Pues verás... Lev, este bosque- poco a poco Joe comenzó a retirarse el pesado casco-... ha visto mi verdadero rostro- al retirarse el casco Riquel observó la piel chamuscada de Joe, tan solo pudo percibir la parte trasera de su cabeza, pero fue suficiente para saber que todo su cuerpo se encontraba cubierto de horrendas quemaduras, la piel chamuscada hasta el hueso y deformada por el fuego.

El oso observó detenidamente a Joe jadeando y escupiendo saliva, Riquel se había petrificado en su lugar, sin embargo sabía perfectamente que el enorme caballero observaba fijamente a la bestia, no podía saber con certeza si aún portaba ojos, pero sabía que de alguna manera... el caballero dominaba a la bestia.

Poco a poco el gigantesco oso bajó la guardia y comenzó a acercarse pausadamente a Joe. El enorme caballero se retiró un guante de su armadura dejando ver una mano cubierta de llagas y carente de uñas; poco a poco comenzó a acariciar la cabeza del oso hasta que la bestia decidió regresar por donde había aparecido.

-¿Lo ves?- dijo Joe sin voltear a ver a Riquel- no hizo falta pelear.

En ese momento el cielo se oscureció y un fuerte vendaval empujó a Riquel contra un árbol. Una gigantesca ave negra se postró entre Riquel y Joe guardando sus alas y doblando la cabeza analizando al caballero de Andromeca.

-¡Tú otra vez! ¿Qué demonios quieres de mí?- exclamó Riquel.

La enorme ave abrió sus alas y comenzó a blandirlas provocando fuertes vientos que le impedían a Riquel moverse, Joe trató de ayudarlo pero el cuerpo del ave le impedía el paso. La criatura se levantó del suelo y tomó entre sus garras al caballero de Andromeca, elevándose por encima de los árboles dejando al enorme caballero atrás.

Mientras el ave surcaba los cielos Riquel golpeaba con su espada las garras que lo aprisionaban, a pesar de cortar la piel y mancharse con la sangre de la bestia, la gigantesca ave no soltaba al caballero.

Riquel clavó su espada en una de las garras del ave provocando que la bestia chillara, haciendo resonar su grito por los cielos. Poco a poco la bestia fue descendiendo hasta rozar las copas de los árboles. El ave soltó a Riquel dejando que su cuerpo se desplomara entre las ramas hasta golpear el suelo con fuerza.

Al recuperar el conocimiento Riquel notó que el cuerpo le dolía sobremanera, mas no tenía ningún hueso roto, sin embargo las ramas habían cortado su piel y la sangre comenzaba a adornar sus brazos.

-¡Mierda! Mi espada...- Riquel había dejado su espada clavada en la garra del ave, y ahora había desaparecido volando por los cielos- ¡Maldita ave infernal!

Poco a poco fue levantándose y comenzó a caminar apoyándose de los árboles, gracias a que el sol aún era visible pudo orientarse y continuar su camino hacia el Este.

-Si no estuviera muerto la caída seguramente me hubiera destrozado... ¡estúpida ave!- Riquel continuaba escupiendo maldiciones a la bestia sin percatarse de sus alrededores, poco a poco el bosque comenzó a cerrarse evitando en gran medida el paso de la luz, tan solo algunos rayos cruzaban las ramas como barrotes dorados en una gran prisión.

El caballero terminó por encontrarse frente a las ruinas de lo que aparentaba ser un templo olvidado eras atrás, pareciese que el sol iluminaba únicamente a las ruinas y había olvidado al resto del bosque. Riquel decidió refugiarse dentro y curar sus heridas mientras esperaba a que Joe lo encontrara, o recobrara energías para irlo a buscar.

Al entrar a las ruinas el caballero se percató del delicioso aroma que inundaba el lugar, cientos de flores blancas adornaban los pasillos desprendiendo su aroma por todos los rincones del templo. Sin embargo al llegar al atrio el panorama cambió radicalmente, las flores habían crecido sobre restos de armaduras cuyas armas apuntaban hacia el techo, espadas, mazos, escudos y lanzas se apilaban unas sobre otras envueltas en flores blancas, y en el centro de semejante escena se encontraba una silueta oscura sentada sobre un pilar de mármol, era un hombre alto, le sacaba al menos dos cabezas a Riquel, su armadura era totalmente negra ocultando gran parte de sus detalles, El casco mostraba una corona de alas negras y una pequeña ranura horizontal en la visera, su brazo izquierdo empuñaba una gigantesca espada la cual mantenía clavada en el suelo, y su cuerpo parecía despedir un ligero vapor negro visible tan solo en la luz del Sol.

-¿Qué haces aquí... extraño?- la voz del guerrero era espectral, las palabras hacían eco mucho antes de ser emitidas, como si las arrastrara desde otra dimensión y no de su boca.

-Tan solo... tan solo estoy buscando refugio...- contestó Riquel con miedo en su voz mientras comenzaba a bordear el atrio buscando una salida.

-Acaso... ¿eres un guerrero?- preguntó el ser con la misma voz que paralizaba las piernas de Riquel.

-Sí... un caballero de Andromeca- contestó Riquel.

-¡Ah! La ciudad de los dioses... creada de la nada por las manos de Andros...

-Así es...- Riquel se abría paso entre armas y escudos que detenían su camino como enredaderas.

-¿Estás aquí para detener el fuego? ¿te han mandado los dioses?- el caballero negro pareció suspirar con tristeza.

-No... estoy buscando el reino de Azermis.

-¡Ah! Los señores del abismo... entonces has muerto, caballero.

-Podría decirse...

-Lo lamento... o quizá no, quizá la muerte sea la recompensa a una vida de servicio... ¿es así, caballero?

-Me temo que no...- Las preguntas del caballero negro distraían a Riquel, había comenzado a tropezarse con viejos escudos y cascos.

-Ah... entonces sí lo lamento... por un momento pensé que al fin había llegado aquel que apagaría las llamas... creí que los dioses te habían enviado- una increíble tristeza se apoderó de las palabras del caballero negro- cuando estés en el abismo, saluda a los demás de mi parte...

-¿A quiénes? ¿quién eres?...- Riquel volteó para observar mejor al caballero, pero al hacerlo la punta de una lanza cortó la piel de su brazo de demonio haciéndolo sangrar un par de gotas negras, al tocar las gotas el suelo, hirvieron como lava y las flores se tornaron negras y marchitas.

El cuerpo del caballero negro se contorsionó repulsivamente, la espalda se arqueó hasta que la cabeza tocó el suelo, y la mano que sostenía la espada serpenteó haciendo tronar cada uno de sus huesos. Un terrible grito rebotó en las paredes del templo, un grito espectral que emanaba de los adentros del caballero, como si una puerta al infierno se hubiera abierto.

-¡Demonio! ¡Demonio!- grito el caballero negro recuperando la forma, empuñó de nuevo su espada liberándola del suelo y de un poderoso salto cayó frente a Riquel levantando armas como polvo.

La gigantesca espada rozó el rostro de Riquel cortando un mechón de su cabello, el caballero de Andromeca había esquivado el ataque por segundos pero no fue suficiente para evitar el puño del oscuro guerrero que impactó su estómago levantándolo del suelo, de no ser un no-muerto habría perdido el aire.

Riquel fue lanzado por los cielos hasta impactarse contra uno de los pilares del templo. El infernal grito del caballero oscuro hizo vibrar las piedras y nuevamente se abalanzó contra Riquel, en un abrir y cerrar de ojos el espectro había cruzado el templo, listo para atravesar al caballero de Andromeca, de inmediato Riquel tomó uno de los escudos que se encontraban tirados en el suelo y trató de protegerse con él, sin embargo la poderosa espada del caballero partió a la mitad el metal como si fuera una hoja de papel. Riquel rodó por los suelos esquivando el ataque.

-¡No soy un demonio! ¡Y no soy tu enemigo!- exclamó el guerrero.

Pero al caballero negro no pareció importarle, su cuerpo volvió a estremecerse como si sus huesos cambiaran de posición y asaltó una vez más a Riquel quién no había podido levantarse del todo. Tomó de toda la agilidad del caballero esquivar las siete estocadas que atravesaron el suelo, con todas sus fuerzas pateó al caballero negro haciéndolo retroceder un par de pasos, pero la armadura del espectro era dura y resistente, y su furia implacable, tomó la pierna de Riquel y giró su cuerpo impactando al caballero contra las armas que se encontraban en el suelo para después lanzarlo contra la pared.

-Has venido a terminar lo que empezaste... has recorrido un largo camino... demonio- la voz espectral arrastraba las palabras.

-¡No soy un demonio!- exclamó Riquel mientras tomaba una espada y un escudo del suelo.

-Traté de ayudarte... a ti... a los de tu clase... bestias, plantas y hombres por igual... ¡traté de salvarlos a todos!- el caballero negro se arrojó contra Riquel pero esta vez el león de oro fue más rápido y esquivó el golpe, dándole tiempo de clavarle la espada en el hombro y golpearle el casco con el escudo. Un grito agonizante de dolor inundó el templo, la espada de Riquel se había clavado profundamente entre el hombro y la espalda obligando al caballero a clavar su enorme arma en el suelo, Riquel aprovechó la oportunidad para tomar un enorme mazó con picos y atacar al espectro. Golpe tras golpe el caballero negro resistió el ataque del león de oro, su largo brazo negro tomó del cuello a Riquel y lo acercó hasta su rostro, el caballero de Andromeca sentía el fuerte agarre cortar su piel, si aún viviera seguramente su cuello ya estaría roto, trató de analizar a su enemigo sin embargo su armadura era tan oscura que los detalles le escapaban, ni siquiera un dejo de piel se asomaba por la diminuta ranura en el casco del caballero negro. El dolor hizo que Riquel cerrara los ojos, y al hacerlo observó con sus sentidos de demonio que detrás de esa armadura se encontraba un hombre, no un demonio ni un no-muerto... un hombre.

-Traté de detener el fuego... trate de salvarla... pero los demonios... ¡los malditos demonios!- el caballero negro azotó tres veces a Riquel contra el suelo y pateó su cuerpo arrojándolo contra las armaduras. El espectro removió la espada de su hombro y nuevamente sus huesos se acomodaron permitiéndole levantar su espada una vez más.

- Ola tras ola los detuve... cortaron la piel... rompieron los huesos... pero al llegar al final... él estaba ahí, aún no era un demonio pero ya no era un hombre... era mi amigo... fue mi amigo... la estocada final.

Riquel tomó un escudo y un hacha y comenzó a rodear al espectro, las palabras del caballero resonaban en su mente, la historia que describía, aunque fuese en fragmentos, le parecía conocida... mucho.

-¿¡Quién eres?! ¡No eres un demonio y tampoco un no-muerto!

-Mi nombre... ¿mi nombre?... no hay nombre... no hay luz- el caballero observó detenidamente su enorme espada acariciándola como si estuviera viva- la luz del amanecer se apagó hace tiempo...- el espectro se lanzó contra Riquel, quien por más que trató de defenderse fue víctima de la poderosa espada del guerrero, la cual cortó en dos al escudo y destrozó el hacha como si fuera de juguete; una serie de golpes tan rápidos como el viento rompieron las costillas de Riquel y lo arrojaron contra un muro.

-No... no soy tu enemigo... no soy un demonio- Riquel tomó una lanza que se encontraba oculta entre las flores y por primera vez en mucho tiempo se sintió completo, el peso sobre su mano lo reconfortaba, el sonido que hacia al cortar el viento calmaba sus nervios, fue como si una sobredosis de energía invadiera su cuerpo- No soy un demonio.

El caballero negro saltó por los aires, listo para embestir una vez más a Riquel, sin embargo el león de oro esquivó el ataque y comenzó un furioso asalto contra el espectro. La lanza silbaba mientras cortaba el viento, los ataques de Riquel igualaban la velocidad de su atacante, entre la furia de la batalla Riquel aún era cuidadoso de no golpear el filo de la espada de su atacante, sabía que podía perder su arma.

Sin embargo no importaba la furia o maestría de los ataques de Riquel, el espectro no parecía perder las fuerzas ni el enfoque, un par de fulminantes golpes en la cara hicieron tambalear a Riquel, el caballero oscuro tomó la lanza y la partió en dos con su rodilla; alzó su brazo izquierdo empuñando su espada y la dejó caer sobre el león de oro.

-¡Muere demonio!

Pero Riquel detuvo el golpe con su brazo infectado, sus garras se clavaron en la armadura rompiéndola como un cascarón de huevo, las venas se marcaban como raíces bajo su piel, con su otra mano tomó del hombro al caballero negro y jaló con todas sus fuerzas desprendiéndole el brazo con todo y espada.

Un grito ensordecedor de dolor inundó el templo.

Riquel lanzó el brazo hacia el otro extremo del atrio y pateó a su enemigo con tal fuerza que fue a estrellarse contra un pilar de piedra.

-¡No soy un demonio! ¡Mi nombre es Riquel! ¡Riquel Zviera Syn! Y soy el capitán de la guardia real de Andromeca...

El caballero negro trataba a duras penas de ponerse de pie.

-Eres valiente... extraño... y tu corazón es fuerte...- el espectro jadeaba y se encontraba encorvado tratando de recuperar el aliento- pero he visto mejores corazones transformarse en demonios...- tan rápido como un espejismo el espectro se movió hacía donde había caído su brazo, tomó la espada con su brazo derecho y se abalanzó contra Riquel.

-¡Detente caballero! ¡No quiero hacer esto!- exclamó Riquel, pero el espectro no frenó su ataque- ¡Detente Yllithien, por favor!- Riquel tomó del suelo cuatro lanzas y las arrojó con toda su fuerza al caballero, las primeras dos atravesaron las rodillas del espectro clavándolo en el suelo, otra atravesó su hombro obligándolo a soltar su espada, la última atravesó su estómago empalándolo con la mirada al domo abierto del templo.

La luz del sol iluminaba el cuerpo atravesado, como si el astro reconfortara al guerrero en sus últimos momentos.

-No... aún no he terminado... aún hay demonios... debo... detener... las llamas.

Riquel tomó una quinta lanza y la levantó sobre el corazón de Yllithien, los ojos del león de oro se encontraban cubiertos de lágrimas negras y sus manos le temblaban.

- Tu misión ha terminado, valiente Yllithien, ya puedes descansar- Riquel dejó caer la lanza sobre el caballero pero esta fue hecha pedazos por una imponente hacha de metal.

-¡¿Qué demonios estás haciendo, Joe?!- exclamó Riquel al ver que el masivo caballero había frustrado su ataque.

-¡No puedes matar a Yllithien!- exclamó Joe con preocupación en sus palabras- Si lo haces las flamas de Alithia que ha contenido todo este tiempo quedarán libres para infestar de nuevo a Armoria.

Riquel permaneció petrificado en su lugar observando a Yllithien y a Joe, el silencio se había apoderado del templo provocando que los pensamientos gritaran. ¿Acaso debía dejar a Yllithien en ese templo, olvidado para toda la eternidad? ¿Era ese el destino que merecía el campeón del dios Andros?

-¿Qué se supone que haga, Joe? ¡¿Dejarlo aquí empalado?!- exclamó con furia el león de oro.

Joe bajó la cabeza y murmuró con pena en sus palabras- Yllithien es el único que pudo contener las llamas de Alithia, su cuerpo absorbió la maldición y lo transformó en este espectro... es un terrible destino, lo sé, pero él puede soportarlo... porque es un verdadero héroe, Yllithien de Armoria, el caballero del Sol.

-No es el único...- murmuró Riquel.

-¿Qué dices?

-No es el único, cuando sucedió pensé que había sido un sueño, una alucinación, pero ahora sé que fue real.

-¿De qué demonios estás hablando?

-Cuando toqué la flama de Alithia el fuego envolvió mi cuerpo pero no me transformé en ese momento, absorbí las flamas, puedo volver a hacerlo, puedo absorber la maldición que carga Yllithien.

-Absorbiste una llama, Yllithien cientos ¡quizá miles! Eres un hombre valiente pero no resistirás.

-Te equivocas, Joe, ya no soy un hombre en lo absoluto, camino por este mundo sin ser un demonio, no-muerto u hombre... al igual que él.

-¡Riquel, por los dioses!- Joe tomó de los hombros a Riquel, al haberlo llamado por su verdadero nombre fue evidente que había estado presente en los últimos momentos de la confrontación.

-Todos tenemos un propósito ¿recuerdas? Creo que este es el mío.

Ambos guerreros se contemplaron en silencio, Riquel podía sentir las manos de Joe temblando sobre sus hombros, no era miedo lo que sentía sino preocupación, una preocupación sincera por el león de oro.

Poco a poco Joe fue soltando al caballero y comenzó a alejarse de él lentamente, con un gentil gesto le indicó la espada de Yllithien para que la utilizara.

Cuando Riquel tomó el mango de la gigantesca espada escuchó la espectral voz del caballero negro.

-Luxorian... forjada por el señor del Sol... solía brillar tanto como una estrella... aún recuerdo su brillo... aún recuerdo... la luz del amanecer.

-Descansa, valiente caballero, tu misión ha concluido- Riquel atravesó el corazón de Yllithien con la poderosa Luxorian, un espantoso grito de dolor hizo vibrar las paredes del templo levantando el polvo de entre las grietas. La oscuridad que envolvía a Yllithien abandonó su cuerpo y explotó hacia el cielo, sin embargó fue succionada de inmediato por el ojo derecho de

Riquel. El león de oro gritaba en agonía sin desprenderse de la espada, poco a poco su cuerpo se llenaba de oscuridad mientras temblaba y se contorsionaba de dolor.

-¡Riquel, resiste! ¡resiste!- gritaba Joe apretando los puños.

Las paredes del tempo temblaban y la tierra comenzaba a vibrar, una onda expansiva empujó a Joe contra la pared enterrándolo entre escombros.

Al levantarse observó a Riquel arrodillado a un lado del cuerpo de Yllithien con la enorme Luxorian enterrada a un lado de él. El cuerpo de Yllithien ahora portaba una hermosa armadura blanca y dorada que reflejaba los rayos del sol que caían sobre ella, las lanzas habían sido removidas de su cuerpo y ahora descansaba sobre una cama de flores blancas con los brazos cruzados sobre su pecho.

-Al fin descansa el caballero del Sol- la voz de Riquel sonó por todo el templo, cada palabra hacía eco al ser pronunciada, si bien su voz seguía siendo la misma ahora portaba un tono espectral que la acompañaba- no será necesario quemar su cuerpo, no sufre de la maldición de los hombres.

-Así es...- contestó Joe aún estupefacto, poco a poco se acercaba con miedo hacia Riquel- su inmortalidad provenía de su fuerza de voluntad, no de alguna maldición.

Joe observó detenidamente al león de oro, la mitad de su cuerpo estaba cubierta por una extraña brea negra que goteaba al suelo, su ojo derecho ahora brillaba de un rojo intenso que contrastaba con el azul del ojo opuesto. No había garras, ni venas, ni escamas, tan solo una constante brea que envolvía su cuerpo.

-¿Estás... bien? ¿Riquel... estás bien?

-Sí, Joe... lo logré... te dije que lo lograría- Riquel se apoyó en la enorme espada para ponerse de pie, removió la espada del suelo y la descansó sobre su hombro.

De pronto el cielo se oscureció y un vendaval levantó las flores del suelo. La gigantesca ave negra entró por la cúpula abierta del atrio y se postró justo frente a Joe y Riquel, sin embargo parecía no prestarles atención, contemplaba el cuerpo de Yllithien mientras movía su cabeza de lado a lado.

Riquel se acercó poco a poco a la bestia extendiendo su mano aún humana.

-Ahora lo entiendo... querías que viniera aquí... querías que liberará a tu amigo.

La gigantesca ave volteó hacia Riquel y extendió sus alas en posición amenazante, pero el león de oro no se inmutó.

-Eres el guardián de este templo... ¿no es así?... has acompañado a Yllithien todos estos años... ahora es libre, y tú también- la bestia encogió sus alas y permitió que Riquel se le acercara, en una de sus patas aún tenía clavada la espada del caballero. Riquel la removió delicadamente y se alejó de la bestia.

El ave se acercó al cuerpo de Yllithien y se acostó junto a él cubriendo su cuerpo con una de sus alas.

-Ahora ambos pueden descansar- dijo Joe con una extraña tristeza en sus palabras.

XXVI

El reino de Azermis.

Joe y el león de oro continuaban su peregrinaje en completo silencio, esta vez era Riquel quien lideraba el paso dejando a Joe algunos metros atrás.

-Puedo sentir tu mirada... estoy bien, Joe- la voz de Riquel hacía eco en el viento distorsionando su tono de voz.

-No estoy preocupado...- contestó Joe con palabras temblorosas.

-Entonces ¿por qué me observas en silencio como si fuera una visión?

-Es solo... que quisiera saber más de ti- contestó Joe con pena.

-¡Más de mí!-Riquel comenzó a reír- me parece que ya lo sabes casi todo, incluso mi verdadero nombre, sin embargo yo no sé nada de ti, no me parece justo.

Joe rápidamente alcanzó a Riquel y lo detuvo con sus fuertes manos.

-¿Cuéntame de tu hermano? ¿cuál es su nombre?

-Haces muchas preguntas, Joe, quizá cuando regresemos del infierno te cuente toda mi historia.

Riquel golpeó el casco del enorme guerrero en señal de juego y continuó el camino hacia el reino de Azermis. Joe permaneció un par de pasos atrás observando detalladamente al guerrero.

El sol comenzaba a desaparecer volviendo al cielo gris y lleno de nubes, las aves habían dejado de cantar y no había rastro de ningún animal. Los dos guerreros dejaron atrás al bosque y se encontraron frente a un enorme llano de tierra negra coronado por una gigantesca montaña rodeada de nubes.

El bosque terminaba donde la tierra negra comenzaba, si existía un mundo detrás de la montaña era imposible saberlo, la enormidad de la cúspide y la niebla que la rodeaba formaban una interminable barrera para los ojos de los guerreros.

Al pisar la tierra esta se hundió ligeramente dejando escapar un poco de agua. Riquel tomó un puñado de la tierra y la frotó entre sus dedos.

-¿Por qué está mojada la tierra?- preguntó el león de oro.

-Según la leyenda... la tierra que rodea al abismo jamás se secó de la tormenta que mató a los titanes.

Los dos guerreros avanzaron hasta las faldas de la montaña donde un modesto camino se abría paso hasta una enorme caverna. El camino estaba bordeado por pilares de piedra con gravados, los pilares del lado derecho representaban a un hombre mientras que los del lado izquierdo mostraban claramente a una mujer.

-Azermis, los señores del abismo- murmuró Joe mientras caminaban entre los pilares dirigiéndose hacia la caverna.

-¿Sabes qué es lo que nos espera?-preguntó Riquel tocando con su mano de hombre los gravados en los pilares.

-Solo sé historias... un mundo donde no existe el tiempo ni el espacio, no hay un "arriba" o "abajo", tan extraño para los dioses como lo es para el resto de las criaturas de Armoria. Un reino en constante conflicto entre la luz y la oscuridad, forjado por la dualidad del mismo Azermis.

-Suena alentador...-contestó Riquel sarcásticamente mientras se acercaba al umbral de la caverna.

Las manos pesadas de Joe tomaron los hombros del león de oro y lo voltearon hacía sí. El imponente guerrero se notaba nervioso y exaltado, sus manos temblaban y su voz se cuarteaba al hablar.

-Sea lo que sea que te espere ahí adentro, no es nada comparado con lo que hoy eres, estoy convencido que no hay un guerrero como tú en este mundo... nada puede detenerte ¡Nada!

-Joe... ¿por qué me dices esto?

-Tienes un propósito, Riquel, una misión... y yo también, no tienes idea del tiempo que he pasado esperando una señal, la señal... la señal que me prometió la bruja, pensé que nunca llegaría, abandoné toda esperanza y cordura mucho tiempo atrás, olvidé mi nombre, mi pasado, mi propósito... pero al fin recordé.

-Joe, ¿qué carajos estás diciendo? Prometiste que irías conmigo hasta el final, hasta matar a Alithia, ¡Prometiste que serías tú quien me arrojaría a las llamas!

-¡No! No puedo hacerlo... no podría hacerlo... tengo que cumplir mi propósito, al fin he recordado... ¡al fin estás... aquí!

-Joe ¡¿qué demonios estás diciendo?! ¡Nada de lo que dices tiene sentido!

-¡Todo tiene sentido! Al fin tiene sentido...- Joe tomó con sus poderosas manos el rostro de Riquel y lo observó con detenimiento, observó cada detalle como si estuviera memorizando su rostro.

-Tienes los ojos de tu padre...- Joe soltó al caballero y comenzó a correr de nuevo hacia el bosque.

-¡Espera, Joe! ¡¿A dónde carajos vas?! ¡¿Qué sabes de mi padre?!- Riquel pretendía ir tras del enorme caballero cuando una ráfaga de viento sopló hacía la caverna. Al golpear el aire las oscuras paredes, producía un eco hermoso y aterrador al mismo tiempo.

Riquel suspiró hondamente y empuño su espada-Supongo que todos tenemos un propósito...- el león de oro dio media vuelta y comenzó su descenso por la caverna.

Rápidamente la luz desapareció por completo dejando una profunda oscuridad que envolvía al guerrero, sin embargo su ojo de demonio podía percibir un sendero empedrado que bajaba en espiral, poco a poco el sendero comenzaba a hacerse cada vez más angosto hasta llegar al grueso de un hombre ancho. De pronto una ligera luz comenzó a asomarse haciéndose más radiante con cada paso que daba el guerrero, llegó un momento donde la luz fue tan intensa que tuvo que cerrar sus ojos y caminar a ciegas.

Cuando la luz bajó su intensidad Riquel abrió poco a poco los ojos dejando que se acoplaran a la nueva luz, lo que vio frente a él le dejó sin habla. Un gigantesco imperio se desenvolvía frente a él, casas, palacios, estatuas y jardines adornaban las entrañas de la tierra, pilares de luz penetraban desde las afueras de la montaña bañando la increíble arquitectura frente a él. Todo estaba cubierto por la ciudad, el techo, el suelo, las paredes... parecía no tener fin.

Al dar un paso sintió como su cuerpo se tambaleaba y perdía el equilibrio, por un momento lo que parecía estar sobre él estuvo por debajo, y lo que estaba a su lado quedó sobré el guerrero. Al voltear notó la ranura por la cual había entrado, era un grieta del tamaño de un hombre alto y estaba adornada por distintos gravados que le parecían imposibles de descifrar.

Riquel comenzó a avanzar por el reino de Azermis, o al menos eso parecía, ya que con cada paso que daba su orientación cambiaba haciendo casi imposible saber hacia dónde se dirigía. Conforme caminaba observó extrañas sombras que se asomaban por las ventanas y entre los pasillos, sombras con forma de hombres, dos brazos, dos piernas... pero con un par de ojos blancos brillantes que parpadeaban constantemente. Estas sombras parecían intrigadas y fascinadas con la presencia del guerrero, sin embargo cada vez que trataba de acercarse a alguna de ellas desaparecían de inmediato como si le tuvieran miedo.

Al llegar a una hermosa construcción con pilares gigantes y ventanales vacíos, decidió tomar un momento para apreciar de nuevo el lugar, pero esta vez con su ojo de demonio. De inmediato la luz desapareció envolviendo al caballero en obscuridad, lo que en su momento eran sombras de ojos blancos ahora eran ráfagas de luz que comenzaron a inundar el lugar, eran ciento, miles, cientos de miles que surcaban la oscuridad como peces en el agua.

Riquel sintió una extraña presencia detrás de él, una energía imponente y fría que le heló la sangre.

-¿Por qué me tienen miedo?- preguntó Riquel sin voltear.

-Hace mucho que no ven a alguien del exterior- contestó una voz de mujer dulce y serena.

-¿Qué son?- preguntó Riquel observando con fascinación a las sombras de ojos blancos.

-Son las sombras de los hombres que han muerto, buscan refugio de la luz, como no pueden regresar al Titán del que nacieron... vienen aquí a descansar y esperar.

-¿Esperar qué?

-Que una nueva luz les dé vida otra vez- la voz de mujer avanzó hasta posicionarse a un lado del caballero.

-Esa espada... la he visto antes, pero era más brillante y hermosa... y la empuñaban otras manos. ¿Qué le ha sucedido a Yllithien?

Riquel guardó silencio un momento y agachó la cabeza mientras observaba su enorme espada negra cubierta de brea.

-Yllithien ha muerto- contestó tajantemente el caballero.

-Entonces supongo que pronto lo veré aquí- contestó la voz de mujer. Riquel volteó pausadamente hacia la voz y pudo contemplar a una hermosa mujer, de tez blanca y ojos negros, con los labios rojos como la sangre y el cabello oscuro como la noche, portaba una larga túnica negra con inscripciones que solo eran visibles cuando la luz del sol golpeaba la tela. Su presencia era poderosa a pesar de mostrar un rostro sereno y amigable, era más alta que el caballero proyectando su sombra sobre su rostro.

-Azermis...-murmuró con asombro Riquel mientras observaba a la diosa frente a él.

-¿Y quién eres tú, caballero del exterior?

- Riquel Zviera Syn- la voz de Riquel rebotó por todos los rincones de la imponente ciudad asustando a las sombras.

-Tu voz no parece ser la de un hombre, caballero.

-No lo soy, ni hombre ni demonio, ni vivo ni muerto...

-¿Y qué hace aquí tan peculiar criatura?- preguntó Azermis tomando con su delicada mano el rostro de Riquel y observándolo con detenimiento.

-Necesito tu ayuda- contestó Riquel con dificultad ya que la diosa apretaba sus mejillas.

-Cuando los hombres necesitan ayuda de los dioses generalmente rezan- contestó la diosa con una gran sonrisa en su rostro y removiendo su mano del caballero.

-Necesito llegar a la caverna de Titán, necesito llegar hasta donde se encuentra Alithia.

-¿Y qué piensas hacer una vez que llegues ahí?

-Matarla...

Las sombras se ajetrearon y revolotearon por toda la ciudad pero un delicado movimiento de la mano de Azermis hizo que se resguardarán en las sombras de inmediato.

-¿Matar a un dios? ¿Por qué?

-Si ella muere... quizá su maldición también.

-¿Buscas acabar con los demonios? ¿Apagar sus flamas?

-Sí...- contestó tajantemente el caballero.

-Ya otros lo han intentado, entre ellos el dueño de tu espada, y todos han fallado.

-Yo no fallaré.

-¿Por qué?

-Porque es mi propósito.

Ambos se quedaron en silencio observándose, desafiándose sin decir una sola palabra.

-Ven, camina conmigo... Riquel Zviera Syn- la diosa comenzó a avanzar entre la ciudad flotando a tan solo centímetros del suelo, Riquel notó que al estar junto a la diosa el lugar parecía mantenerse estático, sin cambiar de orientación, lo que le permitió apreciar con mayor detalle la hermosa ciudad del inframundo. Imponentes construcciones de piedra blanca emergían de todos los rincones de la montaña, jardines colgantes de indescriptible belleza bañaban de color a la ciudad, y las grietas en la roca que permitían el paso del sol formaban una jaula de luz que bañaba cada uno de los rincones del inframundo.

- Y dime, caballero, además de Yllithien ¿encontraste en tu camino a un guerrero encapuchado, con dagas negras?

-¿A Zephiro? No...

-Ah, ya veo... parece ser que los campeones de los dioses han encontrado su destino, quizá Yllithien sea el único que al fin ha encontrado la paz.

De pronto la montaña vibró con gran intensidad, el suelo debajo de Riquel tembló como si quisiera tirarlo, y las sombras que se asomaban, rápidamente regresaron a la oscuridad.

-¿¡Qué fue eso?!- preguntó Riquel empuñando su espada.

-Descuida, caballero, tan solo ha sido la montaña.

-¿La montaña? Se sintió como si algo estuviera dentro de la montaña, recorriéndola.

La diosa volteó hacia Riquel clavando sus ojos negros en los suyos y sonriendo amigablemente.

-Tan solo fue la montaña, caballero.

Mientras continuaban avanzando las hermosas construcciones fueron desapareciendo dando lugar a oscuros peñascos e imponentes estalactitas.

-Admiro tu fuerza de vivir dividido en dos, caballero- dijo la diosa sin detener el paso- mitad demonio, mitad no-muerto, y partes de ti aún aferradas a ser un hombre, es difícil vivir así... lo comprendo.

-Las historias hablan de Azermis como un dios que es hombre y mujer al mismo tiempo, ambos tan distintos como la noche y el día, sin embargo solo he visto a la mujer- contestó Riquel observando a la diosa mientras avanzaban.

-Ah sí... hombre y mujer al mismo tiempo, así fue, hasta que pude separarme.

-¿Separarte? ¿Cómo?

La diosa comenzó a reír bañando a la caverna con su risa, a pesar de ser una risa delicada y armoniosa su sonido ponía nervioso al caballero.

-No fue fácil, requirió de ayuda, pero al final fue necesario, una parte amaba la luz, los jardines, la vida, y la otra detestaba todo aquello que había emergido del Titán, detestaba a las bestias, a los hombres, a la luz...

-¿Y dónde se encuentra la otra mitad?- preguntó intrigado Riquel.

-En lo más profundo del abismo, donde no llega la luz y la vida es inexistente.

La diosa se detuvo al filo de un enorme acantilado que parecía no tener fin.

-Dime, caballero, si logras destruir a Alithia y con ella a su maldición, ¿habrás terminado tu propósito?

-Así es...- contestó Riquel mientras observaba el precipicio.

-¿Regresarás a tu mundo, a tu ciudad, a tus actividades de siempre?

-Sí...- Riquel comenzaba a desesperarse.

-¿No buscarías la manera de terminar con la otra maldición, la maldición de los hombres?

Riquel se quedó mudo, jamás lo había pensado pero hacía todo el sentido del mundo, con la fuerza y habilidades que había adquirido posiblemente podría acabar con la inmortalidad que padecían los hombres.

-Sí, sí la buscaría, ¡no descansaría hasta librar a Armoria de todos sus males! Dime Azermis ¿tú sabes cómo puedo acabar con esa maldición?

-De la misma forma en que piensas eliminar la otra, matando a su creador.

-¡¿Y quién es su creador?! ¡¿Quién maldijo a los hombres con la inmortalidad!?

La diosa posó su delicada mano en la espalda de Riquel y suspiró con tristeza mientras observaba el techo de la caverna.

-Yo...- la diosa empujó con fuerza a Riquel y lo arrojó al precipicio.

XXVII

Temblores en las sombras.

La oscuridad rodeaba a Riquel, su cuerpo había golpeado con fuerza el suelo del abismo perdiendo el conocimiento. Poco a poco recobrara la conciencia mientras el dolor se apoderaba de su cuerpo, el silencio era tan profundo que podía escuchar el crujir de sus huesos rebotar en el eco del abismo, su mano de hombre sentía la fría piedra que había detenido su caída, piedra húmeda con olor a viejo.

Buscó a su alrededor palpando el suelo frenéticamente hasta encontrar su espada, y una vez que la tuvo firmemente empuñada la clavó en la piedra para poder levantarse. Al erguir su cuerpo sus huesos se reacomodaron provocándole un terrible dolor que le hizo gritar con furia. Sin embargo, a pesar del dolor podía moverse perfectamente, sus nuevas habilidades de demonio lo habían salvado de permanecer inmóvil por la eternidad.

Ni un solo rayo de luz llegaba hasta donde se encontraba el caballero, el abismo era tan oscuro que no podía determinar si era infinito o diminuto, ¿seguía aún en la montaña? ¿qué tanto había caído? Con su enorme espada raspaba la piedra sacando chispas que le permitían observar pequeños detalles frente a él, detalles que no le servían de nada. Un fuerte temblor sacudió al abismo obligando al caballero a clavar su espada y afianzarse a ella, era el mismo tipo de movimiento que había sentido en la ciudad de Azermis, como si algo monstruosamente gigante se moviera por dentro de las entrañas de la montaña. Riquel utilizó su ojo de demonio para observar con detenimiento el lugar, sin embargo no hubo mucha diferencia, algunos detalles más le ayudaron a comprender que aún estaba en la montaña, sin embargo la oscuridad era tal que incluso su ojo de demonio permanecía ciego ante ella.

De pronto la tierra tembló de nuevo sacudiendo al caballero, sin embargo esta vez pudo ver aquello que ocasionaba el temblor, observó a través de la piedra la silueta de una gigantesca criatura, tan enorme que no le vio fin, tan ancha como una casa, como si un gusano gigante se moviera entre las paredes de la montaña.

De inmediato empuñó su espada en posición de ataque esperando a que la bestia emergiera, su ojo de demonio podía ver como la enorme criatura creaba túneles a su paso rodeando poco a poco al caballero, y en un instante... desapareció. Como si la misma montaña se hubiera tragado a la criatura, la silueta desapareció dejando a Riquel nuevamente a solas en la oscuridad, sin embargo la calma duró poco, la enorme pared de piedra que se encontraba frente a él explotó en escombros mientras la enorme bestia emergía a toda velocidad abalanzándose contra Riquel.

El caballero se mantuvo firme en su lugar y se dispuso a atacar, pero la bestia se detuvo a escasos metro de él. Era un ser repugnante, un mórbido gusano de proporciones colosales, en lugar de rostro portaba unas enormes fauces de hueso que permanecían firmemente cerradas.

-No temas, caballero... no pienso hacerte daño- una voz gruesa, seca y profunda sonó dentro del gusano.

-¿Qué desventura te ha traído hasta el abismo?- el cuerpo del gusano se contorsionaba con cada palabra.

-¿Qué demonios eres?- Riquel amenazó a la bestia con su espada, trató de observar a detalle su cuerpo con su ojo de demonio, pero la piel del gusano era tan gruesa que no podía percibir nada más que su silueta.

-¿Acaso este cuerpo te asusta, caballero? ¿Qué es lo que puedes ver en esta oscuridad?

-Un maldito gusano gigante...- contestó Riquel dando un paso hacia atrás y levantando su espada.

-¡Esa espada!- exclamó el gusano- ¿Acaso? ¿Acaso has vuelto, Yllithien? ¿Recibiste mi mensaje? ¿Está bien Zephiro?

-¿Qué mensaje? ¿Qué carajos eres?- explotó Riquel.

-Oh, ya veo... no eres Yllithien, lo lamento caballero- El gusano se contorsionó y comenzó a regresar al agujero del cual había emergido.

-¡Espera!- exclamó Riquel- ¿Cómo salgo de aquí?

-¿Salir? No hay manera de salir, caballero, estás en el abismo- la voz del gusano sonaba triste y desesperanzada mientras regresaba a su guarida.

-¡Esta es la espada de Yllithien!- exclamó Riquel desesperado mientras alzaba su espada en la oscuridad.

-¡Luxorian!- exclamó el gusano deteniendo su retirada- Pero... ¿dónde ha quedado su brillo?

-Lo perdió hace mucho tiempo, cuando fue corrompida por las flamas de Alithia.

-¿E Yllithien? ¿Dónde se encuentra? ¡¿Por qué tienes tú su espada?!

-Yo... yo lo maté.

-¡¿Tú lo mataste?!- el enorme gusano se abalanzó contra el guerrero a una gran velocidad, abrió sus enormes fauces y un hombre emergió de la boca de la bestia como si fuera su lengua aprisionando del cuello al caballero.

-¡¿Tú asesinaste a un campeón de los dioses?!- el hombre que había emergido de la boca del gusano se encontraba pegado a su cuerpo, como si fuera su lengua, el músculo que se perdía en las fauces de la bestia se transformaba en hombre a partir del ombligo. Era un hombre delgado, de piel gris, cabellos largos y negros, ojos sin vida y rostro severo- ¡Yllithien era mi única oportunidad de escapar de este maldito lugar!

La mano del hombre apretaba cada vez más fuerte la garganta de Riquel, sin embargo lo único que sentía era dolor pues ya no respiraba. Riquel acercó la punta de su espada hasta el cuello del hombre y murmuró.

-Entonces sí existe una manera de salir de aquí.

El hombre observaba con odio al caballero mientras jadeaba con furia, sin embargo soltó a Riquel y retrocedió unos cuantos metros.

-Existen varias maneras de salir... pero solo una para mí.

-¡Dime cómo salir de aquí, maldita sea!

-¡¿Y por qué, en el nombre de todos los dioses, haría eso?! ¿Por qué habría de liberar al asesino de Yllithien? Quizá este sea tu castigo... quizá te devore... hace mucho tiempo que no como.

El hombre acercó su cuerpo de gusano pero fue detenido por el filo de la espada de Riquel.

-No asesiné a Yllithien, luché contra él con honor, lo liberé de sus ataduras ¡de su maldición! Y ahora yo porto con su condena, necesito salir de aquí porque debo destruir a Alithia.

-¿Por qué quieres matar a un dios? ¿Qué te hace creer que puedes lograr tal hazaña?- la voz del hombre mostraba una curiosidad imposible de ocultar.

-Al morir Alithia su maldición muere con ella... no es una cuestión de "creer", matarla es mi propósito y eso haré.

El hombre gusano permaneció en silencio mientras observaba detenidamente a Riquel.

-Quizá... si pudiste vencer a Yllithien... puedas lograr liberarme.

-¡No tengo tiempo que perder! Estoy infectado por las llamas de Alithia, si me consumen por completo perderé la razón y no podré matarla, ¡sácame de este agujero ahora!

-Dime caballero, ¿en tus viajes encontraste a una guerrera encapuchada que portara dos dagas negras?- preguntó el hombre omitiendo los ruegos de Riquel.

-¡No! Si esa guerrera es Zephiro no la he visto, lo mismo me preguntó la maldita bruja de Azermis.

-Así que esa maldita perra no la ha encontrado, ¡entonces aún hay esperanzas! Te llevaré hasta la entrada de la caverna del Titán, más allá no puedo llevarte... pero solo si prometes hacerme un favor.

-¿Por qué habría de confiar en ti?- preguntó Riquel.

-Por la misma razón que yo confiaré en tu palabra... somos la única esperanza uno del otro.

Riquel observó al asqueroso gusano y con pesar en su corazón comprendió que tenía razón.

-¿Qué necesitas de mí?- preguntó el caballero.

-Encuentra a Zephiro, la guerrera de las dagas negras, las Sodoliin, "Mensajeras de las sombras", y ayúdala a asesinar a la maldita bruja que te arrojó aquí conmigo.

-Pensé que querías escapar...

-No, no quiero escapar, este es mi reino ¡lo construí con mis propias manos! Pero ella me aprisionó aquí al separarse de mí.

-¿¡Separarse?! Acaso... tú eres la otra mitad de Azermis.

-No hay tiempo que perder, caballero- El gusano se abalanzó contra Riquel tragándolo con sus enormes fauces, la bestia despareció entre las sombras abriéndose camino entre las entrañas de la tierra.

XXVIII

El brazo de Tyr.

-¿Cuánto tiempo nos queda?- preguntó Erick con voz sobria y seca.

-Una semana... quizá un poco más, los ejércitos se están reuniendo a las afueras del bosque- contestó la bruja señalando un mapa sobre la mesa.

- ¡Deberíamos atacar ahora que están desorganizados y débiles!

-Eso sería una tremenda estupidez- contestó fríamente la bruja mientras estudiaba con detenimiento el mapa sobre la mesa.

-¡Cada segundo que pasa las fuerzas del rey Héctor aumentan en número! Pensé que estabas aquí para ayudarnos a ganar esta guerra.

-Estoy aquí para evitarla...

-¡¿Entonces cuál es tu estrategia?! Estamos a oscuras aquí, ¿qué carajos planeas? ¿Para qué necesitas a Elsa y al guerrero que vino con ella?

La bruja arqueó su espalda haciendo tronar los huesos de su cuerpo, y volteó lentamente hacia Erick, como si sus pies flotaran sobre el piso.

-Los ejércitos de los hombres no piensan adentrarse en el bosque, nadie sabe de la Ciudadela, por lo que han emprendido una guerra a ciegas. No arriesgarán sus vidas de manera estúpida, su plan es incendiar el bosque hasta volverlo cenizas, e incinerar a todo no-muerto en sus adentros.

-¡Por esa misma razón debemos atacar ahora!

-¡No permitiré que arriesgues miles de vidas en una batalla sin sentido!

-¿A qué carajos le temes, a la muerte? ¡No tenemos nada que perder! ya estamos muertos, las flamas tan solo serían un alivio para nosotros.

-¿Un alivio? ¿A quién tratas de engañar, Erick? Si quisieras arrojarte a las llamas lo hubieras hecho hace eras, al igual que todo aquel que aún camina por esta Ciudadela, pero no lo has hecho... porque algo dentro de ti, algo visceral, te advierte que la muerte... la verdadera muerte no te llenará de alivio o tranquilidad, no llegarás a un lugar maravilloso donde todo es paz y tranquilidad, donde la eternidad es placentera; le temes al abismo porque presientes lo que te espera ahí- el semblante de la bruja se oscureció y sus ojos sin vida parecieron brillar debajo de su capucha- yo he visto lo que le espera a los hombres al morir, he visto el mundo después de la muerte, el reino del abismo no te espera con los brazos abiertos, Erick, si quieres morir en las llamas entonces prepárate para unirte a un dios que no disfruta de compañía.

Ambos se miraron en silencio dejando que el peso de las palabras hiciera su efecto. Erick se frotó la frente y volvió su mirada hacia el mapa en la mesa.

-¿Qué tienes pensado?

La bruja regresó a la mesa y señaló el lugar dónde se encontraban los ejércitos de los hombres.

-Tiempo... lo que necesitamos es tiempo, tiempo para encontrar la causa de todo este caos y ponerle un fin... y para lograrlo necesito tres cosas; evitar que incendien el bosque, atraer a los ejércitos hasta la ciudadela, y encontrar la fuente del caos.

-Suena fácil- dijo Erick con sarcasmo en sus palabras.

-Es complicado, lo sé, pero tenemos todas las piezas para que esto funcione, Elsa los guiará hasta la Ciudadela.

-¡¿Elsa?! –exclamó el no-muerto con preocupación en su voz.

-Te preocupa la niña, lo sé, la has cuidado desde hace mucho ¿acaso crees que no te vi?- la bruja jugaba con una figura de madera sobre el mapa- descuida, ella regresará con los suyos, le creerán porque es ella, porque está viva, porque porta la armadura del león de oro, y creerán que ustedes lo mataron, o hicieron lo impensable con él, y su furia los arrojará hacia ustedes- la voz de la bruja sonaba agitada- y cuando se encuentren frente a la Ciudadela el miedo se apoderará de ellos, serán emboscados por no-muertos y forzados a utilizar sus armas y no el fuego... a menos que quieran morir incinerados también.

-Creí que buscabas evitar la guerra.

-Para eso necesito a Tyr...

-¡Habla claro sobre tus intensiones bruja!

-¿Te atreves a exigirme cosas, no-muerto? ¿Olvidas quién soy?- como si desapareciera entre la sombras la bruja de desvaneció frente a Erick tan solo para aparecer detrás de él con una daga negra acariciando uno de los párpados del no-muerto- He cortado a dioses por la mitad, no dudes por un momento que no haré de ti lo que se me plazca si continúas con tu insolencia.

-Tan solo quiero proteger a mi gente... eso es todo- dijo Erick lentamente, pero sin miedo. El frío de la hoja sobre su ojo desapareció y la bruja apareció caminando del otro lado de la mesa.

-Lo sé, pero necesito que confíes en mí...

-Siempre lo he hecho, ¿acaso no construí está ciudad por ti?

-No, no por mí, para ti... para ellos...

-¿Qué vas a hacer con Tyr? ¡Es uno de los nuestros así que exijo saber!

-Hoy dejará de ser uno de los suyos... para encontrar al origen de este mal se necesita algo más, algo tan viejo... tan antiguo, que ni siquiera los dioses entienden- la bruja sacó de sus ropajes oscuros una extraña esfera con intricados engranajes.

-¿Qué piensas hacerle al guerrero, bruja?

-Pienso regresarle su brazo...

-Elsa se encontraba en una habitación decorada con esmero, más era poco estética, se notaba que los decorados habían sido sumados con el tiempo por distintas personas, ninguna queriendo deshacer lo que las demás habían logrado, por lo que las paredes, cortinas, muebles e incluso el techo mostraban acabados y telas de enorme belleza, pero que desentonaban las unas con las otras.

La armadura del león de oro se encontraba montada sobre un busto de piedra, y por primera vez en mucho tiempo, la guerrera de cabellos rojos portaba un vestido que transparentaba su piel.

La guerrera se encontraba en su cama mirando el techo sin poder dormir, cuando la puerta de su habitación sonó tímidamente.

-¿Quién es?- preguntó la guerrera tomando la lanza dorada que tenía junto a ella sobre la cama.

-Erick...-la voz del no-muerto entró a la habitación como un murmullo.

-¿Qué quieres?- preguntó la guerrera tajantemente.

-Hablar contigo...

-¿Ahora? ¡¿Ahora quieres hablar conmigo!? ¿Tienes idea del tiempo que ha pasado?

-Puedo decirte los días exactos...

Elsa abrió la puerta de la habitación y observó fijamente a Erick con los ojos llorosos y los puños temblando.

-No hace falta- la guerrera abrazó al no muerto con tal fuerza que sus huesos tronaron.

-No podía buscarte, lo sabes ¿verdad?- Erick sintió a la guerrera afirmar con la cabeza- pero sabía que estabas en un mejor lugar, con los tuyos, un lugar donde crecerías y serías feliz y crearías una vida... porque vivirías, no estarías rodeada de tanta muerte.

-Este es mi hogar...- murmuró la guerrera.

-Este lugar es solo para no-muertos- Erick apretó entre sus brazos a la guerrera.

-Esta es mi familia, tú eres mi familia- al escuchar estas palabras los ojos de Erick se llenaron de lágrimas y su voz comenzó a cortarse, tomó de todas sus fuerzas poder alejar a la guerrera de sus brazos y cerrar la puerta.

-No, pequeña, no lo soy... y lo sabes.

La guerrera secó sus lágrimas y observó fijamente al no muerto.

-Para mí siempre serás mi padre-ambos se miraron en silencio por lo que pareció una eternidad- si vienes a decirme mi misión la bruja ya se te adelantó, tranquilo, sé perfectamente qué debo hacer.

-Tan solo quería estar contigo una vez más, te has convertido en una hermosa mujer, ¡y en una gran guerrera! Estoy muy orgulloso de ti- Erick abrió la puerta y se disponía a salir cuando fue detenido por el suave toque de la mano de Elsa.

-No puedo dormir... si quieres... podemos platicar.

-Eso me encantaría- dijo Erick cerrando de nuevo la puerta.

Tyr se encontraba en su habitación afilando su espada con dificultad, sosteniendo el mango con sus rodillas apoyando la hoja sobre una mesa de piedra.

-¡Maldita sea! ¡Estúpido brazo inútil de mierda!- Tyr tomó su espada y la arrojó contra la pared en un ataque de furia.

-Eso puede cambiar...- la lúgubre y torcida voz de la bruja sonó tras de Tyr espantando al guerrero el cual empuñó la piedra con la que afilaba su espada; la bruja desapareció entre las sombras muriendo de risa- ¿Una roca? He cortado el acero más duro de las armaduras de los hombres, he atravesado el corazón de seres tan viejos que carecen de nombre, ¿y piensas defenderte de mí con una piedra?- la bruja apareció frente a Tyr y con un rápido movimiento de su daga cortó la piedra por la mitad como si fuera mantequilla- por fortuna no tienes que defenderte de mí, pues vengo en paz.

-Disculpa si no confió en nada ni nadie que habite estos bosques, dijo Tyr sentándose en su cama. ¿A qué has venido, bruja?

-Vengo a ofrecerte la oportunidad de ser un guerrero útil de nuevo, de hecho... vengo a ofrecerte ser la pieza clave en esta guerra.

-Vienes a burlarte de mí...- Tyr se levantó de la cama y avanzó hacía una mesa con una jarra de vino el cual sirvió en una gran copa y comenzó a beber.

La bruja apareció frente a Tyr y tumbó la copa de su mano de un fuerte golpe.

-¡Escúchame bien, maldito pedazo de cadáver! Puedo ofrecerle esta oportunidad a cualquier no muerto de esta ciudad, si estoy aquí es porque te compadezco, y esa pena me arroja hacia ti, pero si quieres...-la bruja fue abruptamente interrumpida por Tyr.

-Ya, ya, ya, los dos sabemos que estás aquí por una razón mucho más grande que lo que me quieres dar a entender, no necesito que me cuentes todos tus planes, tan solo dime qué quieres de mí.

La bruja sacó de entre sus ropajes la extraña esfera y la puso sobre la mesita de piedra donde Tyr había afilado su espada.

-Quiero que uses esa esfera para recuperar tu brazo.

Tyr se acercó curioso a la esfera y la observó con detenimiento, pero cuando estuvo a punto de tocarla fue detenido por la fría mano de la bruja.

-No la toques a menos que estés listo, la esfera detectará lo que te falta y te lo dará.

Tyr alejó su brazo y se sentó en la cama observando fijamente a la bruja.

-Cuando estés completo de nuevo, tendrás el poder suficiente para enfrentarte a aquello que ha envenenado la mente del rey Héctor- dijo la bruja entre las sombras.

-¿Qué no me estás diciendo, bruja? ¿Por qué debo utilizar esa maldita esfera?- preguntó Tyr con la mirada clavada en la bruja, sin embargo ella no contestó- ¿Qué va a pasar conmigo si uso tu juguete?

-El "juguete" no es mío...-contestó con voz profunda mientras se sumía en sus recuerdos- es un artefacto más viejo que los mismos dioses, pertenece a una civilización extraña, perdida en el tiempo y olvidada por la historia.

-¿Más vieja que los dioses?

-Antes de que las sombras que dieran vida a los dioses y a los hombres emanaran del Titán, hubo otras que huyeron de la luz y se encerraron dentro de la tierra, los fuegos de las entrañas de este mundo moldearon estas sombras en seres indescriptibles... esa esfera, les pertenece.

-¿Y qué pasará conmigo cuando la use?

-Ganarás un brazo...

-¿Y qué perderé...?

La bruja permaneció en silencio un momento y después murmuró con voz firme y rasposa- No lo sé.

-¡¿No lo sabes?! Pensé que lo sabías todo...- Tyr se levantó de la cama, recogió la copa del suelo y se sirvió más vino.

-Sé que la esfera llenará todo aquello que te falta, eso quiere decir tu brazo...

-Y mi vida... ¿no es así?

-Eres un no-muerto, un cadáver andante, la esfera detectará eso y actuará, ¿cómo?... no lo sé.

- ¿Por qué me necesitas? Si en verdad eres tan poderosa como dices ¿por qué no enfrentas tú al enemigo?

La bruja avanzó lentamente hacia Tyr y sacudió sus esqueléticas manos, con las cuales removió su capucha y dejó caer sus ropajes. Frente al guerrero se encontraba un extraño ser, tan pálido que parecía de mármol, con la piel pegada a los huesos y arrugas tan pronunciadas que parecían grietas en la piel, los labios delgados como hilos, ojos grises y opacos, y cabello gris que flotaba en el aire como si tuviera vida propia. Portaba una extraña armadura de un material que parecía cuero pero no lo era, de hecho su armadura era una serie de vendajes y hebillas de acero que envolvían su deforme cuerpo. De cada lado de su cadera colgaba una oscura y hermosa daga cuyo filo reflejaba la luz de la luna que entraba por la ventana.

-He peleado muchas guerras, caballero de Andromeca, nunca fue mi decisión... pero los dioses la tomaron por mí, los años han golpeado mi cuerpo dejando heridas abiertas, la inmortalidad de los hombres nunca tocó mi puerta, sin embargo el abismo se rehúsa a aceptarme... aún queda una batalla dentro de mí... pero no es esta.

Tyr observaba con asombro al ser frente a él, no era asco ni miedo lo que sentía, sino una profunda admiración.

-¿Cómo sabré quién es el enemigo?- preguntó Tyr con miedo en su voz.

-La esfera te lo dirá...

Sin decir una palabra más Tyr dejó la copa de vino, avanzó hacia la esfera y sin voltear a ver a la bruja preguntó- ¿Qué harás si el resultado no es el que esperas?

-Arrojarte al fuego...

-Ya veo...- Tyr tomó la esfera y de inmediato esta comenzó a mover sus engranes y a contorsionarse sobre sí misma. Tyr acercó la esfera a su muñón y cientos de pequeños tubos salieron disparados del ahora amorfo artefacto, los cuales se clavaron en la piel del guerrero y comenzaron a avanzar dentro de su cuerpo.

Los gritos de agonía rebotaban en las paredes mientras el cuerpo de Tyr se convulsionaba en el suelo. Los engranes, tubos, cables y demás piezas del artefacto invadían por dentro el cuerpo del guerrero mientras una prótesis de su brazo comenzaba a crearse y a tomar forma.

De pronto los gritos y convulsiones cesaron, el cuerpo de Tyr emanaba vapor y por primera vez después de haber muerto... respiraba.

XXIX

El mensaje en la bolsa.

La princesa Cassandra se encontraba en uno de los pasillos de la enorme muralla que rodeaba a la ciudad de los dioses, con la mirada perdida en el horizonte mientras el sol se reflejaba en sus hermosos ojos rojos.

-La inmortalidad vuelve al hombre una criatura de rutina...- la voz del viejo Oniris hizo despertar a la princesa de su trance-... así que imagine mi sorpresa cuando esta mañana pasé por la biblioteca y no la vi ahí como acostumbra hacerlo, majestad.

-Creo que he leído todos los libros de esa biblioteca cientos de veces- contestó la princesa sin voltear a ver a Oniris.

-Y aun así, no recuerdo un día en que no la haya visto en ese lugar devorando libro tras libro desde que sale el sol entre las montañas.

-Quizá tu memoria ya no es lo que era antes, anciano- contestó la princesa con un tono sarcástico en su voz.

La risa del viejo Oniris se mezclaba con sus tosidos y jadeos- Muchas cosas de mí ya no son lo que eran, pero mi memoria... ¡ah! Esa maldita memoria, parece que cada día funciona mejor... y no hay peor crimen para un ser inmortal que una mente que parece nunca olvidar- la risa del hechicero se detuvo en seco y comenzó a observar su brazo cubierto por el largo guante negro que le llegaba hasta el codo.

-Creo que nunca me has contado la historia de por qué usas ese guante, anciano, desde que tengo memoria todos hablan del viejo "Mano negra" Oniris, como si fuera parte de ti, como si fuera tu nombre, pero nadie habla del porqué del guante, ni siquiera tú.

-Ah, princesa, hay historias que no merecen ser contadas.

-Yo quiero saber...

-¿Y de que le servirá saber la historia de un patético guante, majestad?- preguntó Oniris con un extraño tono de voz que le puso la piel de gallina a la princesa.

-La inmortalidad vuelve al hombre una criatura curiosa...- contestó tajantemente la princesa.

El viejo anciano sonrió haciendo que sus arrugas se clavaran en su piel, sus dientes manchados por el tiempo se asomaron tímidamente detrás de sus labios secos y delgados.

-Este guante esconde los efectos del fuego sobre la piel cuando se le deja dentro de él por mucho tiempo- contesto el anciano frotando su brazo negro.

-¿Por qué harías semejante estupidez?- preguntó desconcertada la princesa.

-Trataba de recuperar algo que se encontraba envuelto entre las llamas.

-Algo en extremo valioso, espero- la princesa no podía comprender por qué alguien expondría su cuerpo al fuego si no era para poder morir.

-Quizá... al día de hoy me sigo cuestionando si lo que hice fue lo correcto.

-No entiendo por qué mi padre y todos los demás de este reino te consideran un genio, un sabio, yo tan solo veo un hombre viejo y decrépito, inmerso en su propia locura.

-Quizá sean sus ojos rojos los que la hacen ver ese tipo de cosas, majestad.

-¡¿Cómo te atreves?!- la princesa Cassandra cerró los puños con tal furia que estuvo a nada de hacer sangrar las palmas de sus manos, sin embargo sus deseos de destrozar el cráneo de Oniris fueron interrumpidos por el sonido del cuerno de la ciudad que anunciaba que alguien se acercaba a las puertas.

De inmediato el anciano hechicero y la princesa corrieron hacia la cima de la entrada principal donde los guardias ya se encontraban vigilantes con sus arcos y ballestas apuntando hacia el mensajero.

-¡Alto ahí, viajero!- gritó uno de los guardias, pero el jinete continuó su camino sin frenarse- ¡Alto ahí!- el guardia volvió a gritar pero una vez más su orden fue omitida. El guardia se disponía a gritar de nuevo cuando fue empujado por la princesa Cassandra quién tomó su ballesta y disparó una flecha hacia el jinete la cual cayó justo frente a su corcel obligándolo a detenerse.

-¡Ya ha avanzado demasiado, jinete! ¡Diga su nombre y sus intenciones!- exclamó la princesa apuntando la ballesta directamente al jinete, el cual removió su capucha dejando ver a una mujer de rostro severo, pero de bellas facciones, con los ojos morados, brillantes, y un cabello rubio y corto, como de hombre.

-¡Mi nombre es Marina Laugueris, mercenaria, perro negro del sur, y emisaria del lobo de plata de Andromeca, Brynn!

De inmediato los guardias comenzaron a susurrar entre ellos, debatiendo si debían abrir la puerta, sin embargo sus cuchicheos fueron apagados por el severo rostro de la princesa Cassandra quien con un fuerte grito se dirigió a la guerrera.

-¡Regresa por donde viniste, mercenaria del sur, el general de la ciudad de los dioses se encuentra en una misión en Mon Aloth, llévate tus mentiras a otro lugar!

-Supongo que tú eres la princesa Cassandra, le haces honor a tu reputación...- la guerrera del sur observaba fijamente a la princesa- Sin embargo no hay tiempo para desconfianzas ¡el rey Oscar de Omun Lando se dirige hacia Andromeca con todo su ejército!

-Esta mujer está loca...-murmuró la princesa- ¡Basta ya! El rey Oscar es un aliado de Andromeca- la princesa indicó a los guardias que apuntaran sus armas contra la guerrera del sur- ¡Esta es la última advertencia! Regresa por donde viniste.

Marina podía sentir la furia correr por sus venas, y se notaba impaciente ante los oídos sordos de la princesa.

-¡Escúchame maldita niña idiota! ¿Crees que no sé que Andromeca se encuentra indefensa? ¿Cuántos guardias, soldados y caballeros te quedan para defender tu preciada ciudad? ¡Todos los hombres de Brynn murieron en Ogathas!

Los guardias perdieron el aliento al escuchar las palabras de Marina, incluso la escéptica princesa sintió un vacío en el estómago, sin embargo descartó la noticia rápidamente y apuntó una ballesta a la guerrera del Sur.

-¡Maldita sea!-exclamó Marina llena de furia, tomó una bolsa que colgaba de su caballo y de ella sacó la cabeza de Jorhas.

Al ver la cabeza la princesa Cassandra de inmediato lanzó su flecha, pero fue detenida por la mano de madera de la guerrea del Sur.

-¡Si no me crees a mí, escucha las palabras del consejero real de Omun Lando!-Marina rompió la flecha con su mano y alzó la cabeza del no-muerto la cual aún goteaba sangre y saliva.

Poco a poco la cabeza abrió los ojos y comenzó a tartamudear, tratando de lograr que las palabras salieran de su boca y cobraran sentido.

-Dónde... ¿dónde estoy?...- la cabeza comenzó a recobrar la consciencia, al enfocar su mirada reconoció la imponente muralla de Andromeca y esbozó una inquietante sonrisa- Lo logramos, majestad... la princesa ha salido... para rendirse- pero al darse cuenta la cabeza que se encontraba sin cuerpo, recordó que no se encontraba junto a su rey ni su batallón, recordó que había muerto a manos de una horrenda criatura, y de inmediato la desesperación se apoderó de lo que quedaba de Jorhas.

-¡Arrójame al fuego! ¡fuego! ¡fuego!- las palabras de Jorhas eran expulsadas entre sangre y saliva- Lo prometiste... lo prometiste.

-Prometí que lo haría una vez que explicaras los planes del rey Oscar, ¡así que hazlo!- le susurró Marina a la cabeza de Jorhas.

Como si las palabras arañaran las paredes de su boca, poco a poco la cabeza comenzó a hablar de nuevo viajando entre la realidad y la agonía.

-Sin reyes... sin general... sin capitán... sin ejército... son presa fácil para Omun Lando... toda la furia del rey Oscar... está por caer sobre ustedes...

-¡Por los dioses!- exclamó la princesa enfurecida- ya perdimos demasiado tiempo escuchando estas estupideces...- la princesa fue interrumpida por la voz de Marina quien trataba de llamar la atención de Oniris.

-¡Hey, tú! ¡El anciano! ¡Tú debes ser Oniris! ¿no es así?- exclamó la guerrera.

El viejo "mano negra" se acercó a la orilla de la muralla y observó con detenimiento a la guerrera del sur y a la cabeza de

Jorhas- Así es- contestó haciendo una ligera reverencia con la cabeza.

-Si de verdad eres tan sabio como dicen que eres, entenderás que esto no es una broma, y que no hay tiempo que perder.

-En efecto... de ser verdad lo que tú y la cabeza de un no-muerto afirman, estamos en grave peligro y no hay tiempo que perder... dime consejero de Omun Lando ¿cuánto tiempo tenemos antes de que el ejército de tu ciudad nos ataque?

La cabeza de Jorhas observó con detenimiento al hechicero tan solo para bajar la mirada con vergüenza- ya no tienen tiempo.

El silencio se apoderó de todos los presentes, los guardias se notaban visiblemente nerviosos, sin embargo el viejo Oniris arqueó su espalda y contestó con un dejo de burla y sarcasmo en sus palabras.

-Muy oportuna su visita, guerrera del sur... ni siquiera tenemos tiempo de mandar bestias por ayuda...

-¡Maldita sea con ustedes!- exclamó Marina furiosa.

-Ahora déjanos preparar para la invasión...- dijo Oniris dando la media vuelta e invitando a los guardias y princesa a hacer lo mismo.

-¡La mujer de las flores!- gritó Marina con todas sus fuerzas frenando en seco al anciano.

-¿Qué dijiste?- preguntó Oniris regresando su mirada hacia la mercenaria.

-La última vez que Omun Lando atacó a la ciudad... había una mujer... ¿la recuerdas?

Oniris observaba a la guerrera como si fuera a atravesarle el cuerpo con la mirada.

-La recuerdo...

-Tú fuiste quien le dio la noticia a Brynn... ¿sabes cómo lo sé? Me lo contó antes de que fuéramos atacados por este bastardo y los caballeros de Omun Lando.

-¿Y dónde está el general Brynn?- preguntó el anciano después de guardar silencio unos momentos.

-¡En el bosque de Alithia! En las entrañas del Titán... buscando a su hermano.

-¡¿A Riquel?!- exclamó la princesa- ¿Qué demonios haría él en ese lugar?

-Buscando una cura...-murmuró Oniris

-¿Una cura? ¡¿De qué carajos estás hablando, anciano?!

-Una cura para el mal de Alithia... ¡Pronto! ¡Abran las puertas y dejen entrar a la jinete!- exclamó el hechicero antes de sentir el fuerte apretón de la mano de la princesa.

-¿Qué demonios crees que estás haciendo?

-Salvando a la ciudad, majestad, la guerrera dice la verdad...- el anciano dejó a la princesa tras de él mientras corría tan rápido como podía para recibir a Marina dentro de la ciudad de los dioses.

XXX

Los dioses sí sangran.

Las paredes de roca temblaban frenéticamente provocando cascadas de polvo que llovían por toda la caverna; de pronto el enorme gusano que había engullido a Riquel emergió de entre las piedras haciendo explotar las paredes de la caverna. El cuerpo grotesco de la bestia temblaba y emanaba vapor de entre sus poros; al abrir sus fauces el león de oro descendió totalmente ileso con su enorme espada descansando sobre sus hombros.

-¿Dónde estamos?- preguntó el caballero con voz distante y opaca, su boca anunciaba las palabras antes de pronunciarlas haciendo eco entre las paredes de roca.

-Dentro del Titán- contestó Azermis emergiendo de entre las fauces del gusano, como si este sacara la lengua para lamer al caballero- exactamente en qué parte del Titán no lo sé, puede ser un pie, un brazo, una costilla...

La caverna estaba completamente privada de luz, sin embargo el ojo demoniaco del caballero podía distinguir cada grieta como si el lugar estuviera iluminado por un millón de antorchas.

Azermis notó cómo el caballero exploraba las entrañas de la caverna- Puedes ver con claridad aquí adentro ¿no es así?- Riquel tan solo asintió con la cabeza- eso es porque este lugar te ha estado llamando, este es el infierno del cual nacieron todos los demonios... incluso tú.

-¿Dónde se encuentra Alithia?- preguntó Riquel haciendo sonar el eco de su espectral voz.

-En las entrañas del Titán, en el lugar donde tanto los hombres como los dioses nacimos.

-¿¡Por qué carajos no me dejaste ahí!?- exclamó Riquel con furia en sus palabras.

-Esto es lo más lejos que puedo llegar... como puedes ver mi cuerpo se encuentra anclado a esta bestia –Azermis mostró al gusano con un gentil ademán- y a su vez la bestia se encuentra anclada al abismo...

-Entonces... ¿dónde encontraré a Alithia?- preguntó Riquel aún molesto.

-¿Qué te dice tu instinto? La luz de sus llamas te guiará hacia ella.

Riquel se concentró en lo que su ojo demoniaco observaba, y notó cómo la luz que iluminaba la caverna emanaba desde el sur. Sin decir una sola palabra comenzó a caminar con paso pesado dejando un rastro de brea tras de sí.

-No será fácil acercarte a ella, caballero, estás por entrar al infierno...

-Soy un demonio... ¿recuerdas?... tan solo regreso a casa- contestó Riquel sin detenerse.

-¡Caballero!- gritó Azermis con desesperación en su voz- ¡Recuerda tu promesa!

Riquel detuvo su paso y volteó la cabeza dejando ver el lado que aún era humano.

-De una u otra forma, Dios del abismo, haré que Zephiro asesine a tu otra mitad.

-Gracias... caballero demonio...- Las fauces del gusano se cerraron y la bestia regresó por el mismo agujero del cual había emergido.

-Caballero demonio...- una ligera sonrisa se dibujó en el rostro de Riquel al murmurar esas palabras.

Las nubes de tormenta ocultaban el sol, tan solo tímidos rayos se atrevían a rozar las copas de los árboles, el ambiente era pesado y húmedo, la tierra debajo de los pies de Brynn poco a poco se convertía en fango, y los sonidos del bosque habían cesado por completo... el lobo de plata se encontraba envuelto ahora en un perpetuo silencio.

Los árboles se terminaron, dando paso a un enorme pantano rodeado de extrañas montañas que más que emerger del fango, parecían estar siendo consumidas por el pantano. El agua era negra y burbujeante, con hiedra y raíces por todos lados; era un pantano interminable imposible de observar en su totalidad debida a la espesa bruma que lo envolvía, provocando que las monolíticas montañas formaran espectrales sombras que se alzaban hasta las nubes.

La imagen frente a Brynn era aterradora y, al mismo tiempo, era lo más fascinante que había visto en toda su vida, sabía perfectamente que las montañas eran los vestigios de los titanes que alguna vez gobernaron Armoria, ¿qué parte de su cuerpo serían esas montañas? ¿Dedos, pies, brazos...el corazón?

Mientras recorría con la mirada el pantano, la bruma se dispersó dejando ver una montaña justo en el centro, cuya enorme caverna aparentaba ser una gigantesca boca en un perpetuo grito. Brynn reconoció de inmediato que esa caverna era la entrada a las entrañas del titán, sin embargo la montaña se encontraba muy lejos, totalmente alejada de la patética costa de piedras y fango que bordeaba al pantano.

-Espérame Riquel...-Brynn se disponía a adentrarse en el pantano cuando el sepulcral silencio que inundaba al bosque fue destruido por el sonido de la corteza de un árbol quebrándose.

-¿Qué será...? ¿Qué será...?- una voz enferma y anciana rebotó por toda la costa- ¿Acaso es una ofrenda, un fanático... un tonto?

-¡¿Quién anda ahí?!- Exclamó Brynn empuñando a la poderosa Fergorn- ¡Muéstrate!

De nuevo el sonido de la corteza rompiéndose se hizo escuchar, esta vez muy cerca del lobo de plata. De entre las raíces de uno de los sauces emergió una criatura de aspecto humano, cubierta por musgo, corteza y tierra. Algunos insectos caminaban entre los orificios de su rostro y parecía no tener piernas ya que parte de su cuerpo se encontraba enterrado en el fango y su espalda fusionada con el tronco del sauce.

-Es demasiado viejo como para ser una ofrenda...pero ¿un fanático? ¿acaso todavía existen después de lo que pasó? ¿acaso todavía creen?

El filo de la espada de Brynn se posó a escasos centímetros de uno de los ojos de la criatura, el cual dio vueltas en su cuenca como si tuviera vida propia, tan solo para regresar a su lugar y observar fijamente al caballero.

-¡Habla, demonio, y quizá te deje vivir! ¿Cómo llego a la caverna del titán?

La criatura levantó sus manos dejando caer insectos y ramas, parecía que le costaba trabajo desprenderlas del suelo; las observó detalladamente y dijo...

-¿Demonio?... sí, demonio... ya no humano, tampoco planta... quizá algo más... o algo menos... un demonio... ¿eso es lo que soy?

-Pierdo mi tiempo hablando contigo...- Brynn guardó su espada y comenzó a alejarse de la criatura bordeando la costa. De inmediato el ser explotó en risas.

-¡Es un demente!- exclamó la criatura mientras se ahogaba en su propia risa- ¿Acaso crees que estamos solos tú y yo? Cientos de ojos te observan en este preciso momento, tu olor inunda el pantano, tu armadura brilla como un faro... los hijos de Alithia saben que estás aquí... sabemos que estás aquí- la criatura volvió a mirarse las manos con tristeza en su rostro.

-¡Maldita sea, demonio! ¡Dime cómo llegar a la caverna!- Brynn tomó del cuello a la criatura haciendo tronar los pedazos de corteza en su piel.

-¿Para qué quieres entrar al infierno? No eres una ofrenda... no traes una ofrenda ¿Acaso quieres un destino peor que la muerte?

-Voy a asesinar a Alithia...- contestó tajantemente el lobo de plata.

La criatura se quedó anonadada ante las palabras del caballero, sus ojos se clavaron en Brynn y recorrieron su cuerpo de los pies a la cabeza.

-¿Matarla? Matarla... imposible... ¿por qué no intentamos matarla? Tan solo tratamos de... ¿alimentarla?... ¡tantas ofrendas! ¡Tantos de ellos!... solíamos traerlos en grandes caravanas... a veces por docenas.

-¡¿De qué carajos estás hablando?!- explotó Brynn.

-¡De los niños! ¡Los niños!- gritó la criatura perdiendo el control, comenzando a contorsionarse violentamente arrancando las raíces de su cuerpo.

Brynn se alejó de un saltó y miró a su alrededor; docenas de criaturas deformes y repugnantes emergieron de entre la neblina y el fango, abalanzándose contra el guerrero. De inmediato desenvainó su espada y comenzó a cortar y cercenar la piel de los espectros, sangre y viseras caían sobre él mientras esquivaba las garras y los tentáculos; la poderosa Fergorn atravesaba los cuerpos putrefactos y fétidos cubriéndose de pus negra. Con cada demonio que destruía diez más emergían y se abalanzaban contra él. Brazos y tentáculos salían de entre el fango jalando y arañando sus piernas, de las copas de los árboles brincaba seres parecidos a los primates con bocas en sus manos, de entre las aguas fétidas y burbujeantes salían pequeños insectos que escupían ácido y dejaban un rastro negro y baboso.

De pronto emergieron del suelo pilares de raíces que empalaron a los demonios liberando al lobo de plata, y de las profundidades del pantano brotaron cientos de lianas, raíces y troncos formando un puente que conectaba a la precaria costa con la caverna del titán.

Brynn alcanzó a observar a la criatura árbol alzando sus brazos controlando las plantas. El lobo de plata corrió hacia el puente mientras se defendía de los constantes ataques de las hordas de demonios que parecían interminables. Detrás de él corrían los demonios tratando de detenerlo, algunos estaban tan cerca de él que podían arañar su armadura; pronto los esbirros comenzaron a escalar el puente por los lados tratando de adelantarse al caballero, pero el puente comenzó a temblar y a desmoronarse detrás de Brynn como si esperara a que el caballero avanzara para poder derrumbarse.

A unos cuantos metros de la entrada a la caverna Brynn sintió el puente bajo sus pies desplomarse, con todas sus fuerzas tomó vuelo y saltó hacia la caverna. El puente colapsó llevándose con él a los demonios que perseguían al guerrero, Brynn había clavado su espada en el borde del acantilado y permanecía colgado del mango. Poco a poco comenzó a escalar hasta llegar al borde de la caverna. Cuando al fin pudo reincorporarse observó la costa mientras recuperaba el aliento, no pudo ver nada más que bruma y sombras, sin embargo sus agudos oídos pudieron escuchar el sonido de la corteza de un árbol reacomodándose.

Riquel se adentraba cada vez más en las entrañas del titán, siguiendo la luz que su ojo de demonio podía percibir, mientras avanzaba su mente se veía bombardeada por la presencia del abismo dentro de él, poco a poco la maldición de Alithia iba tomando posesión de su cuerpo y de su muerte, acrecentándose con cada paso que lo acercaba hacia la madre de los demonios.

-Puedo escucharte...- murmuró Riquel con su voz de demonio- dentro de mí, sin decir una sola palabra entiendo lo que quieres.

Riquel continuó avanzando tocando las paredes de la caverna como si tratara de sentir algo dentro de ellas.

-¿Por qué se siente caliente la piedra? ¿Acaso eres tú la que provoca esto? ¿Acaso tu fuego no ha dejado de arder en todo este tiempo?

El pasadizo por el cual se desplazaba el león de oro comenzaba a estrecharse, obligándolo a caminar con lentitud y cautela.

-¿Por qué hiciste esto?- murmuró con tristeza en sus palabras- ¿Qué buscas? ¿En verdad querías ayudar a los hombres?... ¡¿Acaso no sabías quién nos maldijo?!- Riquel golpeó con furia la pared atravesando la piedra con su mano, al retirar su puño observó que la pared poco a poco se cubría de brea. El león de oro contempló su mano demoniaca unos segundos- Tan solo somos juguetes para los dioses...

La luz que lo guiaba era cada vez más intensa, por momentos el contraste le fascinaba al caballero, sabía perfectamente que la caverna estaba totalmente a oscuras para ojos normales, pero él se encontraba cegado por la luz demoniaca de Alithia.

Conforme se acercaba Riquel comenzó a sentir una inexplicable paz, un calor que lo reconfortaba por dentro, como si la luz lo abrazara para arrullarlo.

-Me estás llamando, quieres a tu hijo junto a ti... ¿por qué a mí? ¿qué quieres de mí?... pronto lo sabremos... madre- de inmediato una repentina claridad golpeó la mente de Riquel haciéndolo salir de su trance- ¡No! ¡Tú no eres mi madre, y yo no soy un demonio! ¡Ni esta brea que cubre mi cuerpo, ni este ojo que puede ver tu luz me hacen tuyo! Mi nombre Riquel Zviera Syn, soy el capitán de la guardia real de Andromeca... y voy a matarte.

En cuanto terminó de decir estas palabras Riquel se encontró dentro de una cueva cubierta en su totalidad por terribles demonios y criaturas deformes, la luz que emanaban era casi cegadora, por lo que tuvo que cerrar su ojo de demonio. La realidad de la imagen frente al león de oro era casi intolerable, su ojo humano se había acostumbrado a la oscuridad y podía percibir incluso el más mínimo detalle de los seres frente a él. Eran criaturas repugnantes que le habrían hecho vomitar si no fuera un muerto en vida; las bestias se abalanzaban unas sobre las otras como un enjambre de gusanos, mientras observaban con detenimiento al caballero. De inmediato Riquel alzó a Luxorian y embistió a los demonios.

Sin darles oportunidad de reaccionar a los espectros, la mítica Luxorian cortó a través de piel y huesos bañando a Riquel en sangre y vísceras, uno tras otro fueron cayendo dejando pilares de cadáveres alrededor de Riquel, pero los demonios continuaban saliendo de entre las grietas de la cueva como un ejército interminable que poco a poco llenaba el lugar.

Al atravesar a uno de los demonios Riquel golpeó con fuerza la pared petrificada del titán enterrando su espada casi hasta el mango, cada esfuerzo por sacarla tan solo la hundía más; desesperado dejó a la mítica Luxorian en la pared y se dispuso a continuar la batalla con sus propias manos, pero ningún demonio lo atacó, los espectros se apilaban unos sobre los otros rodeando al caballero, gritando y rugiendo con todas sus fuerzas creando un eco ensordecedor.

El león de oro se detuvo en seco y observó la conmoción a su alrededor mientras sus oídos rebotaban con el sonido de los gritos de los demonios. Riquel abrió poco a poco su ojo demoniaco y de inmediato se vio inundado por la luz que emitían los demonios, cada uno de los espectros brillaba más fuerte que cualquier hoguera, todos excepto los cadáveres que permanecían tan negros como la noche; pero la luz no fue lo que hizo que Riquel cayera de rodillas al suelo dejando atrás toda intención de pelea... fueron los gritos, aquellos rugidos que habían inundado la cueva ahora los podía entender, tan claros como si fueran su propia voz.

-¡Mátame! ¡mátame! ¡ayúdame! ¡libérame! ¡mátame! ¡mátame! ¡ayúdame!

Las súplicas de los demonios que alguna vez fueron humanos destrozaron la mente de Riquel, ¿acaso ese era el destino que le esperaba?

El león de oro se levantó del suelo y con su mano de demonio arrancó su espada de la pared haciendo que la roca se desmoronara abriendo una senda frente a él.

- Llévenme con ella...-dijo en un murmullo- Los demonios comenzaron a bordear a Riquel y entraron en la nueva senda, el león de oro los comenzó a seguir.

Brynn descendía por la caverna caminando a tientas por los estrechos corredores que penetraban la piedra, ya que con cada paso que daba la oscuridad se volvía más densa. El lobo de plata avanzaba lentamente apoyando su mano contra la pared para guiarse, sin embargo mientras resbalaba su palma por la fría roca una enorme espina se clavó entre la coyuntura de sus dedos que no protegía su armadura. El dolor fue agudo e intenso, la herida era profunda y había penetrado casi hasta el hueso, los gritos de dolor y coraje hicieron eco en todo el pasillo.

La mano de Brynn se había entumecido por completo, como si la espina hubiera sido un aguijón que le había envenenado, por más que trataba de mover sus dedos su mano permanecía estática como una piedra. Tratando de recobrar la cordura Brynn respiró pausadamente y prosiguió su camino con cautela, tratando de no tocar las paredes.

El aire era cada vez más pesado y el calor comenzaba a ser sofocante, el lobo de plata removió su casco y lo dejó caer al suelo, en cuanto el yelmo de plata tocó las rocas una tenue ráfaga de luz apareció frente a Brynn mostrando lo que parecía ser el final de la senda; de inmediato Brynn aceleró el paso para llegar hasta la luz. Con cada paso que daba la luz se intensificaba iluminando la senda frente a Brynn, dejando ver las paredes de roca totalmente cubiertas por grotescas enredaderas de espinas las cuales poco a poco cubrían el suelo y el techo conforme avanzaba el caballero.

Al cruzar el umbral Brynn se encontró en una extraña cámara iluminada por cientos de velas; no hubo tiempo de inspeccionar a detalle el lugar ya que Brynn esquivó por segundos una enorme lanza con punta de hacha que habría decapitado al caballero si sus agudos sentidos no le hubieran advertido del sigiloso ataque.

El lobo de plata rodó por el suelo entre las velas y se incorporó de inmediato desenvainando a la poderosa Fergorn, frente a él se encontraba un enorme caballero que portaba una armadura oxidada cubierta en su totalidad por extrañas espinas; su postura era extraña, como si sus huesos estuvieran rotos o deformes y tuviera que apoyarse en su arma para poder mantenerse de pie y caminar. De inmediato Brynn reconoció al espectral caballero, era aquel que en sus visiones atacaba a Riquel y le cercenaba la cabeza.

-¡¿Quién eres?! ¡¿Dónde está Riquel?! ¡¿Qué has hecho con él?!

El caballero de las espinas se convulsionó al escuchar las palabras de Brynn y emitió un gemido de dolor que le heló la sangre al lobo de plata. El caballero de la armadura oxidada se abalanzó contra Brynn dejando caer su enorme lanza, el lobo de plata esquivó el ataque por unos cuantos centímetros, sin embargo la ráfaga de viento hizo que algunas de las velas se apagaran, disminuyendo la visibilidad dentro de la cámara.

Brynn trató de reincorporarse apoyando su mano en el suelo, sin embargo todas sus fuerzas se habían ido y su brazo se dobló como papel, el caballero de las espinas aprovechó el momento y atacó con furia al lobo de plata quien solo pudo alzar su espada para detener el golpe. De nuevo la ráfaga de viento apagó algunas de las velas haciendo cada vez más obscura la habitación.

Brynn pateó con todas sus fuerzas al caballero de las espinas haciéndolo tambalear mientras que él apoyaba su espada en el suelo para poder ponerse de pie, sin embargo la conmoción fue breve ya que el caballero de las espinas balanceó su enorme lanza golpeando uno de los costados de Brynn, aboyando su armadura y mandándolo a estrellarse contra la pared.

De haber portado cualquier otra armadura el golpe hubiera partido en dos a Brynn, sus costillas le dolían como nada antes le había dolido, sus viejas heridas se habían abierto y la sangre comenzaba a brotar entre los pliegues de su armadura. El caballero de las espinas brincó con todas sus fuerzas y se abalanzó contra Brynn quien detuvo el golpe con el filo de la poderosa Fergorn; con su mano derecha sostenía el mango y con la izquierda detenía la punta de su espada. La palma inmóvil de Brynn sangraba profusamente mientras el caballero de las espinas empujaba con todas sus fuerzas la enorme lanza; con un rápido movimiento Brynn logró desviar el ataque dejando que la lanza se clavara en la roca, de inmediato se incorporó y con un ágil movimiento cortó la parte trasera de la rodilla de su enemigo obligándolo a caer al suelo; la conmoción de la batalla había acabado con las llamas de la mayoría de las velas del lugar, así que Brynn empuñó con todas sus fuerzas a la mítica Fergorn y con un fuerte zarpazo lanzó una ráfaga de aire que acabó por completo con la luz del lugar.

La oscuridad era total, ni un solo ápice de luz permanecía vivo en la cámara; el lobo de plata se encontraba estático, controlando su respiración para no jadear; el cuerpo le dolía sobremanera, su mano inútil comenzaba a infectar el resto de su brazo y el sabor de su propia sangre inundaba su boca, sin embargo no emitía ningún sonido más que el tenue vaivén de su respiración. Con los ojos cerrados concentró todos sus sentidos en percibir a su enemigo; podía escuchar el crujido de su armadura oxidada, el chasquido de sus huesos rotos y deformes, las espinas de su armadura rozar el suelo mientras trataba de levantarse, pero el sonido que en verdad le helaba la sangre eran los gemidos infernales de dolor que emitía el caballero de las espinas.

Sus gemidos resonaban por toda la cámara, penetrando en los oídos del lobo de plata como una ráfaga de furia y dolor, como si el simple hecho de que Brynn estuviera ahí lastimara sobremanera al caballero de las espinas.

Brynn sabía que su cuerpo se encontraba casi deshecho, y por lo tanto no era ni la mitad de rápido o fuerte como para esquivar o detener más ataques de su enemigo, solo tenía una oportunidad y debía aprovecharla. El caballero de la armadura oxidada comenzó a lanzar golpes a diestra y siniestra, golpeando con su enorme lanza las paredes de la caverna sacando chispas al contacto, con cada golpe la roca comenzaba a desmoronarse como arena.

Brynn se movía sigilosamente evitando los zarpazos de la lanza del enemigo, podía escuchar como la respiración del caballero de las espinas se agitaba con cada golpe que fallaba, entrando en un estado de frenesí en el cual comenzó a golpear las paredes, el techo y el suelo con todas su fuerzas intentando destrozar lo que fuera que se encontrara en su camino. El caballero de las espinas osciló su lanza a tan solo unos milímetros del rostro de Brynn, tan cerca que el lobo de plata pudo oler el óxido en la hoja, y fue en ese momento que supo que debía atacar, Brynn se abalanzó con todas sus fuerzas contra el enemigo enterrando a la poderosa Fergorn en el abdomen del caballero; fue tanto su impulso que ambos salieron volando hasta chocar contra una de las paredes, la cual se encontraba tan debilitada por los golpes del esbirro que explotó en cientos de pedazos dejando caer al vacío al lobo de plata y a su enemigo.

El golpe fue seco y doloroso, Brynn rebotó sobre el cuerpo de su enemigo, de no haber sido por su armadura las espinas lo hubieran atravesado, el caballero de las espinas se encontraba deshecho, sus piernas estaban completamente destrozadas al igual que uno de sus brazos. La lanza del caballero se había partido en dos y los pedazos se encontraban desperdigados por el suelo mientras que la poderosa Fergorn se encontraba intacta enterrada en el suelo de roca. Sin pensarlo dos veces y reuniendo hasta el último soplo de vida que le quedaba en su cuerpo, Brynn empuñó con fuerza su espada y se dispuso a asestar el golpe final cuando la punta de su espada fue detenida por una enorme hoja negra que goteaba brea.

De inmediato Brynn volteó para enfrentar a su nuevo contrincante pero al tenerlo frente a frente dejó caer su espada y sus piernas se rindieron finalmente.

-Riquel...- murmuró Brynn con lágrimas en los ojos.

-Hola, hermano- contestó Riquel con su voz demoniaca ayudando a Brynn a levantarse. Ambos se observaron en silencio por un momento hasta que el lobo de plata abrazó con las pocas fuerzas que le quedaban a su hermano menor, no importaba que la mitad de su cuerpo estuviera cubierto de brea, o que su piel estuviera fría como el hielo, lo único que importaba es que estaba ahí... frente a él. Riquel abrazó con delicadeza a su hermano con su brazo humano y sintió como una lágrima negra se escapa de su ojo izquierdo.

-Sabía que aún estabas vivo... sabía que te encontraría- dijo Brynn sin poder soltar a su hermano.

-Vivo...- murmuró Riquel con una irónica sonrisa en sus labios. El león de oro apartó a su hermano de su cuerpo y se inclinó para recoger a Fergorn- Yo sabía que te volvería a ver- dijo Riquel mientras le entregaba su espada a Brynn- porque fue una promesa de mi hermano mayor- Riquel tomó del hombro a Brynn y lo observó con alivio en su rostro.

En ese momento el cuerpo del caballero de las espinas comenzó a contorsionarse y a gemir, de inmediato Brynn se dispuso a terminar con su enemigo pero fue detenido nuevamente por Riquel.

-No lo hagas, lo necesitamos- la voz demoniaca de Riquel resonó por todo el lugar.

-¡¿De qué carajos estás hablando?!- exclamó Brynn.

Riquel tan solo levantó su enorme espada y con la punta señalo hacía la retaguardia de Brynn, al voltear el lobo de plata noto a una bella y pálida mujer atrapada contra la pared por una enredadera de espinas; había estado tan concentrado en la batalla y en el reencuentro con su hermano que no había notado que la caverna era iluminada por la luz que emitía la pálida mujer.

-¿Alithia?- murmuró Brynn.

-Así es-contesto Riquel.

-¡¿Y qué carajos estamos esperando?!- Brynn se abalanzó contra la diosa e intentó traspasar la enredadera de espinas con su mítica espada, pero cada zarpazo de Fergorn tan solo hacía que crecieran más espinas.

-¿Crees que no lo intenté ya?, ni siquiera Luxorian puede cortar esas espinas... solo él puede- Dijo Riquel mirando fijamente al caballero de las espinas.

-¡¿Luxorian?!- Brynn entendió que no había tiempo para explicaciones así que fue directo al grano- ¿Por qué él?- preguntó impaciente Brynn.

-Porque él es Kermak, su campeón ¿no es así?- Las palabras abandonaron pausadamente la boca de Riquel mientras observaba al caballero de las espinas convulsionarse- Los demonios me lo han contado todo... No fuiste pulverizado por la explosión que causó el sacrificio de Alithia...no...tú fuiste el primero de nosotros, el hijo pródigo... el primer demonio, y no has abandonado este lugar desde entonces.

Kermak se contorsionaba tratando de levantarse, buscaba frenéticamente su lanza y de su casco se escapaban los gemidos de dolor más terribles.

-A diferencia de Yllithien tú no pudiste contener las llamas, ¿cómo podrías? Nadie lo esperaba, ni siquiera Alithia... fuiste consumido por el fuego de inmediato, no tuviste escape... no tuviste elección-. Las palabras de Riquel parecían lastimar a Kermak mucho más que sus heridas.

-¡¿Y todo este tiempo has estado aquí sin hacer nada al respecto?! ¡Podrías haber terminado con la maldición desde el primer día!- explotó Brynn en ira, tomando al caballero de las espinas por el cuello y levantándolo del suelo.

-¿Cómo podría?- contestó Riquel con voz condescendiente- La ama...

-¿Qué?- exclamó Brynn sin soltar a su enemigo.

-La ama, siempre la ha amado ¿no es así?- Riquel miraba fijamente a Kermak- por eso la has cuidado todo este tiempo, protegida detrás del muro de espinas, resguardada en las entrañas de titán esperando pacientemente a que su fuego se consuma... incluso si ese momento nunca llega.

-¿Cómo sabes todo esto?- preguntó Brynn dejando caer al caballero de las espinas.

-Desde que llegué a este lugar puedo escuchar a los demonios, su verdadera voz penetra mis oídos como miles de agujas, sus lamentos son tan claros como tus palabras, hermano.

Gritos de dolor y agonía, desesperación más allá de la comprensión, ¡dolor inmensurable que baña la enormidad del titán! ¡Gritos y más gritos de locura añejados en eras de martirio y sufrimiento! No hay nada más en este maldito lugar, solo dolor, solo ira, solo agonía... y tú- Riquel se acercó a Kermak hasta estar a tan solo centímetros de él- tú no sufres por tu condición, por tu destino, no te duele ser un maldito demonio- el león de oro tomó a Kermak y lo alzó para que pudiera ver a Alithia- ¡sufres por ella! ¡por ella! Por el amor de tu vida, por la diosa que condenó a la humanidad sin saberlo, por la mujer que destrozó tus huesos y te cubrió de espinas ¡por ella! Incluso estando rodeado día y noche por los espectros que reptan por estas cavernas, escuchando sus lamentos, sabiendo su dolor.

Kermak se convulsionaba frenéticamente tratando de librarse de Riquel.

-¡Mírala!-exclamo el león de oro- ¡Mírala bien!- Riquel dejó caer de nuevo a Kermak, pero esta vez su cuerpo fue detenido por los brazos de Brynn.

El lobo de plata observó fijamente al caballero de las espinas y con voz suave le dijo.

-Sé lo que es amar a alguien tan ciegamente que no puedes ver su dolor, o quizá sí... pero te rehúsas a creerlo, porque sabes que una vez que lo veas no hay marcha atrás, bañará cada instante, cada palabra, cada sonrisa, cada mirada... la luz que emitía e iluminaba tu vida se verá manchada por la oscuridad de su tristeza y no habrá nada que puedas hacer para recuperarla. Sé lo que es amar a alguien con cada fibra de tu cuerpo hasta perderte en ella, hasta que solo puedes respirar su perfume o beber de sus labios, amar a alguien con tanta locura que el solo tocarla te desintegra por dentro, no quieres cerrar los ojos porque temes perderte segundos de su existencia ¡créeme, lo sé! Y también sé el martirio que es ser la prisión de esa persona, creer que eres su guardián cuando en realidad eres un maldito grillete, saber que eres tú quien la mantiene atada al infierno ¡porque ere tú el que no puede vivir sin ella!

Por primera vez Kermak se mostraba callado, atento a cada palabra que salía de la boca de Brynn.

-Mírala, Kermak, pero esta vez hazlo con los ojos que la observaron por primera vez hace eras, mírala con los ojos que se enamoraron con su belleza, con su fuerza, con su valentía, con su sabiduría, con su amor... dime sí aún la vez así, dime si la mujer que se encuentra detrás de las espinas es el amor de tu vida... o tan solo el fantasma que la has forzado a ser.

Brynn depositó delicadamente en el suelo al caballero de las espinas, la luz que emitía Alithia iluminaba el lugar con ráfagas tintineantes, Brynn se apoyó en su hermano para no caer abatido al suelo, y al hacerlo notó cómo Riquel había cambiado, la mitad de su cuerpo ahora era una visión demoniaca cubierta de brea y la otra mitad mostraba todos los signos de un no-muerto, ninguna de sus heridas le dolía tanto como esa visión.

Kermak irguió su cuerpo como si fuera una serpiente a punto de atacar y con sus manos deformes tomó su casco cubierto de espinas y de manera lenta y dolorosa comenzó a arrancárselo como si fuera una segunda piel. El caballero arrojó su cascó al suelo dejando ver un rostro deforme, con los ojos aprisionados por espinas en forma de rejas y los labios cerrados con púas; por unos instantes el caballero de las espinas observó detenidamente a Alithia sin emitir un solo sonido. Brynn podía sentir el cuerpo de su hermano temblar, sabía que estaba peleando con todas sus fuerzas para no ser consumido por la maldición, sabía que con cada segundo que pasaba la infección demoniaca se apoderaba cada vez más de Riquel, sin embargo el león de oro permanecía estoico observando la escena frente a él.

Un par de lágrimas recorrieron el rostro de Kermak quemándole la piel, introdujo sus manos en el suelo y poco a poco las enredaderas que protegían a Alithia fueron desapareciendo hasta que solo quedó sostenida delicadamente por un par de lianas.

Riquel se alejó de su hermano y se acercó a Kermak con paso pesado.

-Te prometo, caballero, que será rápido- el león de oro empuñó con fuerza a la enorme Luxorian y se acercó lentamente a Alithia.

-Es momento de descansar, Alithia... eres libre- Riquel atravesó el cuerpo de Alithia con la poderosa Luxorian incrustando su hoja en la pared, de inmediato el cuerpo pálido de la diosa se desintegró como niebla apagando la luz en todo el lugar... pero nada cambió.

-¡Riquel! ¡¿Qué sucedió?!- exclamó Brynn tratando de llegar hasta donde estaba su hermano.

-Nada...- contestó Riquel

-¡¿Qué quieres decir?!

-No sucedió... nada... ¡nada!- Riquel montó en cólera y trató de arrancar a Luxorian de la pared, pero estaba firmemente clavada en la roca, presa de la ira y la desesperación Riquel comenzó a jalar su espada con todas sus fuerzas hasta que se detuvo en seco y observó que su espada estaba intacta, sin ninguna mancha de sangre.

-¡Riquel! ¿Estás bien?- exclamó Brynn mientras avanzaba hacia su hermano.

-Acaso... ¿acaso los dioses no sangran?- murmuró extrañado Riquel mientras observaba la hoja de su espada.

-No...- una voz infernal sonó entre la oscuridad, una voz que escupía las palabras como si estas le arrancaran la garganta, Kermak había abierto su boca al escuchar las palabras de Riquel, destrozando sus labios con las púas- Los dioses... sí sangran.

-Entonces... esto era... ella era... ¿una ilusión?- dijo Riquel.

-¿A qué te refieres con "una ilusión"?- preguntó Brynn.

-¡Ella era una maldita ilusión! ¡No era Alithia! ¡Alithia no se encuentra aquí! ¡Nunca lo estuvo!

En ese momento un grito de furia hizo temblar a la caverna entera, Kermak estaba fuera de sí contorsionándose como una serpiente enloquecida, toda su vida la había dedicado a proteger una ilusión, un fantasma, había sido un demonio en vano, encerrado por su propia voluntad en una prisión infernal... Alithia nunca estuvo ahí.

El caballero de las espinas clavó sus manos en el suelo y cientos de enredaderas comenzaron a brotar, desintegrando la roca con cada nuevo brote. La caverna comenzó a temblar y escombros llovieron por todos lados.

Brynn finalmente llegó hasta donde estaba Riquel y lo tomó con fuerza de los hombros.

-¡Tenemos que irnos! Kermak hará que todo el titán se desmorone- Brynn escupía sangre con cada palabra- ¡No hay tiempo para regresar a la superficie, debemos encontrar otro camino!

Riquel aún permanecía en shock, sin embargo al ver a su hermano pudo salir de su trance y comenzó a jalar su espada con todas sus fuerzas- ¡Podemos huir por el subsuelo! Hay túneles que conectan a todo Armoria en las profundidades- exclamó Riquel, Brynn tomó las manos de su hermano y le ayudó a jalar.

Los brazos cansados de ambos por poco seden, pero en un último esfuerzo lograron arrancar la espada de la roca haciendo que la pared se desmoronará revelando un pasadizo hacia las profundidades.

-¡Rápido, por ahí!- exclamó Brynn. Ambos se disponían a comenzar la huida cuando una lanza rota emergió del pecho de Riquel salpicando de sangre el rostro de Brynn.

-¡No!-exclamó el lobo de plata con todas sus fuerzas.

Riquel sostuvo con ambas manos la lanza que lo atravesaba y jaló a Kermak hacia sí, Brynn se dispuso a atacar al caballero de las espinas pero fue detenido por una fuerte patada de Riquel que lo sacó volando.

-¡Riquel! ¡¿Qué demonios estás haciendo?!

-Adiós, Brynn... gracias por cumplir tu promesa... lamento que yo no haya podido hacer lo mismo... encuentra a Zephiro y llévalo con Azermis.

-¡Riquel no lo hagas!

Riquel golpeó con su espada el techo del pasadizo destrozando la roca quedando sepultado entre los escombros.

-¡Riquel!- Brynn corrió hacia los escombros pero en ese momento todo el túnel se desmoronó haciendo que el lobo de plata cayera al vacío; varias veces trató de sostenerse pero todo el titán se desmoronaba como migajas de pan. El lobo de plata cayó en un río subterráneo arrastrado por una corriente en extremo fuerte, trató de nadar hasta la orilla pero fue sumergido a las profundidades y se golpeó la cabeza con una de las rocas perdiendo por completo el conocimiento, dejando que su cuerpo inmóvil fuera arrastrado por la corriente.

XXXI

El enemigo.

Los ejércitos de las grandes ciudades de Armoria se extendían por todo el borde del Bosque hasta tocar ambas puntas del horizonte, el rey Héctor había reunido la fuerza de cientos de miles de hombres con la esperanza de eliminar un enemigo en común, la muerte. Acabar con el bosque significaba acabar con la amenaza de los no-muertos pero, sobre todo, significaba terminar con el constante recordatorio del futuro que le deparaba a todo aquel desdichado que por descuido o por destino dejara atrás el regalo de la inmortalidad.

Una inclemente tempestad se desató sobre los campamentos inundando las trincheras. Los animales se notaban inquietos mientras que los hombres buscaban refugio en enormes carpas iluminadas por faros de Brizenger. Mientras los guerreros corrían entre el lodo tratando de salvar las provisiones, una imponente figura dorada avanzaba entre la conmoción casi desapercibida.

Las gotas de lluvia rebotaban sobre su armadura como si esta las repeliera, y los relámpagos que desgarraban las nubes se reflejaban en el oro como si fueran venas. De pronto uno de los guerreros notó a la imponente figura y con un grito mezcla de asombro y alegría exclamó- ¡Capitán! ¡Capitán!- Los demás guerreros se detuvieron en seco para observar al caballero dorado que seguía su paso sin inmutarse-¡Capitán! ¿Cómo llegó aquí? ¿Dónde estaba?- las preguntas bombardeaban al león dorado resonando dentro de su casco, sin embargo el caballero no detuvo su paso hasta llegar a la carpa del rey Héctor la cual era custodiada por cuatro centinelas de la guardia real.

El león de oro hizo les indicó con un gentil ademán que se hicieran a un lado, sin embargo los centinelas se miraron los unos a los otros totalmente atónitos, y con miedo en sus palabras le indicaron al caballero que tenían estrictas órdenes de no dejar pasar a nadie a la carpa del rey.

El león de oro tomó su lanza y volvió a indicarles a los centinelas que se movieran... está vez no dudaron en hacerlo.

El rey se encontraba a solas en su inmensa carpa observando detalladamente una maqueta del bosque que ocupaba tres mesas de largo. En cuanto el león de oro entró, el rey volteó atónito y al ver al caballero exclamó-¡Riquel! ¡¿Dónde carajos estabas?! Te busqué por todos las ciudades, mandé cientos de bestias buscando por ti... ¡¿Dónde carajos estabas?!

El caballero dorado se hincó ante el rey sin decir una sola palabra y procedió a removerse el casco, dejando escapar una enmarañada cabellera roja, y un par de ojos verdes que iluminaron el lugar.

-Elsa... ¿qué significa esto?

-Perdóneme, majestad, pero era urgente una audiencia frente a frente con usted, y esta era la única manera de lograrlo, ya que el general Brynn me removió de la guardia real.

-¿Por qué portas la armadura de Riquel? ¿Qué ha sido de él? ¿Dónde se encuentra?

Elsa se levantó apoyando la lanza en el suelo, al erguirse impresionó al rey, nunca la había visto con semejante porte, rivalizando incluso con el capitán Riquel.

-El león de oro se encuentra prisionero dentro del bosque, un grupo de cazadores no-muertos lo capturó y mientras hablamos lo torturan por diversión... ¡esos malditos cadáveres!... exigen una audiencia con usted, majestad, para entregar al capitán Riquel a cambio de una tregua.

El rey no podía comprender lo que estaba pasando, observaba a Elsa como si fuera un fantasma, una visión, su plan perfecto había avanzado como una maquina perfectamente engrasada hasta que Elsa entró a su carpa.

-¿Qué demonios hacía Riquel en el bosque? ¿Cómo sabes esto? ¿Por qué traes su armadura?- El rey se notaba cada vez más impaciente.

-Cuando el capitán salió de la ciudad de Andromeca, lo seguí como una sombra, se notaba preocupado y enfermo, escuché entre pasillos que buscaba una cura para el mal que lo afligía y que solo la encontraría en el bosque de los no-muertos, no podía permitir que emprendiera solo el viaje, pero tampoco podía percatarse de mi presencia... después de cinco días de seguir su rastro encontré una cabaña de cazadores no-muertos, parece ser que aquellos que no se han arrojado a las llamas se han vuelto seres semi nómadas que acechan entre la maleza. Destacé a todo ser y criatura dentro de la cabaña y en la cabaña encontré al capitán atado y herido, pero aún con vida, pero justo cuando traté de liberarlo fui emboscada por docenas de no-muertos... me dejaron ir con la condición de que le entregara el mensaje, majestad, y me dieron la armadura del capitán como prueba.

El rey permaneció en silencio dejando que las palabras de Elsa se hundieran en su ser. Tranquilamente se alejó de la maqueta y se acercó a su buró donde tenía una jarra de vino, se sirvió una copa y después de acabar con su contenido le ofreció una a Elsa.

-Has sido muy valiente, Elsa, en verdad que no hay ni un solo guerrero como tú en mi guardia, el general Brynn cometió un terrible error al echarte, un error que pienso corregir en este momento...

-Majestad...

-Me hiere el corazón escuchar que Riquel es prisionero de esos animales, no hay nada que quisiera más que desgarrar el cuerpo de esos bastardos con mis propias manos y liberar a nuestro capitán... pero me temo que no puedo hacerlo.

-¡Pero majestad...!-Elsa fue interrumpida por el rey.

-Afuera de esta carpa se encuentran reunidos los ejércitos de las ciudades más importantes de Armoria, todos ellos bajo un mismo ideal... acabar con la amenaza de los no-muertos de una vez por todas. No sé qué se encuentre detrás de los árboles en el corazón de ese maldito bosque, pero no pienso arriesgar ni una sola vida para averiguarlo, mañana por la mañana incendiaremos por completo ese maldito lugar y sobre sus cenizas marcharemos para terminar con todo aquello que sobreviva... entrar al bosque sería una decisión estúpida, y no pienso arriesgar el éxito de esta misión por nada ni por nadie, ni siquiera por Riquel.

-¡Pero majestad…!- exclamó Elsa, pero fue interrumpida por una gentil voz que emanaba desde el fondo de la carpa.

-Ni siquiera por alguien que amas como si fuera tu propio hijo…- de entre las sombras de la carpa apareció la reina acercándose con paso firme hacia el rey y la guerrera.

La bruja y Tyr vigilaban el horizonte desde las copas de los árboles cuando el guerrero comenzó a emanar vapor de su cuerpo y a notarse inquieto.

-¿Qué sucede, Tyr? ¿Qué has visto con tus nuevos ojos?

Tyr observaba fijamente al horizonte, sus ojos podían percibir perfectamente los campamentos de los soldados de Armoria.

-Es extraño…- contestó el guerrero -… esperaba ver una gran oscuridad una vez que se manifestara nuestro enemigo, pero en su lugar a aparecido una luz cegadora.

La bruja tan solo podía apreciar la oscuridad del manto de la noche que había caído sobre ellos, tan solo perforada por los fulminantes rayos que caían del cielo y la lejana aurora de las antorchas y Brizenger de los ejércitos.

-¿Esa luz que ves la emite el enemigo?

-Estoy seguro de eso, hace unos momentos no existía esa luz y ahora cobija a casi todos los campamentos.

-¿Puedes ver quién emite tal luz?

-No…- Tyr se notaba cada vez más inquieto, su nuevo brazo se encontraba aferrado al tronco del árbol sobre el cual estaba posado haciendo quebrar la madera.

-Tranquilo, guerrero, no dejes que tus nuevos impulsos te dominen.

-No puedo evitarlo… las voces… cientos de voces dentro de mi cabeza me dicen que vaya, que elimine la luz… odian la luz… debo acabar con ella.

-¡Si vas ahora arruinarás todo!- exclamó la bruja clavando sus ojos sin brillo en el guerrero.

-Tan solo necesito…

-No lo hagas, Tyr, no me obligues a detenerte.

-... saber qué es esa luz- Tyr saltó del árbol desapareciendo entre la maleza.

-¡Maldita sea!- exclamó la bruja.

-¡Mi reina!- exclamó el rey Héctor- Mi cariño hacia Riquel es incuestionable, pero no puedo arriesgar el futuro de Armoria por solo una persona.

-¿Lo harías por Cassandra?- preguntó la reina con tono tranquilo pero firme.

-¿Por... nuestra hija?- el rey se quedó petrificado al escuchar la pregunta de su esposa- Yo... yo...

-Te hice una pregunta- la reina avanzó hasta posicionarse justo frente al rey.

-¡Por supuesto que lo haría por nuestra hija! Pero no es ella la que está ahí, y no sirve de nada comparar la situación con casos imaginarios...- de nuevo el rey fue interrumpido por la reina.

-¿Por qué arriesgarías esta guerra por nuestra hija?

-¡Maldita sea mujer! ¿qué clase de preguntas son estas?

-Contéstame Héctor...

El rey pudo sentir la firmeza en las palabras de reina como si fueran grilletes que lo detenían en su lugar sin poder alejarse de la pregunta.

-Porque es nuestra hija... ¿qué clase de rey abandona a sus hijos?

-Entonces harás lo mismo por Riquel, se encuentra solo y enfermo, siendo torturado mientras hablamos.

-¡Él no es nuestro hijo!

-¡Lo fue en el momento en que hiciste una promesa!

En ese momento el silencio se adueñó de la carpa dejando entrar tímidamente los sonidos del exterior; caballos relinchando, armaduras golpeando el lodo con cada paso, el cuchicheo de los soldados y el rugido del viento que acompañaba a la tormenta.

-Oh acaso ha pasado tanto tiempo que ya olvidaste lo que le prometiste al padre de Riquel, porque yo no lo he olvidado ni un solo día.

El rey estaba completamente sin palabras, una mezcla de rabia, frustración, y el peso de una deuda de honor añejada por el tiempo, le hacía hervir la sangre y apretar los puños hasta clavarse las uñas en la piel.

En ese momento los gritos de dolor y terror de los soldados fuera de la carpa resonaron en los oídos de los presentes terminando con la discusión.

-¡Quédense aquí!- exclamó Elsa poniéndose el caso para salir de la carpa e investigar qué estaba sucediendo.

Lo que vio era difícil de explicar, una ráfaga zigzagueaba entre los soldados rompiendo brazos y piernas arrojando a los guerreros por los aires. La ráfaga se acercaba con gran velocidad hacia la carpa, empujando el agua de la lluvia y levantando el lodo a su paso.

Cada vez que la ráfaga cambiaba su curso, por unos cuantos segundos, una silueta se hacía visible, era un ser extraño, nunca antes visto por Elsa, sin embargo algo en ese ser le parecía extremadamente familiar. La ráfaga aumentó su velocidad y se abalanzó hacia la carpa, Elsa dio un giro con su lanza y arremetió con todas sus fuerzas contra el misterioso ser el cual al ser impactado se hizo visible dejando ver a una extraña criatura de piel gris y ojos violeta que sostenía la lanza de Elsa con ambos brazos.

-¿Tyr...?- murmuró Elsa al inspeccionar al ser. En ese momento la reina y el rey salieron de la carpa para observar la situación.

-¡Eres tú!- exclamó Tyr al verlos, soltando la lanza para tomar vuelo y continuar con su ataque, sin embargo una sombra sigilosa apareció justo detrás del guerrero y lo envolvió con sus brazos.

-Suficiente...- murmuró la bruja al oído del guerrero, y en un parpadeo los dos fueron succionados dentro de la sombra que proyectaba Elsa en el suelo.

-¡¿Qué demonios acaba de suceder?!- exclamo el rey Héctor al ver el caos frente a él- ¡Elsa! ¡¿Qué carajos era esa cosa que nos acaba de atacar?!

Elsa permaneció en silencio tratando de encontrar las palabras adecuadas para no comprometer su misión.

-¡Elsa, por todos los dioses, contesta!- exclamó la reina.

-Seguramente fue una advertencia de los no-muertos, después de todo en este tiempo seguramente se han aliado con distintas criaturas del bosque... ¡Mire, majestad!- exclamó Elsa mostrando a las docenas de heridos- En segundos una sola criatura hizo todo esto, solo los dioses saben qué más puedan hacer, ¡si en verdad busca una guerra sin bajas, la tregua que ofrecen es la mejor opción!

La reina posó su mano sobre el hombro del rey y murmuró a su oído.

-Escucha qué tienen que ofrecer esos malditos cadáveres, trae de regreso a Riquel, y una vez que lo hayas hecho... quémalos a todos.

Epílogo.

La nieve caía lentamente sobre el bosque enterrando poco a poco a las plantas y obstaculizando el paso de un pequeño jabalí. Un par de ojos azules acechaban a la bestia desde unos matorrales.

-Respira, sincroniza tu respiración con los latidos de tu corazón- una voz grave y pausada murmuró entré la oscuridad.

-Observa a tu presa, observa sus alrededores, piensa cuál será su próximo movimiento.

Una mano pequeña tiró con fuerza la cuerda de un arco de madera.

-No veo nada con esta nieve- dijo una voz de niño entre los matorrales.

-No uses tus ojos si ellos te estorban, ¿qué puedes escuchar? ¿qué puedes oler? ¿qué puedes sentir?

El silencio inundaba el bosque, siendo interrumpido únicamente por el chiflar del viento. El pequeño jabalí se notaba desorientado y daba tumbos entre la nieve.

-Escucho sus pasos... son torpes, está perdido.

-¿Qué es lo siguiente que hará?

El niño guardó silencio concentrándose en sus sentidos, escuchaba con atención cómo las patas del animal pisaban la nieve, las hojas, el suelo, y percibía la creciente desesperación en su jadeo.

-Está asustado...- murmuró el niño- y desesperado, no sabe a dónde ir.

-Sí lo sabe- contestó la voz grave- pero aún no toma la decisión. Adelántate a su pensamiento y dispara donde estará, no donde se encuentra ahora.

El niño acomodó su arco y soltó la cuerda disparando la flecha con gran fuerza, el jabalí saltó hacia delante tratando de continuar su camino y fue envestido por el proyectil que atravesó su cabeza de lado a lado.

De inmediato un pequeño niño de piel blanca y ojos azules como zafiros salió de entre los matorrales gritando de alegría alzando su arco sobre su cabeza.

-¡Lo hice! ¡Lo hice! ¡Mira papá, lo hice!

De entre los matorrales emergió un hombre alto y fornido, de cabellera negra, espesa barba y ojos azules.

-¡Lo hiciste, Brynn! ¡Felicidades!- El hombre jugó con el cabello de su hijo y le dio una palmada en la espalda.

-¡Papá, papá, mira lo que cacé!- una voz aguda se escuchaba entre la nieve acercándose con rapidez. Un niño de cabello enmarañado y cara sucia corría entre la nieve cargando el cadáver de un mapache y de una ardilla.

-¡Excelente, Riquel!- el hombre cargó al niño pequeño y le dio vueltas mientras este reía.

-¡Sí, pero yo cacé un jabalí!- exclamó Brynn en tono altanero.

-¡Pero yo cacé dos animales!- contestó Riquel enseñándole la lengua a su hermano.

-¡Yo lo cacé con el arco, de seguro tú los mataste a pedradas!

-¡A mí no me ayudó papá!

-¡Silencio los dos!- exclamó el padre abrazando a ambos hijos- Escúchenme bien, esto no es una competencia, ¿o acaso le prometí algún premio al ganador?- ambos niños permanecieron en silencio con la cabeza baja- ustedes son hermanos, nunca deben competir, cada uno es responsable de ayudar al otro a ser cada día mejor, de protegerse, de apoyarse... si esto fuera una competencia alguno de ustedes debería ser el ganador y otro el perdedor ¿no es así?- los dos niños asintieron con la cabeza- entonces, de ser así no habría comida suficiente para los tres esta noche, pero por fortuna ahora contamos con un jabalí, un mapache y una ardilla ¡mucho más que suficiente!

El padre se separó de sus hijos e hizo que se mirasen el uno al otro.

-Brynn, cuando ves a tu hermano ¿qué es lo primero que vez?- El joven niño observó detenidamente a su hermano

-Sus ojos azules-contestó Brynn.

-¿Y tú, Riquel?

-Lo mismo...

-¡Exacto! Sus ojos son iguales, y los míos también, porque somos la misma sangre, la misma carne, ¡los tres somos uno mismo! Y siempre tenemos que estar así... juntos ¡¿entendido?!

-¡Sí papá!- contestaron los niños al unísono.

El tenue fuego de fogata golpeaba el cuerpo del pequeño Riquel que ahora estaba dormido cubierto con una piel de oso, su cuerpo había sucumbido después de devorar la carne del jabalí, el mapache y la pequeña ardilla, que entre él y su hermano habían cazado. Brynn se encontraba observando las estrellas cuando de pronto vio pasar lo que parecía ser una estrella fugaz, siguió la estrella con la mirada y al perderse entre los árboles pudo ver a su padre observando los restos de la fogata que poco a poco se consumían, sus pensamientos se encontraban atrapados detrás de sus ojos azules, permaneciendo inmóvil ante el fuego.

-¿Papá?

-Brynn, ¿qué haces despierto?-preguntó el hombre saliendo de su trance.

-No puedo dormir...

-¿Pesadillas otra vez?

-No lo sé...-contestó Brynn tímidamente. El padre señaló con su mano un troncó junto a él invitando a su hijo a sentarse junto a él.

-¿Estás bien?

Brynn observaba la fogata que poco a poco se transformaba en cenizas.

-Papá... ¿estoy muerto?

Al escuchar esas palabras el padre explotó en risas pero de inmediato se tapó la boca para no despertar a Riquel.

-¿Muerto? ¿De dónde sacas esas tonterías?

-Es que... tú estás aquí... y Riquel también, y ambos están muertos.

El padre clavó sus ojos azules en su hijo el cual permanecía con la mirada perdida en la tenue fogata, y de inmediato lo abrazó con fuerza.

-Aquí estoy, Brynn, tan vivo como tú y como tu hermano.

-¿Lo prometes?

-¡Lo prometo!

Brynn abrazó a su padre con toda la fuerza que sus pequeños brazos le daban.

-¡Oh, vaya! ¡Casi me sacas el aire!- exclamó el padre entre risas- algún día serás un caballero muy fuerte.

El sol comenzaba a asomarse poco a poco entre las montañas que rodeaban al bosque.

-Papá, tengo miedo de que amanezca... tengo mucho miedo de despertar.

-No debes temerle al amanecer, aquí estoy contigo, y aquí seguiré cuando salga el sol.

-Tengo mucho miedo papá, ¡por favor no me sueltes!

-Nunca...

Las olas del mar golpeaban el cuerpo inerte de Brynn, su armadura estaba deshecha y desperdigada por toda la costa mientras que su cuerpo estaba cubierto por cortes, golpes y fracturas. Las gaviotas picoteaban sus brazos y los cangrejos le mordían los dedos de las manos.

El sonido de unas botas acercándose se filtraba entre sus sueños y las olas del mar.

-¡Capitán! ¡Capitán! ¡Aquí hay un hombre herido!

De inmediato el sonido de varias botas más acercándose se hizo escuchar.

-¿Es un no-muerto?- preguntó una voz rasposa y calmada.

-Su cuerpo está seriamente lastimado, pero su corazón aún late ¡y tiene aliento!

-¿Crees que sea un demonio?- preguntó la misma voz.

-No lo creo, la armadura que trae es de plata pura, parece ser un caballero de alto rango.

-Entonces súbanlo a bordo con cuidado...

-¡Sí, Capitán!

-Quizá él sea la razón por la que fuimos enviados...- murmuró la voz.

13675728R00175

Printed in Germany
by Amazon Distribution
GmbH, Leipzig